梁晓声
经典散文

大家
经典

在人间

梁晓声　著

山东文艺出版社

图书在版编目（CIP）数据

在人间:梁晓声经典散文/梁晓声著. —济南:山东文艺出版社,2021.6

ISBN 978-7-5329-6371-3

Ⅰ.①在… Ⅱ.①梁… Ⅲ.①散文集—中国—当代 Ⅳ.①I267

中国版本图书馆 CIP 数据核字(2021)第 055710 号

在人间

梁晓声经典散文

梁晓声 著

主管单位 山东出版传媒股份有限公司
出版发行 山东文艺出版社
社　　址 山东省济南市英雄山路 189 号
邮　　编 250002
网　　址 www.sdwypress.com

读者服务 0531-82098776(总编室)
　　　　　 0531-82098775(市场营销部)
电子邮箱 sdwy@ sdpress.com.cn

印　　刷 山东临沂新华印刷物流集团有限责任公司
开　　本 890 毫米×1240 毫米　1/32
印　　张 10
字　　数 220 千
版　　次 2021 年 6 月第 1 版
印　　次 2021 年 6 月第 1 次印刷
书　　号 ISBN 978-7-5329-6371-3
定　　价 49.00 元

目　录

辑一
心灵花园

辑 二

同学少年

辑三

人世列车

辑 四

苦艾香柚

辑五

人性似水

辑六

文学使命

辑一

心灵花园

我的父母

———————————

一九四九年九月二十二日，我出生在哈尔滨市安平街一个人家众多的大院里，我的家是一间半低矮的苏式房屋。邻院是苏联侨民的教堂，经常举行各种宗教仪式，我从小听惯了教堂的钟声。

父亲目不识丁，祖父也目不识丁，原籍山东省荣成温泉寨村。上溯十八代乃至二十八代、三十八代，尽是文盲，尽是穷苦农民。

父亲十几岁时，因生活所迫，随村人"闯关东"来到了哈尔滨。

他是我们家族史上的第一个工人，建筑工人。他扭转了我们这一梁姓家族的成分。我在小说《父亲》中，用两万余纪实性的文字，为他这一个中国的农民出身的"工人阶级"立了一篇小传。从转折的意义讲，他是我们家族史上的一座丰碑。

父亲对我走上文学道路从未施加过任何有益的影响，不仅因为他是文盲，也因为从一九五六年，我七岁的时候起，他便离开哈尔滨市建设大西北去了。从此每隔两三年他才回家与我们团聚一次，我下乡以后，与父亲团聚一次更不易了。在我的记忆中，父亲是反对我们几个孩子看"闲书"的。见我们捧着一本什么小说看，他就生气。看"闲书"是他这位父亲无法忍受的"坏毛病"。父亲常因母亲给我们钱买"闲书"而对母亲大发其火。家里穷，父亲一个人挣钱养家糊口，也真难为他。每一分钱都是他用汗水换来的。父亲的工资仅够勉强维持一个市民家庭最低水平的生活。

母亲也是文盲。外祖父去读过几年私塾，是解放前农民称为"识文断字"的人，故而同是文盲，母亲与父亲不大一样。父亲是个崇尚力气的文盲，母亲是个崇尚文化的文盲。崇尚相左，对我们几个孩子寄托的希望也便截然对立。父亲希望我们将来都能靠力气吃饭，母亲希望我们将来都能成为靠文化自立于社会的人。父亲的教育方式是严厉的训斥和惩罚，父亲是将"过日子"的每一样大大小小的东西都看得很贵重的。母亲的教育方式堪称真正的教育，她注重人格、品德、礼貌和学习方面。值得庆幸的是，父亲常年在大西北，我们从小接受的是母亲的教育。母亲的教育至今仍对我为人处世深有影响。

母亲从外祖父那里知道许多书中的人物和故事，而且听过一些旧戏，乐于将书中或戏中的人物和故事讲给我们。母亲年轻时记忆力强，什么戏剧什么故事，只要听过一遍，就能详细记住。有些戏中的台词唱段，几乎能只字不差地复述。母亲善于讲故事，讲时带有很浓的个人感情色彩。我从五六岁开始，就从母亲口中听到过"包公传""济公传""杨家将""岳家将""侠女十三妹"等故事。母亲是个很善良的女人，善良的女人大多喜欢悲剧。母亲尤其愿意、尤其善于讲悲剧故事"秦香莲""风波亭""杨业碰碑""赵氏孤儿""陈州放粮""王宝钏困守寒窑""三勘蝴蝶梦""钓金龟""牛郎织女""天仙配""水漫金山寺""劈山救母""杜十娘怒沉百宝箱"……母亲边讲边落泪，我们边听边落泪。

我于今在创作中追求悲剧情节、悲剧色彩，不能自已地在字里行间流溢浓重的主观感情色彩，可能正是由于小时候听母亲带着她浓重的主观感情色彩讲了许多悲剧故事的结果。我认为，文学对于一个作家儿童时代的心灵所形成的直接或间接的影响，对一个作家在某一时期或某一阶段的创作风格起着"先天"的、潜意识的作用。

母亲在我们小时候给我们讲故事，当然绝非想要把我们都培养成为作家；而仅靠听故事，一个儿童也不可能直接走上文学道路。

我们所住的那个大院，人家多，孩子也多。我们穷，因为穷而在那个大院中受着种种歧视。父亲远在大西北，因为家中没有男主人而受着种种欺辱。我们是那个市民大院中的人下人。母亲用故事将我们吸引在而不是囚禁在家中，免得我们在大院里受欺辱或惹是生非，同时用故事排遣她自己内心深处的种种愁苦。

这样的情形至今仍常常浮现在我眼前：电灯垂得很低，母亲一边在灯下给我们缝补衣服，一边用凄婉的语调讲着她那些凄婉的故事。我们几个孩子，趴在被窝里，露出脑袋，瞪大眼睛凝神谛听，讲到可悲处，母亲与我们唏嘘一片。

如果谁认为一个人没有导师就不可能走上文学道路的话，那么我的回答是——我的第一位导师，是母亲。我始终认为这是我的幸运。

如果我认为我的母亲是我文学上的第一位导师不过分，那么也可以说我的小学语文老师是我文学上的第二位导师。假若在我的生活中没有过她们，我今天也许不会成为作家。

父亲的演员生涯

父亲去世已经一个月了。

我仍为我的父亲戴着黑纱。

有几次出门前，我将黑纱摘了下来，但倏忽间，内心里涌起一种怅然若失的情感。戚戚地，我便又戴上了。我不可能永不摘下。我想，这是一种纯粹的个人情感。尽管这一种个人情感在我有不可弹言的虔意，我必得从伤绪之中解脱。也是无须别人劝慰，我自己明白的。然而怀念是一种相会的形式。我们人人的情感都曾一度依赖于它……

这一个月里，又有电影或电视剧制片人员，到我家来请父亲去当群众演员。他们走后，我就独自静坐，回想起父亲当群众演员的一些微事……

一九八四年至一九八六年，父亲栖居北京的两年，曾在五六部电影和电视剧中当过群众演员。在北影院内，甚至范围缩小到我当年居住的十九号楼内，这乃是司空见惯的事。

父亲被选去当群众演员，毫无疑问，最初是由于他那十分惹人注目的胡子。父亲的胡子留得很长，长及上衣第二颗纽扣，总体银白，须梢金黄。谁见了谁都对我说："梁晓声，你老父亲的一把大胡子真帅！"

父亲生前极爱惜他的胡子，兜里常揣着一柄木质小梳。闲来无事，就梳理。

记得有一次，我的儿子梁爽，天真发问："爷爷，你睡觉的时候，胡子是在被窝里，还是在被窝外呀？"

父亲一时答不上来。

那天晚上，父亲竟至于因为他的胡子而几乎彻夜失眠。竟至于捅醒我的母亲，问自己一向睡觉的时候，胡子究竟是在被窝里还是在被窝外。无论他将胡子放在被窝里还是放在被窝外，总觉得不那么对劲……

父亲第一次当群众演员，在《泥人常传奇》剧组。导演是李文化。副导演先找了父亲。父亲说得征求我的意见。父亲大概将当群众演员这回事看得太重，以为便等于投身了艺术。所以希望我替他做主，判断他到底能不能胜任。父亲从来不做自己胜任不了之事。他一生不喜欢那种滥竽充数的人。

我替父亲拒绝了。那时群众演员的酬金才两元。我之所以拒绝不是因为酬金低，而是因为我不愿我的老父亲在摄影机前被人呼来唤去的。

李文化亲自来找我——说他这部影片的群众演员中，少了一位长胡子老头。

"放心，我吩咐对老人家要格外尊重，要像尊重老演员们一样还不行吗？"——他这么保证。

无奈，我只好违心同意。

从此，父亲便开始了他的"演员生涯"——更准确地说，是

"群众演员生涯"——在他七十四岁的时候……

父亲演的尽是迎着镜头走过来或背着镜头走过去的"角色"。说那也算"角色",是太夸大其词了。不同的服装,使我的老父亲在镜头前成为老绅士、老乞丐、摆烟摊的或挑菜行卖的……

不久,便常有人对我说:"哎呀晓声,你父亲真好。演戏认真极了!"

父亲做什么事都认真极了。

但那也算"演戏"吗?

我每每地一笑罢之。然而听到别人夸奖自己的父亲,内心里总是高兴的。

一次,我从办公室回家,经过北影一条街——就是那条旧北京假景街,见父亲端端地坐在台阶上。而导演们在摄影机前指手画脚地议论什么,不像再有群众场面要拍的样子。

时已中午,我走到父亲跟前,说:"爸爸,你还坐在这儿干什么呀?回家吃饭!"

父亲说:"不行。我不能离开。"

我问:"为什么?"

父亲回答:"我们导演说了——别的群众演员没事儿了,可以打发走了。但这位老人不能走,我还用得着他!"

父亲的语调中,很有一种自豪感似的。

父亲坐得很特别。那是一种正襟危坐。他身上的演员服,是一件褐色绸质长袍。他将长袍的后摆,掀起来搭在背上。而将长袍的前摆,卷起来放在膝上。他不倚墙,也不靠什么。就那样子端端地坐着,也不知已经坐了多久。分明地,他唯恐使那长袍沾了灰土或弄褶皱了……

父亲不肯离开，我只好去问导演。

导演却已经把我的老父亲忘在脑后了，一个劲儿地向我道歉……

中国之电影电视剧，群众演员的问题，对任何一位导演来说，都是很沮丧的事。往往地，需要十个群众演员，预先得组织十五六个，真开拍了，剩下一半就算不错。有些群众演员，钱一到手，人也便脚底板抹油——溜了。群众演员，在这一点上，倒可谓相当出色地演着我们现实中的些个"群众"、些个中国人。

难得有父亲这样的群众演员。

我细思忖，都愿请我的老父亲当群众演员，当然并不完全因为他的胡子……

那两年内，父亲睡在我的办公室。有时我因写作到深夜，常和父亲一块儿睡在办公室。

有一天夜里，下起了大雨。我被雷声惊醒，翻了个身，黑暗中，恍恍地，发现父亲披着衣服坐在折叠床上吸烟。

我好生奇怪，不安地询问："爸，你怎了？为什么夜里不睡？爸你是不是有什么心事啊？"

黑暗之中，但闻父亲叹了口气。许久，才听他说："唉，我为我们导演发愁哇！他就怕这几天下雨……"

父亲不论在哪一个剧组当群众演员，都一概地称导演为"我们导演"。从这种称谓中我听得出来，他是把他自己——个迎着镜头走过来或背着镜头走过去的群众演员，与一位导演之间联得太紧密了。或者反过来说，他是把一位导演，与一个迎着镜头走过来或背着镜头走过去的群众演员联得太紧密了。

而我认为这是荒唐的。

而我认为这实实在在是很犯不上的。

我嘟哝："爸，你替他操这份心干吗？下雨不下雨的，与你有什么关系？睡吧睡吧！"

"有你这么说话的吗？"父亲教训我道，"全厂两千来人，等着这一部电影早拍完，早通过，才好发工资，发奖金！你不明白？你一点儿不关心？"

我佯装没听到，不吭声。

父亲刚来时，对于北影的事，常以"你们厂"如何如何而发议论，而发感慨。不知从什么时候开始，他不说"你们厂"了，只说"厂里"了。倒好像，他就是北影的一员。甚至倒好像，他就是北影的厂长……

天亮后，我起来，见父亲站在窗前发怔。

我也不说什么。怕一说，使他觉得听了逆耳，惹他不高兴。

后来父亲东找西找的。我问找什么。他说找雨具。他说要亲自到拍摄现场去，看看今天究竟是能拍还是不能拍。

他自言自语："雨小多了嘛！万一能拍呢？万一能拍，我们导演找不到我，我们导演岂不是要发急吗？……"

听他那口气，仿佛他是主角。

我说："爸，我替你打个电话，向你们剧组问问不就行了吗?"

父亲不语，算是默许了。

于是我就到走廊去打电话。其实是为我自己的事打电话。

回到办公室，我对父亲说："电话打过了。你们组里今天不拍戏。"——我明知今天准拍不成。

父亲火了，冲我吼："你怎么骗我?!你明明不是给我们剧组打电话！我听得清清楚楚。你当我耳聋吗?"

父亲他怒冲冲地就走出去了。

我站在办公室窗口，见父亲在雨中大步疾行，不免羞愧。

对于这样一位太认真的老父亲，我一筹莫展……

父亲还在朝鲜民主主义人民共和国选景于中国的一个什么影片中担当过群众演员。当父亲穿上一身朝鲜民族服装后，别提多么地像一位朝鲜老人了。那位朝鲜导演也一直把他视为一位朝鲜老人。后来得知他不是，表示了很大的惊讶，也对父亲表示了很大的谢意，并单独同父亲合影留念。

那一天父亲特别高兴，对我说："我们中国的古人，主张干什么事都认真。要当群众演员，咱们就认认真真地当群众演员。咱们这样的中国人，外国人能不看重你吗？"

记得有天晚上，是一个星期六的晚上。我和妻子、老父母一块儿包饺子。父亲擀皮儿。

忽然父亲长叹一声，喃喃地说："唉，人啊，活着活着，就老了……"

一句话，使我、妻、母亲面面相觑。

母亲说："人，谁没老的时候，老了就老了呗！"

父亲说："你不懂。"

妻煮饺子时，小声对我说："爸今天是怎么了？你问问他。一句话说得全家怪纳闷怪伤感的……"

吃过晚饭，我和父亲一同去办公室休息。睡前，我试探地问："爸，你今天又不高兴了吗？"

父亲说："高兴啊，有什么不高兴的！"

我说："那怎么包饺子的时候叹气，还自言自语老了老了的？"

父亲笑了，说："昨天，我们导演指示——给这老爷子一句台词！连台词都让我说了，那不真算是演员了吗？我那么说你听着可以吗？……"

我恍然大悟——原来父亲是在背台词。

我就说："爸，我的话，也许你又不爱听。其实你愿怎么说都行！反正到时候，不会让你自己配音，得找个人替你再说一遍这句话……"

父亲果然又不高兴了。

父亲又以教训的口吻说："要是都像你这种态度，那电影能拍好吗？老百姓当然不愿意看！一句台词，光是说说的事吗？脸上的模样要是不对劲，不就成了嘴里说阴，脸上作晴了吗？"

父亲的一番话，倒使我哑口无言。

惭愧的是，我连父亲不但在其中当群众演员，而且说过一句台词的这部电影，究竟是哪个厂拍的，片名是什么，至今一无所知。

我说得出片名的，仅仅三部电影——《泥人常传奇》《四世同堂》《白龙剑》。

前几天，电视里重播电影《白龙剑》，妻忽指着屏幕说："梁爽你看你爷爷！"

我正在看书，目光立刻从书上移开，投向屏幕——哪里有父亲的影子……

我急问："在哪儿在哪儿？"

妻说："走过去了。"

是啊，父亲所"演"，不过就是些迎着镜头走过来或背着镜头走过去的群众角色。走的时间最长的，也不过就十几秒钟。然而父亲的确是一位极认真极投入的群众演员——与父亲"合作"

过的导演们都这么说……

在我写这篇文字时，又有人打来电话——

"梁晓声？"

"是我。"

"我们想请你父亲演个群众角色啊！……"

"这……我父亲已经去世了……"

"去世了？……对不起……"

对方的失望大大多于对方的歉意。

如今之中国人，认真做事认真做人的，实在不是太多了。如今之中国人，仿佛对一切事都没了责任感。连当着官的人，都不大肯愿意认真地当官了。

有些事，在我，也渐渐地开始不很认真了。似乎认真首先是对自己很吃亏的事。

父亲一生认真做人，认真做事。连当群众演员，也认真到可爱的程度。这大概首先与他愿意是分不开的。一个退了休的老建筑工人，忽然在摄影机前走来走去，肯定是他的一份愉悦。人对自己极反感之事，想要认真也是认真不起来的。这样解释，是完全解释得通的。但是我——他的儿子，如果仅仅得出这样的解释，则证明我对自己的父亲太缺乏了解了！

我想——"认真"二字，之所以成为父亲性格的主要特点，也许更因为他是一位建筑工人，几乎一辈子都是一位建筑工人，而且是一位优秀的获得过无数次奖状的建筑工人。

一种几乎终生从事的行业，必然铸成一个人明显的性格特点。建筑师们，是不会将他们设计的蓝图给予建筑工人——也即那些砖瓦灰泥匠们过目的。然而哪一座伟大的宏伟建筑，不是建筑工人们一砖一瓦盖起来的呢？正是那每一砖每一瓦，日复一日、月复一月、年复一年地，十几年、几十年地，培养成了一种认认真真的责任感，一种对未来之大厦矗立的高度的可敬的责任感。他们虽然明知，他们所参与的，不过一砖一瓦之劳，却甘愿通过他们的一砖一瓦之劳，促成别人的广厦之功。

他们的认真乃因为这正是他们的愉悦！

愿我们的生活中，对他人之事的认真，并能从中油然引出自己之愉悦的品格，发扬光大起来吧！

父亲是一个普通得不能再普通的人。父亲曾是一个认真的群众演员。或者说，父亲是一个"本色"的群众演员。

以我的父亲为镜，我常不免地问我自己——在生活这大舞台上，我也是演员吗？我是一个什么样的演员呢？就表演艺术而言，我崇敬性格演员。就现实中人而言，恰恰相反，我崇敬每一个"本色"的人，而十分警惕"性格演员"……

母亲养蜗牛

母亲是住惯了大杂院的。

大杂院自有大杂院的温馨：邻里处得好，仿佛一个大家庭。故母亲初住在北京我这里时，被寂寞所围的情形简直令我感到凄楚。单位只有一幢宿舍楼，大部分职工是中青年，当然不是母亲聊天的对象。由于年龄、经历、所关注事物之不同，除了工作方面的话题，甚至也不是我的聊天对象。我是早已习惯了寂寞的人，视清静为一天的好运气，一种特殊享受。而且我也早已习惯了自己和自己诉说，习惯了心灵的独白。那最佳方式便是写作。稿债多多，默默地落笔自语，成了我无法改变的生活定律了。

我们住的这幢楼，大多数日子，几乎是一幢空楼。白天是，晚上仿佛也是。人们在更多的时候不属于家，而属于摄制组。于是母亲几乎便是一位被"软禁"的老人了……

为了排遣母亲的寂寞，我向北影借了一只鹦鹉，就是电影《红楼梦》中黛玉养在"潇湘馆"的那一只。一个时期内，它成了母亲的伴友，常与母亲对望着，听母亲诉说不休。偶尔发一声叫，或嘎唔一阵，似乎就是"对话"了。但它有"工作"，是

"明星"，不久又被"请"去拍电影了。母亲便又陷入寂寞和孤独的苦闷之中……

幸而住在我们楼上的人家"雪中送炭"，赠予母亲几只小蜗牛，并传授饲养方法，交代注意事项。那几个小东西，只有小指甲的一半儿那么大，呈粉红色，半透明，隐约可见内中居住着不轻易外出的胎儿似的小生命。其壳看上去极薄极脆，似乎不小心用指头一碰，便会碎了。

母亲非常喜欢它们，视若宝贝，将它们安置在一个漂亮的装过茶叶的铁盒儿里，还预先垫了潮湿的细沙。有了那么几个小生命，母亲似乎又有了需精心照料和养育的儿女了。七十多岁的老太太，仿佛又变成一位责任感很强的年轻的母亲。她要经常将那小铁盒儿放在窗台上，盒盖儿敞开一半，使那些小东西能够晒晒太阳。并且，要很久很久地守着，看着，怕它们爬到盒子外边，爬丢了。就好比一位母亲守在床边儿，看着婴儿在床上爬，满面洋溢母爱，一步不敢离开，唯恐一转身之际，婴儿会摔在地下似的。连雨天，母亲担心那些小生命着凉，就将茶叶盒儿放在温水中，使沙子能被温水焐暖些。它们爱吃的是白菜心儿、苦瓜、冬瓜之类，母亲便将这些蔬菜最好的部分，细细剁了，撒在盒儿内。一次不能撒多。多了，它们吃不完，腐烂在盒儿内，必会影响"环境卫生"，有损它们健康。它们是些很胆怯的小生命，盒子微微一动，立即缩回壳里。它们又是些天生的"居士"，更多的时候，足不出"户"，深钻在沙子里，如同专执一念打算成仙得道之人，早已将红尘看破，排除一切凡间滋扰，"猫"在深山古洞内苦苦修行。它们又是那么地羞涩，宛如大门不出二门不迈的名门闺秀。正应了那句话，真人不露相，露相不真人。偶尔潜出"闺阁"，总是缓移"莲步"，像提防好色之徒攀墙缘树偷窥芳容玉貌似的。觉得安全，则便与它们的"总角之好"在小小的"后花园"比肩而行。或一对对，隐于一隅，用细微微的触角互相爱抚、表达亲昵……

母亲日渐一日地对它们有了特殊的感情。那种感情，是与小生命的一种无言的心灵之倾诉和心灵之交流。而那些甘于寂寞、与世无争、与同类无争的小生命，也向母亲奉献了愉悦的时光和观赏的乐趣。有时，我为了讨母亲的欢心，停止写作，与母亲共同观赏……

八岁的儿子也对它们产生了浓厚的兴趣，也开始经常捧着那漂亮的小蜗牛们的"城堡"观赏。那一种观赏的眼神儿，闪烁着希望之光。都是希望之光，但与母亲观赏时的眼神儿，有着质的区别……

"奶奶，它们怎么还不长大啊？"

"快了，不是已经长大一些了吗？"

"奶奶，它们能长多大呀？"

"能长到你的拳头那么大呢！"

"奶奶，你吃过蜗牛吗？"

"吃？……"

"我们同学就吃过，说可好吃了！"

"哦……兴许吧……"

"奶奶，我也要吃蜗牛！我要吃辣味儿蜗牛！我还要喝蜗牛汤！我同学的妈妈说，可有营养了！小孩儿常喝蜗牛汤聪明……"

"这……"

"奶奶，你答应我嘛！"

"它们现在还小哇……"

"我有耐性等它们长大了再吃它们。不，我要等它们生出小蜗牛以后再吃它们。这样我不就永远可以吃下去了吗？奶奶你说是不是？……"

母亲愕然。

我阻止他："不许你存这份念头！不许你再跟奶奶说这种话！难道缺你肉吃了吗？馋鬼，你是一头食肉动物哇？"

儿子眨巴眨巴眼睛，受了天大委屈似的，一副要哭的模样。

母亲便哄："好，好，等它们长大了，奶奶一定做了给你吃。"

我说："不能什么事儿都依他！由我替奶奶保护它们，看谁敢再提要吃它们！"

儿子理直气壮地说："吃猪肉、羊肉、牛肉可以，吃鸡肉可以，吃烤鸭可以，为什么吃蜗牛就不行？"

我晓之以理："我们吃的是肉……"

儿子说："我想吃的也是蜗牛肉呀，我说吃它们的壳了吗？"

我说："你得明白，人自己养的东西，是舍不得弄死了吃的。这个道理，是尊重生命的道理……"

儿子顶撞我："你骗小孩儿！你尊重生命了吗？上次别人送给你的蚕蛹儿，活着的，还在动呢，你就给用油炸了！奶奶不吃，妈妈不吃，我也不吃，全被你一个人吃了！我看你吃得可香呢！……"

我无言以对。从此，儿子似乎更认为，首先在理论上，有极其充分的、天经地义的、无可辩驳的吃蜗牛的根据了……

从此，母亲观看那些小生命的时候，儿子肯定也凑过去观看……

　　先是，儿子问它们为什么还没长大，而母亲肯定地回答——它们分明已经长大了……

　　后来是，儿子确定地说，它们分明已经长大了。不是长大了些，而是长大了许多，而母亲总是摇头——根本就没长……

　　然而，不管母亲怎么想，怎么说，也不管儿子怎么想，怎么说，那些小小的生命，的的确确是天天长大着。在母亲的精心饲养下，长得很迅速。壳儿开始变黑了，变硬了。不再是些仿佛不经意地用指头轻轻一碰就易破碎的小东西了，它们的头和它们的柔软的身躯，从它们背着的"房屋"内探出时，也有形有状了，憨态可掬，很有妙趣了。它们的触角，也变粗变长了，俩俩一对儿，在盒之一隅卿卿我我、"耳鬓厮磨"之际，更显得情意缱绻、斯文百种了……

　　那漂亮的茶叶盒儿，对它们来说未免显得小了。

　　于是母亲将它们移入另一个盒子里，一个装过饼干的更漂亮的盒子。

　　"奶奶，它们就是长大了吧？"

　　"嗯，就是长大了呢……"

　　"奶奶，它们再长大一倍，就该吃它们了吧？"

　　"不行。得长到和你拳头一般儿大。你不是说要等它们生出小蜗牛之后再吃它们吗？"

　　"奶奶，我不想等到那时候，我只吃一次，尝尝什么味儿就行了……"

　　母亲默不作答。

　　我认为有必要和儿子进行一次更郑重更严肃些的谈话。一天，趁母亲不在家，我将儿子扯至跟前，言衷辞切，对他讲奶奶抚养爸爸、叔叔和姑姑成人,一生含辛茹苦,忍辱负重,是多么地不容易。自爷爷去世后,奶奶的一半,其实也已随着爷爷而去了。爸爸的活法又是写作,有心挤出更多的时间陪奶奶,也往往心恳而做不到。爸爸的时间,常被某些不相干的人不相干的事侵占了去,这是爸爸对奶奶十分内疚而无奈的。奶奶内心的孤独和寂寞,是爸爸虽理解也难以帮助排遣的。为此爸爸曾买过花,买过鱼。可养花养鱼,需要些专门的常识。奶奶养不好,花死了,鱼也死了。那些小小的蜗牛,奶奶倒是养得不错,而你还天天盼着吃了它们,你对吗?……

儿子低下头说:"爸爸,我明白了……"

我问:"你明白什么了?"

儿子说:"如果我吃了蜗牛,便是吃了奶奶的那一点儿欢悦……"

我说:"既然你明白了,以后再也不许对奶奶说吃不吃蜗牛的话了!"儿子一副信誓旦旦的模样,诺诺连声。果然再不盼着吃辣味儿蜗牛、喝蜗牛汤了。甚至,再不关注那更漂亮的蜗牛们的新居了……

一天,我下班回到了家里,母亲已做好晚饭,一一摆上桌子。母亲最后端的是一盆儿汤,对儿子说:"你不是要喝蜗牛汤吗?我给你做了,可够喝吧!"

我愕然。儿子也愕然。我狠狠瞪儿子。儿子辩白:"不是我让奶奶做的!……"母亲也说:"是我自己想做给我孙子喝的……"母亲说着,朝我使眼色……我困惑。首先拿起小勺,舀了一勺,慢呷一口,鲜极了!但我品出,那绝不是什么蜗牛汤,而是蛤蜊汤。我对儿子说:"奶奶是为你做的,你就喝吧!"儿子迟疑地拿起小勺，喝了起来。我问："好喝吗？"儿子说："好喝。"又问："奶奶对你好不好？"儿子说："好……奶奶，等我长大了，能挣钱了，挣的钱都给你花！……"八岁的儿子动了小孩儿的感情，眼泪吧嗒吧嗒落入汤里。母亲欣慰地笑了……其实母亲将那些长大了的，她认为完全能够独立生活了的蜗牛放了。放于楼下花园里的一棵老树下。那儿土质松软，潮湿，很适于它们生存。而且，老树还有一个深深的树洞。大概是可供它们避寒的……

母亲依然每日将蜗牛们爱吃的菜蔬之最鲜嫩的部分，细细剁碎，撒于那棵树下……

一天，母亲喜笑颜开地对我说："我又看到它们了！"

我问："谁们呀？"

母亲说："那些蜗牛呗。都好像认识我似的，往我手上爬……"我望着母亲，见母亲满面异彩。那一时刻，我觉得老人们心灵深处情感交流的渴望，真真地令我肃然，令我震颤，令我沉思……

而长大成人的儿子们和女儿们，做了父母的儿子们和女儿们，四十多岁五十多岁的儿子们和女儿们，我们还能够细致地经常洞察到这一点吗？

冬天来了。

树叶落光了。

大地冻硬了。

母亲孑然一身地走了。我给母亲的信中写道："妈，来年春天，我会像您一样，天天剁了细碎的蔬菜，去撒在那一棵老树下……"那些甘于寂寞的，惯于离群索居的，羞涩的，斯文的，与世无争与同类无争的蜗牛们啊，谁知它们是否会挨过寒冷的冬天呢？谁知它们明年春天是否会出现在那一棵老树之下呢？它们真的会认识饲养过它们的我的老母亲吗？居然也会认识那样一位老母亲的儿子吗？……

愿上帝保佑它们！

父母是最朴素的人文

一年一度，又逢母亲节、父亲节。

我的意识中，母亲像一棵树，父亲像一座山。他们教育我很多朴素的为人处世道理，令我终身受益。我觉得，对于每一个人，父母早期的家教都具有初级的朴素的人文元素。我作品中的平民化倾向，同父母从小对我的教育和影响密不可分。

我出生在哈尔滨市一个建筑工人家庭，兄妹五人，为了抚养我们五个孩子，父亲在我很小的时候就到外地工作，每月把钱寄回家。他是国家第一代建筑工人。母亲在家里要照顾我们五个孩子的生活，非常辛劳。母亲给我的印象像一棵树，我当时上学时看到的那种树——秋天不落叶，要等到来年春天，新叶长出来后枯叶才落去。

当时父亲的工资很低，每次寄回来的钱都无法维持家中的生活开支，看着我们五个正处在成长时期的孩子，食不饱腹，鞋难护足，母亲就向邻居借钱。她有一种特别的本领，那就是能隔几条街借到熟人的钱。我想，这是她好人缘所起的作用。尽管这样，我们因为贫困还是生活得很艰难，五个孩子还是经常挨饿。

一次，我小学放学回家走在路上，肚子饿得咕咕叫，正无精打采往家赶时，看到一个老大爷赶着马车从我面前走过。一股香喷喷的豆饼味迎面扑来，我立即向老大爷的马车看过去，发现马车上有一块豆饼。我本来就饿，再加上豆饼香味的刺激，当时只有一个念头：拿着豆饼填饱肚子。我趁着老大爷不注意，抱起他身旁唯一的一块豆饼，拔腿就跑。

老大爷拿着马鞭一直在后面追我，我跑进家里，他不知道我一下子跑入了哪间房子。我心惊胆战地躲在家里，可没想到他还是找到了我家。

"你看到一个偷我豆饼的小孩儿吗？"老大爷问我母亲。

母亲对发生的事全然不知。老大爷就把事情的经过给母亲详细说了一遍，然后蹲在地上沮丧地说："我是农村的庄稼人，专门替别人给城里的人家送菜，每次送完菜，没有工钱，就得到四分之一块豆饼，可没想到半路上豆饼被一个学生娃给抢了，可怜我家里还有妻子和孩子，就靠这点豆饼充饥……"

母亲听完后，立即命令我把豆饼还给了老大爷。他走了十几米远后，母亲突然喊住了他。母亲将家中仅剩的几个土豆和窝头送给了他，老大爷看到玉米面做的窝头时，就像一个从未见过粮食的人一样，眼睛放亮，一边不停地说着感谢的话一边流着眼泪。

母亲回到家时，我以为她会打骂我，可她没有，她要等所有的孩子都回来。晚饭后，她要我将自己的行为说了一遍，然后她才严厉地教训我："如果你不能从小就明白一个人绝不可以做哪些事，我又怎么能指望你以后是一个社会上的好人？如果你以后在社会上都不能是一个好人，当母亲的又能从你那里获得什么安慰?"这些道理不在书本里,不在课堂上,却使我一生受益。

当时我家虽然非常穷,但母亲还是非常支持我读书,穷日子里的读书时光对我来说是最快乐的。当时家中买菜等事都由我去做,只要剩两三分钱,母亲就让我自己留着。现在两三分钱掉到地上是没人捡的,那时五分钱可以去商店买一大碟咸菜丝,一家人可以吃上两顿,两分钱可以买一斤青菜,有时五分钱母亲也让我自己拿着。我拿着这些钱去看小人书。

母亲最令我感动的事是发生在三年自然灾害期间的那件事。当时因为我们家里小孩儿多,所以政府给了我们家一点粮食补贴,补了五至十斤粮食吧。月底的最后一天,家里一点粮食都没有了,揭不开锅,母亲就拿着饭盆将几个空面粉袋子一边抖一边刮,终于刮出了一些残余的面粉。母亲把它做成了一点疙瘩汤,然后在小院子里摆上凳子。

正在我们吃饭的时候,来了一个讨饭的。那是一个留着长胡子的老人,衣服穿得很破,脸看上去也有几天没洗。他看着我们几个孩子喝疙瘩汤的时候,显得非常馋。母亲给他端来洗脸水后,又给他搬凳子,把她自己的那份疙瘩汤盛给了他,而自己却饿着肚子。

然而这件事被邻居看到后,不知是谁在居委会开会时把这个事讲出来了,说我们家粮食多得吃不完,还在家中招待要饭的人。从这以后,我们家就再也没有粮食补贴了。可我母亲对这件事并没有后悔,她对我们说你们长大后也要这样。我觉得有时母亲做的某些小事,对儿童和少年都具有早期人文教育的色彩。我现在教育我的学生时也经常这样讲,少写一点初恋、郁闷,少写一点流行与时尚，多想一下自己的父母，如果连自己的父母都不了解，谈何了解天下。

我们这一代人的父母，几乎没有过过一天幸福的晚年。老舍在写他的母亲时说，他母亲没有穿过一件好衣服，没有吃过一顿好饭，他拿什么来写母亲。我能感受到作者当时的心情。萧乾在写他母亲时说，他当时终于参加工作并把第一个月的工资拿来给母亲买罐头，当他把罐头喂给病床上的母亲时，她已经停止了呼吸。季羡林在回忆他母亲时写道，他后悔到北京到清华学习，如果不是这样，他母亲也不会那么辛苦培养他读书，他母亲生病时，都没有告诉他，等他回到家时，母亲已经去世，他当时恨不得一头撞在母亲的棺木上，随她一起去……这样的父母很多，如果我们的父母也长寿，到街心公园打打太极拳，提着鸟笼子散散步，过生日时给他们送上一个大蛋糕，春节一家人到酒店吃一顿饭，甚至去旅游，我们心中也会释然。如果我们少一点粗声粗气地对母亲说话，如果我们能多抽出一点时间来陪陪母亲，那就好了。我想全世界的儿女都是孝的，只要我们仔细看一下"老"字和"孝"字，上面都是一样的，"老"字非常像一个老人半跪着，人到老年要生病，记性不好，像小孩儿，不再是那个威严的教育你的父母，他变得弱势了，在别人面前还有尊严，在你面前却要依靠……

最后我想说，爱是双向的。只有父母对孩子的爱，没有孩子对父母的爱，这种爱是不完整的。父母养育孩子，子女尊敬父母，爱是人间共同的情怀和关爱。

姻　缘

屈指算来，为人夫十三载矣。

人生真是匆匆得令人恐慌。

十七年前，我从上海复旦大学毕业，成为北京电影制片厂文学部最年轻的编辑之后，曾受到过许多关注的目光。十年"文革"在我的同代人中遗留下了一大批老姑娘，每几个家庭中便有一个。一名二十八岁的电影制片厂的编辑，还有"复旦"这样的名牌大学的文凭（尽管不是正宗的），看去还斯斯文文，书卷气浓，了解一下品德——不奸不诈，不纨绔不孟浪，行为检束，于是同事中热心的师长们和阿姨们，都觉得把我"推荐"给自己周围的某一位老姑娘简直就是一件义不容辞的历史责任……

然而当年我并不急着结婚。

我想将来成为我妻子的那个姑娘，必定是我自己在某种"缘"中结识的。

我期待着那奇迹，我想它总该多多少少有点儿浪漫色彩的吧？

也觉得组建一个小家庭对我而言条件很不成熟。我毫无积蓄，基本上是一个穷光蛋。每月四十九元工资，寄给老父老母二十元，所剩也只够维持一个单身汉的最低生活水平，平均一天还不到一元钱。

结婚之前总得"进行"恋爱，恋爱就需要一些额外的消费。但我如果请女朋友或曰"对象"吃一顿饭，那一个月肯定就得借钱度日。而我自己穷得连一块手表都没有，兵团时期的手表大学毕业前卖了，分配到北影一年后还买不起一块新表。

当然，我不给老父、老母寄钱，他们也能吃得上穿得上。他们也一而再、再而三地叮嘱我，为自己结婚积蓄点儿钱吧！但我每月照寄不误。我自幼家贫，二十八岁时家里仍很穷，还有一个生病的哥哥常年住在医院里。我觉得我可以三十八岁时再结婚，却不能不在二十八岁时以自己的方式报答父母的养育之恩。对老父亲、老母亲我总有一种深深的负疚感——总认为二十八岁了才开始报答他们（也不过就是每月寄给他们二十元钱）已实在是太晚了，方式也太简单了……

在期待中我由二十八岁而三十二岁，奇迹并没有发生，"缘"也并没到来。我依然行为检束，单身汉生活中没半点儿浪漫色彩。

四年中我难却师长们和阿姨们的好意，见过两三个姑娘，她们的家境都不错，有的甚至很好。但我那时忽然生出想调回哈尔滨市，能近在老父母身旁尽孝的念头，结果当然是没"进行"恋也没"进行"爱……

念头终于打消，我自己为自己"相中"了一个姑娘，缺乏"自由恋爱"的实践经验，开始到结束前后不到半个小时。人家考验我而我不能理解为什么对我还需要考验（又不是入党）。误会在半小时内打了一个结，后来我知道是误会，却已由痛苦而渐渐索然。这也足见"自由是有代价的"这话有理。

于是我现在的妻子某一天走入了我的生活，她单纯得很有点儿发傻，二十六岁了决然地不谙世故。说她是大姑娘未免"抬举"她，充其量只能说她是一个大女孩儿，也许与她在农村长到十四五岁不无关系……她是我们文学部当年的一位党支部副书记"推荐"给我的。那时我正写一部儿童电影剧本，我说悠悠万事唯此为大，待我写完了剧本再考虑。

一个月后我把这件事都淡忘了。可是"党"没有忘记，毅然地关心着我呢。

某天"党"郑重地对我说："晓声啊，你剧本写完了，也决定发表了，那件事儿，该提到日程上来了吧？"

倏忽地我觉得我以前真傻，"恋爱"不一定非要结婚嘛！既然我的单身汉生活里需要一些柔情和女性带给我的温馨，何必非拒绝"恋爱"的机会呢！

这一闪念其实很自私，甚至也可以说挺坏。

于是我的单身汉宿舍里，隔三岔五，便有一个剪短发的、大眼睛的大女孩儿"轰轰烈烈"而至，"轰轰烈烈"而辞。我的意思是——当年的她生气勃勃，走起路来快得我跟不上。我的单身宿舍在筒子楼，家家户户走廊里做饭。她来来往往于晚上——下班回家绕个弯儿路过。一听那上楼的很响的脚步声，我在宿舍里就知道是她来了。没多久，左邻右舍也熟悉了她的脚步声，往往就向我通报——哎，你的那位来啦！

我想，"你的那位"不就是人们所谓之"对象"的另一种说法吗？我还不打算承认这个事实呢！

于是我向人们解释——那是我"表妹",亲戚。人们觉得不像是"表妹",不信。我又说是我一位兵团战友的妹妹,只不过到我这儿来玩的。人们说凡是"搞对象"的,最初都强调对方不过是来自己这儿玩玩的……

而她自己却俨然以我的"对象"自居了。邻居跟她聊天儿,说以后木材要涨价了,家具该贵了。她听了真往心里去,当着邻居的面儿对我说——那咱们凑钱先买一个大衣柜吧!

搞得我这位"表哥"没法儿再窘。于是地,似乎从第一面之后,她已是我的"对象"了。非但已是我的"对象"了,简直就是我的未婚妻了。有次她又来,我去食堂打饭的一会儿工夫,回到宿舍发现,我压在桌子玻璃板下的几位女知青战友、大学女同学的照片,竟一张都不见了。我问那些照片呢?她说她替我"处理"了,说下次她会替我带几张她自己的照片来,而纸篓里多了些"处理"的碎片……她吃着我买回的饺子,坦然又天真。显然地,她丝毫也没有恶意,仿佛只不过认为,一个未来家庭的未来的女主人,已到了该在玻璃板下预告她的理所当然的地位的时候了。

我想,我得跟她好好地谈一谈了。于是我向她讲我小时候是一个怎样的穷孩子,如今仍是一个怎样的穷光蛋,以及身体多么不好,有胃病、肝病、早期心脏病等等。并且,我的家庭包袱实在是重哇!而以为这样的一个男人也是将就着可以做丈夫的,意味着在犯一种多么糟糕、多么严重的大错误啊!一个女孩子在这种事上是绝对将就不得、凑合不得、马虎不得的。但是嘛,如果做一个一般意义上的好朋友,我还是很有情义的。当时的情形恰如一首歌里唱的——我向她讲起了我的童年/她瞪着大而黑的眼睛痴痴地呆呆地望着我……

我曾以这种颇虚伪也颇狡猾的方式，成功地吓退过几个我认为与我没"缘"的姑娘。

然而事与愿违，她被深深地感动了，哭了。仿佛一个善良的姑娘被一个穷牧羊人的命运感动了——就像童话里所常常描写的那样……

她说："那你就更需要一个人爱护你了啊！"

于是我明白——她正是从那一时刻开始真正爱上了我。

我一向期待的所谓"缘"，也正是从那一时刻显现了面目，促狭地向我眨眼的……

三个月后到了年底。

某天晚上她问我："你的棉花票呢？"

我反问："怎么，你家需要？"

我翻出来全给了她。

而她说："得买新被子啦。"

我说："我的被子还能盖几年。"

她说："结婚后就盖你那床旧被呀？再怎么不讲究，也该做两床新被吧？"

我瞪着她一时发愣。

我暗想——梁晓声你还有什么好说的？看来这个大女孩儿，似乎注定了就是那个叫"上帝"的古怪老头赐给你的妻子。在她该出现于你生活中的时候，她最适时地出现了……

十个月后我们结婚了。我陪我的新娘拎着大包小包乘公共汽车光临我们的家，那年在下三十二岁，没请她下过一次"馆子"。

她在我十一平方米的单身宿舍里生下了我们的儿子。三年后我们的居住条件有所改善，转移到了同一幢筒子楼的一间十三平方米的住室里……

妻子曾如实对我说——当年完全是在一种人道精神的感召下才决定了爱我。当年她想——我若不嫁给这个忧郁的男人，还有哪一个傻女孩儿肯嫁给他呢？如果他一辈子讨不上老婆，不就成了社会问题？

我相信她的话，相信她当年肯定是这么想的。细思忖之，完全可能像她说的那样。当年肯真心爱这样的一个穷光蛋，并且准备同时能做到真心地视我的老父老母弟弟妹妹为自己亲人的，除了她，我还没碰着。

她是唯一没被我的"自白"吓退的姑娘……十三年间我的工资由四十九元而五十几元而七十几元而八十几元、九十几元……

一九九二年底，我的基本工资升至一百二十五元……

十三年间她的工资由五十几元而六十几元、七十几元、八十几元渐次升至一百多元……

一九九二年以前她的工资始终高于我的工资十几元。

一九九二年我们的工资一度接近，但她有奖金，我没有奖金，实际工资仍比我高。

现在，她的单位经济效益不错，实际工资则比我高得多了。

我有稿费贴补，生活还算小康。而我们的起点，却是从一穷二白开始的，着实过了五六年拮据日子呢！

我几乎整个儿影响了她——我不喜欢娱乐，尤其不喜欢户外娱乐，故我们这三口之家，是从来也不曾出现在娱乐场所的。最传统的消遣方式，也不过就是于周末晚上，借一盘或租一盘大人孩子都适合看的录像带，聚一处看个小半通宵。我对豪奢有本能的反感——所以我的家是一个俭约的家，从大到小，没一样东西是所谓"名牌"。我们结婚时的一张木床，当年五十七元凭结婚证买的。我不能容忍一日三餐浪费太多的时间精细操作，一向强调快、简、淡的原则。而她是喜欢烹饪的，为我放弃爱好，练就了一种能在十几分钟内做成一顿饭的本事，她常抱怨自己变成了急行军中的炊事员。我还不许她给我买衣服，买了也不穿。我的衣服鞋子，大抵是散步时自己从早市上买的。看着自己能穿，绝不砍价，一手钱，一手货，买了就走。仿佛自己买的，穿起来才舒适。大上其当的时候，也无悔，不在乎。有时她见我穿得不土不洋，不伦不类，枉自叹息，却无可奈何。而在这一点上至今我决不让步。我偏执地认为，一个男人为买一件自己穿的衣服而逛商场是荒诞不经的，他的老婆为他穿的衣服逛商场也是不可原谅的毛病。因为那时间从某种意义讲已不完全属于她，而属于他们。现代人的闲暇已极有限，为一件衣服值得吗！她当然也因她当妻子的这一种"特权"被粗暴取消与我争执过，但最终还是屈从于我，彻底放弃了"特权"，不得不对我这个偏执的丈夫实行"无为而治"……

儿子一天天长大了，渐渐地我觉得自己老之将至了，精力早已大不如前。每每看妻子，似乎才于不经意间发现似的——她也早已不是当年的大女孩儿，脸上有了些许女人的岁月沧桑的痕迹……

我最感激的，是我老父亲、老母亲住在北京的日子里，她对他们的孝心。我老父亲生病时期，我买了一辆三轮车，专为带老父亲去医院。但实际上，因为我那时在厂里挂着行政职务，倒是她经常蹬着三轮车带我老父亲去医院。不知道老人家是我父亲的，还以为是她父亲呢。知道了却原来是我的父亲，无不感慨多多。如今，将公公当自己的父亲一样孝顺的儿媳，尤其年轻的儿媳，不是很多的……

我最感到安慰的，是我打算周济弟弟妹妹们的生活时，她一向是理解的，支持的。我的稿费的一半左右有计划地用于周济弟弟妹妹们的生活。我总执拗地认为我有这一义务，能尽好这一义务便感到高兴。在各种社会捐助中，尤其对穷人，对穷人孩子的捐助，倘我哪一次错过，下一次定加倍补上。不这么做，我就良心不安。贫困在我身上留下的印痕太深，使我成为一个本能的毫无怨言的低消费者。旧的家具、旧的电视机，不一定非要换成新的，换成名牌。几千元我拿得出来的情况下，倘我无动于衷，我便会觉得自己未免"为富不仁"了，尽管我不是"大款"，几千元不知凝聚着我多少"爬格子"的心血。没有一个在此方面充分理解我对穷人的思想感情并支持我的妻子，那么家里肯定经常吵闹无疑……

以前的那个大女孩儿，用时间充分证明了她是一个好妻子——最适合于我的"那一个"。

我给未婚男人们的忠告是——如果你选择妻子，最适合你的那一个，才是和你最有"缘"的那一个。好的并不都适合，适合的大抵便是对你最好的了……

信不信由你！

我与儿子

我曾以为自己是缺少父爱情感的男人。

结婚后，我很怕过早负起父亲的责任，因为我太恋爱安静了。一想到我那十几平方米的家中，响起孩子的哭声，有个三四岁的男孩儿或女孩儿满地爬，我就觉得简直等于受折磨，有点儿毛骨悚然。

儿子还没出生，我早说了无穷无尽的抱怨话。倘他在母腹中就知道，说不定会不想出生了。妻临产的那些日子，我们都惴惴不安，日夜紧张。

那时，妻总在半夜三更觉得要生了。已记不清我们度过了几个不眠之夜，也记不清半夜三更，我搀扶着她去了几次医院。马路上不见人影，从北影到积水潭医院，一往一返慢慢地小心地走，大约三小时。

每次医生都说："来早了，回家等着吧！"

妻子哭，我急，一块儿哀求。哀求也没用。

始终是那么一句话——"回家等着，没床位。"

有一夜，妻看上去很痛苦。但她咬紧牙关，一声不吭。她大概因为自己老没个准儿，觉得一次次折腾我，有点儿对不住我。可我看出的确是"刻不容缓"了——妻已不能走。我用自行车将她推到医院。

医生又训斥我："怎么这时候才来？你以为这是出门旅行，提前五分钟登上火车就行呀！"

反正我要当父亲了，当然是没理可讲的事了。

总算妻子生产顺利，一个胖墩墩的儿子出世了。

而我半点喜悦也没有，只感到舒了口气，卸下了一种重负。好比一个人的头被按在水盆里，连呛几口之后，终于抬了起来……

儿子一回家，便被移交给一位老阿姨了。我和妻住办公室。一转眼就是两年。两年中我没怎么照看过儿子。待他会叫"爸爸"后，我也发自内心地喜爱过他，时时逗他玩一阵。但那从所谓潜意识来讲是很自私的——为着解闷儿。心里总是有种积怨，因为他的出生，使我有家不能归，不得不栖息在办公室。

夏天，我们住的那幢筒子楼，周围环境肮脏。一到晚上，蚊子多得不得了。点蚊香，喷药，也是起不了多大作用的。蚊子似乎对蚊香和蚊药有了很强的抵抗力。

有一天早晨我回家吃早饭，老阿姨说："几次叫你买蚊帐，你总拖，你看孩子被叮成什么样了？你真就那么忙？"

我俯身看儿子，见儿子遍身被叮起至少三四十个包，脸肿着。可他还冲我笑，叫"爸……"我正赶写一篇小说，突然我认识到自己太自私了。我抱起儿子落泪了……

当天我去买了一顶五十多元的尼龙蚊帐。上海文艺出版社的编辑修晓林初次到我家，没找到我。又到了办公室，才见着我。

我挺兴奋地和他谈起我正在构思的一篇小说，他打断我说："你放下笔，先回家看看你儿子吧，他发高烧呢！"

我一愣，这才想起——我已在办公室废寝忘食地写了两天。两天内吃妻子送来的饭，没回过家门——

从这些方面讲，我真不是一位好父亲。人们都说儿子是个好儿子，许多人非常喜欢他。我的生活中，已不能没有他了。我欠儿子的责任和义务太多，至今我觉得对儿子很内疚。我觉得我太自私。但正是在那一两年内，我艰难地一步步地向文坛迈进。对儿子的责任和自己的责任，于我，当年确是难以两全之事。

儿子爱画画，我从未指导过他。尽管我也曾爱画画，指导一个十几岁的孩子，那点儿基础还是够用的。

儿子爱下象棋。我给他买了一副象棋，却难得认真陪他"杀一盘"。他常常哀求："爸爸，和我杀一盘行不行啊？"结果他养成了自己和自己下象棋的习惯。

记得我有一次到幼儿园去接儿子，阿姨对我说："你还是作家呢，你儿子连'一'都写不直，回家好好下功夫辅导他吧！"

从那以后，我总算对儿子的作业较为关心。但要辅导他每天写完幼儿园的两页作业，差不多也得占去晚上的两个小时。而我尤视晚上的时间更为宝贵——白天难得安静，读书写作，全指望晚上的时间。

儿子曾有段时间不愿去幼儿园。每天早晨撒娇耍赖，哭哭啼啼，想留在家里。我终于弄明白，原来他不敢在幼儿园做早操。他太自卑，太难为情，以为他的动作，定是极古怪的，定会引起哄笑。

我便答应他，做早操时，到幼儿园去看他。我说话算话。他在院内做操，我在院外做操。有了我的奉陪，他的胆量壮了。

事后我问他："如果你连当众伸伸胳膊踢踢腿都不敢，将来你还敢干什么？比如看见一个小偷在公共汽车上扒人家腰包，你敢抓住他的手腕吗？"

他沉吟许久，很严肃地回答："要是小偷没带刀，我就敢。"

我笑了，先有这点胆量也行。

我又对他说："只要你认为你是对的，谁也别怕。什么也别怕！"

我希望我的儿子在这一点上将来像我一样。谁知道呢？

总而言之，我不是位尽职的父亲。儿子天天在长大，我深知我对他的责任将更大了。我要学会做一位好父亲，去掉些自私，少写几篇作品，多在他身上花些精力。归根到底，我的作品，也许都微不足道。但我教育出怎样一个人交给社会，那不仅是我对儿子的责任，也是我对社会的责任。

我不希望他多么有出息——这超出我的努力及我的愿望。

心灵的花园

　　谁不希望拥有一个小小花园？哪怕是一丈之地呢！若有，当代人定会以木栅围起。那木栅，我想也定会以个人的条件和意愿，摆弄得尽可能地美观。然后在春季撒下花种，或者移栽花秧。于是，企盼着自己喜爱的花儿，日日地生长、吐蕾，在夏季里姹紫嫣红开成一片。虽在秋季里凋零却并不忧伤。仔细收下了花籽儿，待来年再种，相信花儿能开得更美……

　　真的，谁不曾怀有过这样的梦想呢？

　　都市寸土千金，地价炒得越来越高。拥有一个小小花园的希望，对寻常之辈不啻是一种奢望，一种梦想。某些副部级以上的干部，而且是老资格的，才有可能把希望变成现实。于是令寻常之人羡眼乜斜。

　　我想，其实谁都有一个小小花园，谁都是有苗圃之地的，这便是我们的内心世界。人的智力需要开发，人的内心世界也是需要开发的。人和动物的区别，除了众所周知的诸多方面，恐怕还在于人有内心世界。心不过是人的一个重要脏器，而内心世界是一种景观，它是由外部世界不断地作用于内心渐渐形成的。每个人都无比关注自己及至亲至爱之人心脏的健损，以至于稍有微疾便惶惶不可终日。但并非每个人都关注自己及至亲至爱之人的内心世界的阴晴，己所无视，遑论他人？

我常"侍弄"我心灵的苗圃。身已不健，心倘尤秽，又岂能活得好些？职业的缘故，使我惯对自己和他人的心灵予以研究。结论是——心灵，亦即我所言内心世界，是与人的身体健康同样重要的。故保健专家和学者们开口必言的一句话，不仅仅是"身体健康"，而且是"身心健康"。

我爱我的儿子梁爽。他小学五年级。这正是一个人的内心世界开始形成的年龄。我也常教他学会如何"侍弄"他那小小心灵的苗圃。"侍弄"这个词，用在此处是很勉强的，不那么贴切，姑且借用之吧！意思无非是——人自己的内心世界如果自己惰于拂拭，是会浮尘厚积、杂草丛生的。也许有人联系到禅家的一桩"公案"——"时时勤拂拭，莫使惹尘埃"之说的"俗"和"心中无一物，何处惹尘埃"之说的"彻悟"。

我系俗人，仅能以俗人的观念和方式教子。至于禅家乃至禅祖们的某些玄言，我一向是抱大不恭的轻慢态度的。认为除了诡辩技巧的机智，没什么真的"深奥"。现代人中，我不曾结识过一个内心完全"虚空"的。满口"虚空"，实际上内心物欲充盈、名利不忘的，倒是大有人在。何况我又不想让我的儿子将来出家，做什么云游高僧。故我对儿子首先的教诲是——人的内心世界，或言人的心灵，大概是最容易招惹尘埃、沾染污垢的，"时时勤拂拭"也无济于事。心灵的清洁卫生只能是相对的，好比人的居处的清洁卫生只能是相对的。而根本不拂拭，甚至不高兴别人指出尘埃和污垢，则是大不可取的态度，好比病人讳疾忌医。

一次儿子放学回到家里,进屋就说:"爸爸,今天同学的红领巾被老师收去了!"

我问为什么。

儿子回答:"犯错误了呗!把老师气坏了!"

那同学是他好朋友,但却有些日子不到家里来玩儿了。我依稀记得他讲过,似乎老师要在他们两者之间选拔一名班干部。

我又问:"你高兴?"

他怔怔地瞪着我。

我将他召至跟前,推心置腹地问:"跟爸爸说实话,你是不是因此而高兴?"

他便诚实地回答:"有点儿。"

我说:"你学过一个词,叫'幸灾乐祸',你能正确解释这个词吗?"

他说:"别人遭到灾祸时自己心里高兴。"

我说:"对。当然,红领巾被老师收去了,还算不得什么灾。但是,你心里已有了这种'幸灾乐祸'的根苗,那么你哪一天听说他生病了,住院了,甚至生命有危险了,说不定你内心里也会暗暗地高兴。"

儿子的目光告诉我,他不相信自己会那样。

我又说:"为什么他的红领巾被老师收去了,你会高兴呢?让爸爸替你分析分析,你想一想对不对?——如果你们老师并不打算在你们两个之间选拔一名班干部,你倒未必幸灾乐祸。如果你心里清楚,老师最终选拔的肯定是你,你也未必幸灾乐祸。你之所以幸灾乐祸,是因为自己感到,他和你被选拔的可能性是相等的,甚至他被选拔的可能性更大些。于是你才因为他犯了错误，惹老师生气了而高兴。你觉得，这么一来，他被选拔的可能性缩小，你自己被选拔的可能性就增大了。你内心里这一种幸灾乐祸的想法，完全是由嫉妒产生的。你看，嫉妒心理多丑恶呀，它竟使人对朋友也幸灾乐祸！"

儿子低下了头。

我接着说："如果他并没犯错误，而老师最终选拔他当了班干部，你现在幸灾乐祸，就可能变成一种内心里的愤恨了。那就叫嫉妒的愤恨。人心里一旦怀有这一种嫉妒的愤恨，就会进一步干出不计后果、危害别人、危害社会的事，最后就只有自食恶果。一切怀有嫉妒的愤恨的人，最终只有那样一个下场……"

接着我给他讲了两件事——有两个女孩儿，她们原本是好朋友，又都是从小学芭蕾的。一次，老师要从她们两人中间选一个主角。其中一个，认为肯定是自己，应该是自己，可老师偏偏选了另一个。于是，她就在演出的头一天晚上，将她好朋友的舞裙，剪成了一片片。另外有两个女孩儿，是一对小杂技演员。一个是"尖子"，也就是被托举起来的。另一个是"底座"，也就是将对方托举起来的。她们的演出几乎场场获得热烈的掌声。可那个"底座"不知为什么，内心里怀上了嫉妒，总是莫名其妙地觉得，掌声是为"尖子"一个人鼓的。她觉得不公平。日复一日地，那一种暗暗的嫉妒，就变成了嫉妒的愤恨。她总是盼望着她的"尖子"出点儿什么不幸才好。终于有一天，她故意失手，制造了一场不幸，使她的"尖子"在演出时当场摔成重伤……

最后我对儿子讲，如果那两个因嫉妒而干伤害别人之事的女孩儿，不是小孩儿是大人，那么她们的行为就是犯罪行为了……

儿子问："大人也嫉妒吗?"

我说大人尤其嫉妒。一旦嫉妒起来尤其厉害，甚至会因嫉妒杀人放火干种种坏事。也有因嫉妒太久，又没机会对被嫉妒的人下手而自杀的……

我说，凡那样的大人，皆因从小的时候开始，就让嫉妒这颗种子，在心灵里深深扎了根。他们的内心世界，不是花园，不是苗圃，而是荆棘密布的乱石岗……

儿子问："爸爸你也嫉妒过吗?"

我说我当然也嫉妒过，直到现在还时常嫉妒比自己幸运比自己优越比自己强的人。我说人嫉妒人是没有办法的事。从伟大的人到普通的人，都有嫉妒之心。没产生过嫉妒心的人是根本没有的。

儿子问："那怎么办呢?"

我说，第一，要明白嫉妒是丑恶的，是邪恶的。嫉妒和羡慕还不一样。羡慕一般不产生危害性，而嫉妒是对他人和社会具有危害性和危险性的。第二，要明白，不可能一切所谓好事，好的机会，都会理所当然地降临在你自己头上。当降临在别人头上时，你应对自己说，我的机会和幸运可能在下一次。而且，有些事情并不重要。比如对于一个小学生来说，当上当不上班干部，并不说明什么。好好学习，才是首要的……

儿子虽然只有十几岁，但我经常同他谈心灵。不是什么谈心，而是谈心灵问题。谈嫉妒、谈仇恨、谈自卑、谈虚荣、谈善良、谈友情、谈正直、谈宽容……

不要以为那都是些大人们的话题。十几岁的孩子能懂这些方面的道理了。该懂了。而且，从我儿子，我认为，他们也很希望懂。我认为，这一切和人的内心世界有关的现象，将来也必和一个人的幸福与否有关。我愿我的儿子将来幸福，所以我提前告诉他这些……

邻居们都很喜欢我的儿子，认为他是个"懂事"的好孩子。同学们跟他也都很友好，觉得和他在一起高兴，愉快。

我因此而高兴，而愉快。

我知道，一个心灵的小花园，"侍弄"得开始美好起来了……

辑二

同学少年

我的小学

我永远忘不了这样一件事：某年冬天，市里要来一个卫生检查团到我们学校检查卫生，班主任老师吩咐两名同学把守在教室门外，个人卫生不合格的学生，不准进入教室。我是不许进入教室的几个学生之一。我和两名把守在教室门外的学生吵了起来，结果他们从教员室请来了班主任老师。

班主任老师上下打量着我，冷起脸问："你为什么今天还要穿这么脏的衣服来上学？"

我说："我的衣服昨天刚刚洗过。"

"洗过了还这么脏？"老师指点着我衣襟上的污迹。

我说："那是油点子，洗不掉的。"

老师生气了："回家去换一件衣服。"

我说："我就这一件上学的衣服。"

我说的是实话。

老师认为我顶撞了她，更加生气了，又看我的双手，说："回家叫你妈把你两手的皴用砖头蹭干净了再来上学！"接着像扒乱草堆一样乱扒我的头发，"瞧你这满头虮子，像撒了一脑袋大米！叫人恶心！回家去吧！这几天别来上学了，检查过后再来上学！"

我的双手，上学前用肥皂反复洗过，用砖头蹭也未必能蹭干净。而手上生皱，不是我所愿意的。我每天要洗菜，淘米，刷锅，刷碗。家里的破屋子四处透风，连水缸在屋内都结冰，我的手上怎么不生皱？不卫生是很羞耻的，这我也懂，但卫生需要起码的"为了活着"的条件，这一点我的班主任老师便不懂了。阴暗的，夏天潮湿冬天寒冷的，像地窖一样的一间小屋，破炕上每晚拥挤着大小五口人，四壁和天棚每天起码要掉下三斤土，炉子每天起码要向狭窄的空间飞扬四两灰尘……母亲每天早起晚归去干临时工，根本没有精力照料我们几个孩子，如果我的衣服居然还干干净净，手上没皱头上没有虮子，那倒真是咄咄怪事了！我当时没看过《西行漫记》，否则一定会顶撞一句："毛主席当年在延安住窑洞时还当着斯诺的面捉虱子呢！"

我认为，对于身为教师者，最不应该的，便是以贫富来区别对待学生。我的班主任老师嫌贫爱富。我的同学中的区长、公社书记、工厂厂长、医院院长们的儿女，他们都并非品学兼优的好学生，有的甚至经常上课吃零食、打架，班主任老师却从未严肃地批评过他们一次。

对班主任老师尖酸刻薄的训斥，我只有含侮忍辱而已。

我两眼涌出泪水，转身就走。

这一幕却被语文老师看到了。

她说："梁绍生，你别走，跟我来。"扯住我的一只手，将我带到教员室。

她让我放下书包，坐在一把椅子上，又说："你的头发也够长了，该理一理了，我给你理吧！"说着就离开了办公室。

学校后勤科有一套理发工具，是专为男教师们互相理发用的。我知道她准是取那套理发工具去了。

可是我心里却不想再继续上学了。因为穷，太穷，我在学校里感到一点尊严也没有。而一个孩子需要尊严，正像需要母爱一样。我是全班唯一的一个免费生。免费对一个小学生来说是精神上的压力和心理上的负担。"你是免费生，你对得起党吗？"哪怕无意识地犯了算不得什么错误的错误，我也会遭到班主任老师这一类冷言冷语的训斥。我早听够了！

语文老师走出教员室，我便拿起书包逃离了学校。

我一直跑出校园，跑着回家。

"梁绍生，你别跑，别跑呀！小心被汽车撞了呀！"

我听到了语文老师的呼喊。她追出了校园，在人行道上跑着追我。

我还是跑，她紧追。

"梁绍生，你别跑了，你要把老师累坏呀！"

我终于不忍心地站住了。

她跑到我跟前，已气喘吁吁。

她说："你不想上学啦？"

我说："是的。"

她说："你才小学四年级，学这点文化将来够干什么用？"

我说："我宁肯和我爸爸一样将来靠力气吃饭，也不在学校里忍受委屈了！"

她说："你这种想法是错误的。小学四年级的文化，将来也当不了一个好工人！"

我说："那我就当一个不好的工人！"

她说："那你将来就会恨你的母校，恨母校所有的老师，尤其会恨我。因为我没能规劝你继续上学！"

我说："我不会恨您的。"

她说："那我自己也不会原谅我自己！"

我满心间自卑、委屈、羞耻和不平，哇的一声哭了。

她抚摸着我的头，低声说："别哭，跟老师回学校吧，啊？我知道你们家里生活很穷困，这不是你的过错，没有什么值得自卑和羞耻的。你要使同学们看得起你，每一位老师都喜爱你，今后就得努力学习才是啊！"

我只好顺从地跟她回到了学校。

如今想起这件事，我仍觉后怕。没有我这位小学语文老师，依着我从父亲的秉性中继承下来的那种九头牛拉不动的倔犟劲儿，很可能连我母亲也奈何不得我，当真从小学四年级就弃学了。那么今天我既不可能成为作家，也必然像我的那位小学语文老师说的那样——当不了一个好工人。

一位会讲故事的母亲和从小的穷困生活，是造成我这样一个作家的先决因素。狄更斯说过——穷困对于一般人是种不幸，但对于作家也许是种幸运。的确，对我来说，穷困并不仅仅意味着童年生活的不遂人愿。它促使我早熟，促使我从童年起就开始怀疑生活，思考生活，认识生活，介入生活。虽然我曾千百次地诅咒过穷困，因穷困感到过极大的自卑和羞耻。

我发现自己也具有讲故事的"才能"，是在小学二年级。认识字了，语文课本成了我最早阅读的书籍，新课本发下来未过多久，我就先自通读一遍了。当时课文中的生字，标有拼音，读起来并不难。

一天，我坐在教室外的楼梯台阶上正聚精会神地看语文课本，教语文课的女老师走上楼，好奇地问："你在看什么书？"

我立刻站起，规规矩矩地回答："语文课本。"

老师又问："哪一课？"

我说："下堂您要讲的新课——小山羊看家。"

"这篇课文你觉得有意思吗？"

"有意思。"

"看过几遍了？"

"两遍。"

"能讲下来吗？"

我犹豫了一下，回答："能。"

上课后，老师把我叫起，对同学们说："这一堂讲第六课——小山羊看家。下面请梁绍生同学先把这一篇课文讲述给我们听。"

我的名字本叫梁绍生，梁晓声是我在"文革"中自己改的名字。"文革"中兴起过一阵改名的时髦风，我在一张辞去班级"勤务员"职务的声明中首次署了现在的名字——梁晓声。

我被老师叫起后，开始有些发慌，半天不敢开口。

老师鼓励我："别紧张，能讲述到哪里，就讲述到哪里。"

我在老师的鼓励下，终于开口讲了："山羊妈妈有四个孩子，一天，山羊的妈妈要离开家……"

当我讲完后，老师说："你讲得很好，坐下吧！"看得出，老师心里很高兴。

全班同学都很惊异，对我十分羡慕。

一个穷困人家的孩子，他没有任何值得自我炫耀的地方，当他的某一方面"才能"当众得以显示，并且被羡慕，并且受到夸奖，他心里自然充满骄傲。

以后，语文老师每讲新课，总是提前几天告诉我，嘱我认真阅读，到讲那一堂新课时，照例先把我叫起，让我首先讲述给同学们听。

我们的语文老师，是一位主张教学方法灵活的老师。她需要我这样一名学生，喜爱我这样一名学生。因为我的存在，使她在我们这个班讲的语文课生动活泼了许多。而我也同样需要这样一位老师，因为是她给予了我在全班同学面前显示自己讲故事"才能"的机会。而这样的机会当时对我是重要的，使我幼小的意识中也有一种骄傲存在着，满足着我匮乏的虚荣心。后来，老师的这一语文教学方法，在全校推广了开来，引起区和市教育局领导同志的兴趣，先后到我们班听过课。从小学二年级至小学六年级，我和我的语文老师一直配合得很默契。她喜爱我，我尊敬她。小学毕业后，我还回母校看望过她几次。"文革"开始，她因是市的教育标兵，受到了批斗。记得有一次我回母校去看她，她刚刚被批斗完，握着扫帚扫校园，剃了"鬼头"，脸上的墨迹也不许她洗去。

我见她那样子，很难过，流泪了。

她问："梁绍生，你还认为我是一个好老师吗？"

我回答："是的，您在我心中永远是一位好老师。"

她惨然地苦笑了，说："有你这样一个学生，有你这样一句话，我挨批挨斗也心甘情愿了！走吧，以后别再来看老师了，记住老师曾多么喜爱你就行！"

那是最后一次见到她。

不久，她跳楼自杀了。

她不但是我的小学语文老师，还是我小学母校的少先队辅导员老师。她在同学们中组织起了全市小学校的第一个"故事小组"和第一个"小记者委员会"。我小学时不是个好学生，经常逃学，不参加校外学习小组，除了语文成绩较好，算术、音乐、体育都仅是个"中等"生，直到五年级才入队。还是在我这位语文老师的多次力争下有幸戴上了红领巾，也是在我这位语文老师的力争下才成为"故事小组"和"小记者委员会"的成员。对此我的班主任老师很有意见，认为她所偏爱的是一个坏学生。我逃学并非因为我不爱学习。那时母亲天不亮就上班去了，哥哥已上中学，是校团委副书记兼学生会主席，也跟母亲一样，早晨离家，晚上才归，全日制，就苦了我。家里还有两个弟弟一个妹妹，我得给他们做饭吃，收拾屋子和担水，他们还常常哭着哀求我在家陪他们。将六岁、四岁、二岁的小弟小妹撇在家里，我常常于心不忍，便逃学，不参加校外学习小组。班主任老师从来也没有到我家进行过家访，因而不体谅我也就情有可原，认为我是一个坏学生更理所当然。班主任老师不喜欢我，还因为穿在我身上的衣服一向很不体面，不是过于肥大就是过于短小，不仅破，而且脏，衣襟几乎天天带着锅底灰和做饭时弄上的油污。在小学没有一个和我要好过的同学。

语文老师是我小学时期在学校里的唯一的一个朋友。我至今不忘她，永远都难忘。不仅因为她是我小学时期唯一关心过我喜爱过我的一位老师，不仅因为她给予了我唯一的树立起自豪感的机会和方式，还因她将我向文学的道路上推进了一步——由听故事到讲故事。

语文老师牵着我的手，重新把我带回了学校，重新带到教员室，让我重新坐在那把椅子上，开始给我理发。

语文教员室里的几位老师百思不得其解地望着她。

一位男老师对她说："你何苦呢？你又不是他的班主任。曲老师因为这个学生都对你有意见了，你一点不知道？"

她笑笑，什么也未回答。

她一会儿用剪刀剪，一会儿用推子推，将我的头发剪剪推推摆弄了半天，总算"大功告成"。

她充满歉意地说："老师没理过发，手太笨，使不好推子也使不好剪刀，大冬天的给你理了个小平头，你可别生老师的气呀！"

教员室没面镜子。我用手一摸，平倒是很平，头发却短得不能再短了。哪里是"小平头"，分明是被剃了一个不彻底的秃头。虱子肯定不存在了，我的自尊心也被剪掉剃平。

我并未生她的气。

随后她又拿起她的脸盆，领我到锅炉房，接了半盆冷水再接半盆热水，兑成一盆温水，给我洗头，洗了三遍。

只有母亲才如此认真地给我洗过头。

我的眼泪一滴滴落在脸盆里。

她给我洗好头，再次把我领回教员室，脱下自己的毛坎肩，套在我身上，遮住了我衣服前襟那片无法洗掉的污迹。她身材娇小，毛坎肩是绿色的，套在我身上尽管不伦不类，却并不显得肥大。

教员室里的另外几位老师，瞅着我和她，一个个摇头不止，忍俊不禁。

她说："走吧，现在我可以送你回到你们班级去了！"

她带我走进我们班级的教室后，同学们顿时哄笑起来。大冬天的，我竟剃了个秃头，棉衣外还罩了件绿坎肩，模样肯定是太古怪太滑稽了！

她生气了，严厉地喝问我的同学们："你们笑什么？有什么可笑的？哄笑一个同学迫不得已的做法是可耻的行为！如果我是你们的班主任，谁再敢哄笑我就把谁赶出教室！"

这话她一定是随口而出的，绝不会有任何针对我的班主任老师的意思。

我看到班主任老师的脸一下子拉长。

班主任老师也对同学们呵斥："不许笑！这又不是要猴！"

班主任老师的话，更加使我感到被当众侮辱，而且我听出来了，班主任老师的话中，分明包含着针对语文老师的不满成分。

语文老师听没听出来，我无法知道。我未看出她脸上的表情有什么变化。

她对班主任老师说："曲老师，就让梁绍生上课吧！"

班主任老师拖长语调回答："你对他这么尽心尽意，我还有什么话可说？"

市教育局卫生检查团到我们班检查卫生时，没因为我们班有我这样一个剃了秃头，棉袄外套件绿色毛坎肩的学生而贴在我们教室门上一面黄旗或黑旗。他们只是觉得我滑稽古怪，惹他们发笑而已……

从那时起直至我小学毕业，我们班主任老师和语文老师的关系一直不融洽。我知道这一点，我们班级的所有同学也都知道这一点，而这一点似乎完全是由于我这个学生导致的。几年来，我在一位关心我的老师和一位讨厌我的老师之间，处处谨小慎微，循规蹈矩，力不胜任地扮演一架天平上的小砝码的角色。扮演这种角色，对于一个小学生的心理，无异于扭曲，对我以后的性格形成不良影响，使我如今不可救药地成了一个忧郁型的人。

我心中暗暗铭记语文老师对我的教诲，学习努力起来，成绩渐好。

班主任老师却不知为什么对我愈发冷漠无情了。

四年级上学期期末考试，我的语文和算术破天荒地拿了"双百"，而且《中国少年报》选登了我的一篇作文，市广播电台"红领巾"节目也广播了我的一篇作文，还有一篇作文用油墨抄写在儿童电影院的宣传栏上。同学对我刮目相看了，许多老师也对我和蔼可亲了。

校长在全校师生大会上表扬了我的语文老师，充分肯定了在我这个一度被视为坏学生的转变和进步过程中，她所付出的种种心血，号召全校老师向她那样对每一个学生树立起高度的责任感。

受到表扬有时对一个人不是好事。

在她没有受到校长的表扬之前，许多师生都公认，我的"转变和进步"，与她对我的教育是分不开的。而在她受到校长的表扬之后，某些老师竟认为她是一个"机会主义者"了。"文革"期间，有一张攻击她的大字报，赫赫醒目的标题即是——"看机会主义者是怎样在教育战线进行投机和沽名钓誉的！"

而我们班的几乎所有同学，都不知掌握了什么证据，断定我那三篇给自己带来荣誉的作文，是语文老师替我写的。于是流言传播，闹得全校沸沸扬扬。

> 四年级二班的梁绍生，
> 是个逃学精，
> 老师替他写作文，
> 《少年报》上登，
> 真该用屁崩！……

一些男同学，还编了这样的顺口溜，在我上学和放学的路上，包围着我讥骂。班主任老师亲眼看见过我被凌辱的情形，没制止。

班主任老师对我冷漠无情到视而不见的地步。她教算术。在她讲课时，连扫也不扫我一眼了。她提问或者叫同学在黑板上解答算术题时，无论我将手举得多高，都无法引起她的注意。

一天，在她的课堂上，同学们做题，她坐在讲课桌前批改作业本。教室里静悄悄的。

"梁绍生！"她突然大声叫我的名字。

我吓了一跳，立刻怯怯地站了起来。

全体同学都停了笔。

"到前边来！"班主任老师的语调中隐含着一股火气。

我惴惴不安地走到讲桌前。

"作业为什么没写完？"

"写完了。"

"当面撒谎！你明明没写完！"

"我写完了，中间空了一页。"

我的作业本中夹着印废了的一页，破了许多小洞，我写作业时随手翻过去了，写完作业后却忘了扯下来。

我低声下气地向她承认是我的过错。

她不说什么，翻过那一页，下一页竟仍是空页。

我万没想到我写作业时翻得匆忙，会连空两页。

她拍了一下桌子："撒谎！撒谎！当面撒谎！你明明是没有完成作业！"

我默默地翻过了第二页空页，作业本上展现出了我接着做完了的作业。

她的脸倏地红了："你为什么连空两页？！想要捉弄我一下是不是？！"

我垂下头，讷讷地回答："不是。"

她又拍了一下桌子："不是？！我看你就是这个用意！你别以为你现在是个出了名的学生了，还有一位在学校里红得发紫的老师护着你，托着你，拼命往高处抬举你，我就不敢批评你了！我是你的班主任，你的小学鉴定还得我写呢！"

我被彻底激怒了！我不能容忍任何人在我面前侮辱我的语文老师！我爱她！她是全校唯一使我感到亲近的人！我觉得她像我的母亲一样，我内心里是视她为我的第二个母亲的！

我突然抓起了讲台桌上的红墨水瓶。班主任以为我要打在她脸上，吃惊地远远躲开我，喝道："梁绍生，你要干什么？！"

我并不想将墨水瓶打在她脸上，我只是想让她知道，我是一个人，在忍无可忍的情况下我是会愤怒的！

我将墨水瓶使劲摔到墙上。墨水瓶粉碎了，雪白的教室墙壁上出现了一片"血"迹！

我接着又将粉笔盒摔到了地上。一盒粉笔尽断，四处滚去。

教室里长久的一阵鸦雀无声，直至下课铃响。

那天放学后，我在学校大门外守候着语文老师回家。她走出学校时，我叫了她一声。

她奇怪地问："你怎么不回家？在这里干什么？"

我垂下头去，低声说："我要跟您走一段路。"

她沉思地瞧了我片刻，一笑，说："好吧，我们一块儿走。"

我们便默默地向前走。

她忽然问："你有什么事要告诉我吧？"

我说："老师，我想转学。"

她站住，看着我，又问："为什么？"

我说："我不喜欢我们班级！在我们班级我没有朋友，曲老师讨厌我！要不请求您把我调到您当班主任的四班吧！"我说着想哭。

"那怎么行？不行！"她语气非常坚决，"以后你再也不许提这样的请求！"

我也非常坚决地说："那我就只有转学了！"眼泪涌出了眼眶。

她说："我不许你转学。"我觉得她不理解我，心中很委屈，想跑掉。

她一把扯住我，说："别跑。你感到孤独是不是？老师也常常感到孤独啊！你的孤独是穷困带来的，老师的孤独……是另外的原因带来的。你转到其他学校也许照样会感到孤独的。我们一个孤独的老师和一个孤独的学生不是更应该在一所学校里吗？转学后你肯定会想念老师，老师也肯定会想念你的。孤独对一个人不见得是坏事……这一点你以后会明白的。再说你如果想有朋友，你就应该主动去接近同学们，而不应该对所有的同学都充满敌意，怀疑所有的同学心里都想欺负你……"

我的小学语文老师她已成泉下之人近二十年了。我只有在这篇纪实性的文字中，表达我对她虔诚的怀念。

教育的社会使命之一，就是应首先在学校中扫除嫌贫谄富媚权的心态！

而嫌贫谄富，在我们这个国家，在我们这个国家的小学、中学乃至大学，在二十一世纪的今天，依然不乏其例。

因为我小学毕业后，接着进入了中学，而后又进入过大学，所以我有理由这么认为。

我诅咒这种现象！鄙视这种现象！

我的中学

　　我的中学时代是我真正开始接受文学作品熏陶的时代。比较起来，我中学以后所读的文学作品，还抵不上我从一九六三年至一九六八年下乡前这五年内所读过的文学作品多。

　　在小学五六年级，我已读过了许多长篇小说。我读的第一本中国长篇小说是《战斗的青春》；读的第一本外国长篇小说是《钢铁是怎样炼成的》。

　　而在中学我开始知道了托尔斯泰、巴尔扎克、雨果、车尔尼雪夫斯基、陀思妥耶夫斯基、高尔基等外国伟大作家的名字，并开始喜爱上了他们的作品。

　　我在我的短篇小说《这是一片神奇的土地》中有几处引用了希腊传说中的典故，某些评论家们颇有异议，认为超出了一个中学生的阅读范围。我承认我在引用时，有自我炫耀的心理作怪。但说"超出"了一个中学生的阅读范围，证明这样的评论家根本不了解中学生，起码不了解六十年代的中学生。

　　我的中学母校是哈尔滨市第二十九中学，一所普通的中学。在我的同学中，读长篇小说根本不是什么新鲜事。不分男女同学，大多数都开始喜欢读长篇小说了。古今中外，凡是能弄到手的都读。一个同学借到或者买到一本好小说，首先会在几个亲密的同学之间传看。传看的圈子往往无法限制，有时扩大到几乎全班。

外国一位著名的作家和一位著名的评论家之间曾经有过下面的有趣而明智的谈话：

作家：最近我结识了一位很有天才的评论家。

评论家：最近我结识了一位很有天才的作家。

作家：他叫什么名字？

评论家：青年。你结识的那位有天才的评论家叫什么名字？

作家：他的名字也叫青年。

青年永远是文学的最真挚的朋友。中学时代正是人的崭新的青年时代。他们通过拥抱文学拥抱生活，他们是最容易被文学作品感动的最广大的读者群。今天我们如果进行一次有意义的社会调查，结果肯定也是如此。

我在中学时代能够读到不少真正的文学作品，还应当感激我的母亲。母亲那时已从铁路上被解雇下来，又在一个加工棉胶鞋鞋帮的条件极差的小工厂参加工作，每月可挣三十几元钱贴补家庭生活。

我们渴望读书。只要是为了买书，母亲给我们钱时从未犹豫过。母亲没有钱，就向邻居借。

家中没有书架，也没有摆书架的地方。母亲为我们腾出一只旧木箱，我们买的书，包上书皮儿，看过后存放在箱子里。

最先获得买书特权的，是我的哥哥。

哥哥也酷爱文学。我对文学的兴趣，一方面是母亲以讲故事的方式不自觉地培养的结果，另一方面是受哥哥的熏染。

我之所以走上文学道路，哥哥起的作用，不亚于母亲和我的小学语文老师的作用。

六十年代的教学，比今天更体现对学生素养的普遍重视。哥哥高中读的已不是"语文"课本，而是"文学"课本。

哥哥的"文学"课本，便成了我常常阅读的"文学"书籍。有一次，哥哥上"文学"课竟找不到课本了，因为我头一天晚上从哥哥的书包里翻出来看没有放回去。

一册高中生的"文学"课本，其文学内容之丰富，绝不比目前的一本什么文学刊物差，甚至要比目前的某些文学刊物的内容更丰富，水平更优秀。收入高中"文学"课本中的，大抵是古今中外优秀文学作品的章节。古今中外的诗歌、散文、小说、杂文，无所偏废。

"岳飞枪挑小梁王""鲁提辖拳打镇关西""杜十娘怒沉百宝箱"，鲁迅、郁达夫、茅盾、叶圣陶的小说，郭沫若的词，闻一多、拜伦、雪莱、裴多菲的诗，马克·吐温的小说，欧·亨利的小说，高尔基的小说……货真价实的一册综合性文学刊物。

那时的高中"文学"课多么好！

我相信，六十年代的高中生可能有不愿上代数课的，有不愿上物理课、化学课、政治课的，但如果谁不愿上"文学"课则太难理解了！

我到北大荒后，曾当过小学老师和中学老师，教过"语文"。七十年代的中小学"语文"课本，让我这样的老师根本不愿拿起来，远不如"扫盲运动"中的工农课本。

当年，哥哥读过的"文学"课本，我都一册册保存起来，成了我的首批"文学"藏书。哥哥还很舍不得将它们给予我呢！

哥哥无形中取代了母亲家庭"故事员"的角色。每天晚上，他做完功课，便捧起"文学"课本，为我们朗读，我们理解不了的，他就用心启发我们。

一个高中生朗读的"文学"，比一位没有文化的母亲讲的故事当然更是文学的"享受"。某些我曾听母亲讲过的故事，如"牛郎织女""天仙配""白蛇传"，由哥哥照着课本一句句朗读给我们听，产生的感受也大不相同。从母亲口中，我是听不到哥哥从高中"文学"课本读出来的那些文学词句的。我从母亲那里获得的是"口头文学"的熏陶，我从哥哥那里获得的才是真正的文学的熏陶。

感激六十年代的高中"文学"教课本的编者们！

哥哥还经常从他的高中同学们手中将一些书借回家里来看。他和他的几名要好的男女同学还组成了一个"阅读小组"。哥哥的高中母校是哈尔滨一中，是重点学校。在他们这些重点学校的喜爱文学的高中生之间，阅读外国名著蔚然成风。他们那个"阅读小组"还有一张大家公用的哈尔滨图书馆的借书证。

哥哥每次借的书，我都请求他看完后迟还几天，让我也看完。哥哥一向满足我的愿望。

可以说我是从大量阅读外国作品开始真正接触文学的。我受哥哥的影响，非常崇拜苏俄文学，至今认为苏俄文学是世界上伟大的文学。当代苏联文学不但继承了俄罗斯文学传统，在借鉴西方现代派文学方面，也比我们捷足先登。当代苏联文学可以明显地看到现实主义和现代派文学的有机结合。苏联电影在这方面进行了更为成功的实践。

回顾我所走过的道路，连自己也能看出某些拙作受苏俄文学的潜移默化的影响，而在文字上则接近翻译体小说。后来才在创作实践中渐渐意识到自己中国民族文学语言的基本功很弱，才开始注重对中国小说的阅读，才开始在实践中补习中国传统小说这一课。

我除了看自己借到的书，看哥哥借到的书，小人书铺是中学时代的"极乐园"。

那时我们家已从安平街搬到光仁街住了。像一般的家庭主妇们新搬到一地，首先关心附近有几家商店一样，我首先寻找的是附近有没有小人书铺。令我感到庆幸的是，那一带的小人书铺真不少。

从我们家搬到光仁街后到我下乡前，我几乎将那一带小人书铺中我认为好的小人书看遍了。

我看小人书，怀着这样的心理：自己阅读长篇小说时头脑中想象出来的人物是否和小人书上画出来的人物形象一致。二者接近，我便高兴。二者相差甚远，我则重新细读某部长篇小说，想要弄明白个所以然。有些长篇小说，就是在这样的情况下读过两遍的。

谈到读长篇，我想到了《红旗谱》，我认为它是新中国成立以来中国最优秀的长篇小说。由《红旗谱》我又想起两件事。

我买《红旗谱》，只有向母亲要钱。为了要钱才去母亲做活的那个条件极差的街道小工厂找母亲。

那个街道小工厂，二百多平方米的四壁颓败的大屋子，低矮、阴暗，天棚倾斜，仿佛随时会塌下来。五六十个家庭妇女，一人坐在一台破旧的缝纫机旁，一双接一双不停歇地加工棉胶鞋鞋帮，到处堆着毡团。空间毡绒弥漫，所有女人都戴口罩。几扇窗子一半陷在地里，无法打开，空气不流通，闷得使人头晕。耳畔脚踏缝纫机的声音响成一片，女工们彼此说话，不得不摘下口罩，扯开嗓子。话一说完，就赶快将口罩戴上。她们一个个紧张得不直腰，不抬头，热得汗流浃背。

有几个身体肥胖的女人，竟只穿着件男人的背心。我站在门口，用目光四处寻找母亲，却认不出在这些女人中，哪一个是我的母亲。

负责给女工们递送毡团的老头问我找谁，我向他说出了母亲的名字。

我这才发现，最里边的角落，有一个瘦小的身躯，背对着我，像八百度的近视眼写字一样，头低垂向缝纫机，正做活。

我走过去，轻轻叫了一声："妈……"

母亲没听见。

我又叫了一声。

母亲仍未听见。

"妈！"我喊起来。

母亲终于抬起了头。

母亲瘦削而憔悴的脸，被口罩遮住三分之二。口罩已湿了，一层毡绒附着上面，使它变成了毛茸茸的褐色。母亲的头发上衣服上也落满了毡绒，母亲整个人都变成了毛茸茸的褐色。这个角落更缺少光线，更暗。一只可能是一百度的灯泡，悬吊在缝纫机上方，向窒闷的空间继续散热，一股蒸蒸的热气顿时包围了我。缝纫机板上水淋淋的，是母亲滴落的汗。母亲的眼病常年不愈，红红的眼睑夹着黑白混浊的眼睛，目光呆滞地望着我，问："你到这里来干什么？找妈有事？"

"妈，给我两元钱……"我本不想再开口要钱。亲眼看到母亲是这样挣钱的，我心里难受极了。可不想说的话，说了，我追悔莫及。

"买什么?"

"买书……"

母亲不再多问,手伸入衣兜,掏出一卷毛票,默默点数,点够了两元钱递给我。

我犹豫地伸手接过。

离母亲最近的一个女人,停止做活,看着我问:"买什么书啊?这么贵!"

我说:"买一本长篇。"

"什么长篇短篇的!你瞧你妈一个月挣三十几元钱容易吗?你开口两元,你妈这两天的活白做了!"那女人将脸转向母亲,又说,"大姐你别给他钱!你是当妈的,又不是奴隶!供他穿,供他吃,供他上学,还供他花钱买闲书看吗?你也太顺他意了!他还能出息成个写书的人咋的?"

母亲淡然苦笑,说:"我哪敢指望他能出息成个写书的人呢!我可不就是为了几个孩子才做活的嘛!这孩子和他哥一样,不想穿好的,不想吃好的,就爱看书!反正多看书对孩子总是有些教育的,算我这两天白做了呗!"说着,俯下身继续蹬缝纫机。

那女人独自叹道:"唉,这老婆子,哪一天非为了儿女们累死缝纫机旁!……"

我心里内疚极了,一转身跑出去。

我没有用母亲给我那两元钱买《红旗谱》。

几天前母亲生了一场病,什么都不愿吃,只想吃山楂罐头,却没舍得花钱给自己买。

我就用那两元钱,几乎跑遍了道里区的大小食品商店,终于买到了一听山楂罐头，剩下的钱，一分也没花。

母亲下班后，发现了放在桌上的山楂罐头，沉下脸问："谁买的？"

我说："妈，我买的。用你给我那两元钱为你买的。"说着将剩下的钱从兜里掏出来也放在桌上。

"谁叫你这么做的？"母亲生气了。

我讷讷地说："谁也没叫我这么做，是我自己……妈，我今后再也不向你要钱买书了！……"

"你向妈要钱买书妈不给过你吗？"

"给过……"

"那你为什么还说这种话？一听罐头，妈吃不吃又能怎么样呢？还不如你买本书，将来也能保存给你弟弟们看……"

"我……妈，你别去做活了吧！……"我扑在母亲怀里，哭了。

母亲变得格外慈爱。她抚摸着我的头发，许久又说："妈妈不去做活，靠你爸每月寄回家那点钱，日子没法过啊……"

《红旗谱》这本书没买，我心里总觉得是一个很大愿望没实现。

那时我已有了六七十本小人书，我便想到了出租小人书。我的同学中就有出租过小人书的。一天少可得两三毛钱，多可得四五毛钱，再买新书，以此法渐渐增多自己的小人书。

一个星期天，我将自己的全部小人书背着母亲用块旧塑料布包上，带着偷偷溜出家门，来到火车站。在站前广场，苏联红军烈士纪念碑下，铺开塑料布，摆好小人书，坐一旁期待。

火车站是出租小人书的好地方。我的书摊前渐渐围了一圈人，大多是候车或转车的外地人。我不像我的那几个出租过小人书的同学，我不先收钱。我不按小人书的页数决定收几分钱，厚薄一律二分。我预想周到，带了一截粉笔，画线为"界"。要求看书者们必须在"界"内，我自己在"界"外。这既有利于他们，也方便于我。他们可以坐在纪念碑台阶上，我盘腿坐在他们对面，精力集中地注意他们，防止谁贪小便宜将我的书揣入衣兜。看完了的，才许跨出"界"外，一手还书，一手交钱。我"管理"有方，"生意"竟很"兴隆"，心中无比喜悦。

"喂，起来，起来！"背后一个声音忽然对我吆喝，一只皮鞋同时踢我屁股。我站起来，转身一看，是位治安警察。"你们，把书都放下！"戴着白手套的手，朝那些看书的人指。人们纷纷站起，将书扔在塑料布上，扫兴离去。治安警察命令："把书包起来。"我情知不妙，一声不敢吭，赶紧用塑料布将书包起来，抱在怀里。

那治安警察将它一把从我怀中夺过去，迈步就走。

我扯住他的袖子嚷："你干什么呀你？"

"干什么？"他一甩胳膊挣脱我的手，"没收了！"

"你凭什么没收我的书呀？"

"凭什么？"他指指写有"治安"二字的袖标，"就凭这个！这里不许出租小人书你知道不知道？"

"我……我不知道，我今后再也不到这儿来出租小人书了！……"我央求他，快急哭了。

"那么说你今后还要到别的地方去出租啦？"

"不，我不是那个意思，我今后哪儿也不去出租了，你还给我，还给我吧！……"

"一本不还！"那个治安警察真是冷酷，说罢大步朝站前派出所走去。

我哇的一声哭了，我追上他，哭哭啼啼，由央求而哀求。

他被我纠缠火了，厉声喝道："再跟着我，连你也扯到派出所去！"

我害怕了，不敢继续哀求，眼睁睁看着他扬长而去……

我失魂落魄地往家走。那种绝望的心情，犹如破了产的大富翁。

经过霁虹桥时，真想从桥上跳下去。

回到家里，我越想越伤心，又大哭了一场，哭得弟弟妹妹们莫名其妙。母亲为了多挣几元钱，星期日也不休息。哥哥问我为什么哭，我不说。哥哥以为我不过受了点别人的欺负，未理睬我，到学校参加什么活动去了。

母亲那天下班挺晚。母亲回到家里，见我躺在炕上，坐到炕边问我怎么了。

我因为我那六七十本小人书全部被没收一下子急病了。我失去了一个"世界"呀！我的心是已经迷上了这个"世界"的呀！

我流着泪，用嘶哑的声音告诉母亲，我的小人书是怎样在火车站被一个治安警察没收的。母亲缓缓站起，无言地离开了我。我迷迷糊糊睡着了，梦中从那个治安警察手中夺回了我全部的小人书。我迷迷糊糊睡了两个多小时，由于嗓子焦灼才醒过来。窗外，天黑了，屋里拉亮了灯。

我一睁开眼睛，首先发现的，竟是我包小人书的那个塑料布包！我惊喜地爬起，匆匆忙忙地打开塑料布，内中包的果然是我的那些小人书！

外屋，传来嘭、嘭、嘭的响声，是母亲在用铁丝拍子拍打带回家里的毡团。母亲每天都必得带回家十几斤毡团，拍打松软了，以备第二天絮鞋帮用。

"妈！……"我用沙哑的声音叫母亲。

母亲闻声走进屋里。

我不禁喜笑颜开，问："妈，是你要回来的吧?"

母亲"嗯"了一声，说："记着，今后不许你出租小人书!"说完，又到外屋去拍打毡团。

我心中一时间对母亲充满了感激。

母亲是连晚饭也没顾上吃一口便赶到火车站去的。母亲对那个治安警察说了多少好话，是否交了罚款，我没问过母亲，也永远地不知道了……

三天后的中午，哥哥从外面回来，一进门就告诉我，要送我一样礼物，并叫我猜是什么。

那一天是我的生日。生活穷困，无论母亲还是我们几个孩子，是从不过生日的。

我以为哥哥骗我，不猜。

哥哥神秘地从书包取出一本书："你看!"

《红旗谱》!

对我来说，再也没有比它更使我高兴的生日礼物了!

哥哥又从书包取出了两本书："还有呢!"

我激动地夺过一看——《播火记》《烽烟图》!《红旗谱》的两本下部!

我当时还不知道《红旗谱》的下部已经出版。我放下这本，拿起那本，爱不释手。

哥哥说："是妈叫我给你买的。妈给了我一张五元的钱，我手一松，就连同两本下部也给你买回来了。"

我说："妈叫你给我买一本，你却给我买了三本，妈会责备你吧？"

哥哥说："不会的。"

我放下书，心情复杂地走出家门，走到胡同口母亲做活的条件极差的街道小工厂。

我趴在低矮的窗上向里面张望，在那个角落，又看到了母亲瘦小的身影，背朝着我，俯在缝纫机前。缝纫机左边，是一大垛轧好的棉胶鞋鞋帮；右边，是一大堆拍打过的毡团。母亲整个人变成了毛茸茸的褐色。

我心里对母亲说："妈，我一定爱惜买的每一本书……"却没有想到只有将来当一位作家才算对得起母亲。

至今我仍保持着格外爱惜书的习惯。

小时候想买一本书需鼓足勇气才能够开口向母亲要钱，现在见了好书就非买不可。平日没时间逛书店，出差到外地，则将逛书店当成逛街市的主要内容。往往出差归来，外地的什么特产都没带回，带回一捆书，而大部分又是在北京的书店不难买到的。

买书其实莫如借书。借的书，要尽量挤时间早读完归还。买的书，却并不急于阅读了。虽然如此，依旧见了好书就非买不可。

由于我迷上了文学作品，学习成绩大受影响。我在中学时代，是个中等生。对物理、化学、地理、政治一点兴趣也提不起来，每次考试勉强对付及格。俄语初一上学期考试得过一次最高分——九十五，以后再没及格过。我喜欢上的是语文、历史、代数、几何课。代数、几何所以也能引起我的学习兴趣，因为像旋转魔方。公式定理是死的，解题却需要灵活性。我觉得解代数或几何题也如同写小说。一篇同样内容的小说，要达到内容和形式的高度完美统一，必定也有一种最佳的创作选择。一般的多种多样，最佳的可能仅仅只有一种。重审我自己的作品，平庸的，恰是创作之前没有认真进行角度选择的。所谓粗制滥造，原因概出于此。

初二下学期，我的学习成绩令母亲和哥哥忧郁了，不得不开始限制我读小说。我也唯恐考不上高中，遭人耻笑，就暂时中断了我与文学的"恋爱"。

"文革"风起云涌后，同一天内，我家附近那四个小人书铺，遭到"红卫兵"的彻底"扫荡"。

我记得很清楚，那一天我到通达街杂货店买咸菜，见杂货店隔壁的小人书铺前，一堆焚书余烬，冒着袅袅青烟。窗子碎了。出租小人书的老人，泥胎似的呆坐屋里，我常去看小人书，他对我很熟悉。我们隔窗相望一眼，彼此无话可说。我心中对他充满同情。

"文革"对全社会也是一场"焚书"运动，却给我个人带来了占有更多图书的机会。我们那条小街住的大多是"下里巴人"，竟有四户收破烂的。院内一户，隔街对院一户，街头两户。

"文革"初期，他们每天都一手推车一手推车地载回来成捆成捆的书刊。我们院子里那户收破烂的户前屋内书刊铺地。收破烂的姓卢，我称他"卢叔"。他每天一推回书刊来，我是第一个拆捆挑拣的人。书在那场"文革"中成了起祸的根源。不知有多少人，忍痛将他们的藏书当废纸卖掉了。而我成了一个地地道道的"发国难财"的人。《怎么办》《猎人笔记》《白痴》《美国悲剧》《妇女乐园》《白鲸》《堂吉诃德》……一些我原先连书名也没听说过的，或在书店里看到了想买而买不起的书，都是从"卢叔"收回来的书堆里寻找到的。寻找到一两本时，我打声招呼，就拿走了。寻找到五六本时，不好意思白拿走，象征性地交给"卢叔"一两毛钱，就算买下来。学校停课，我极少到学校去，在家里读那些读也读不完的书。同时担起了"家庭主妇"的种种责任。

最使我感到愉快的时刻，是冬天里，母亲下班前，我将"大楂子"淘下饭锅的时刻。那时刻，家中很安静，弟弟妹妹们各自趴在里屋炕上看小人书。我则可以手捧一本自己喜爱的文学作品，坐在小板凳上，守在炉前看锅。"大楂子"粥起码两个小时才能熬熟，两个小时内可以认认真真地读几十页书。有时书中人物的命运引起我的沉思和联想，凝视着火光闪耀的炉口，不免出神。

一九六八年我下乡前，已经有满满的一木箱书。我下乡那一天，将那一木箱书整理了一番，底下铺纸，上面盖纸，落了锁。

我把钥匙交给母亲替我保管，对母亲说："妈，别让任何人开我的书箱啊！这些书可能以后在中国再也不会出版了！"

母亲理解地回答："放心吧，就是家里失了火，我也叫你弟弟妹妹先把你的书箱搬出去！"

对较多数已经是作家的人来说，通往文学目标的道路用写满字迹的稿纸铺垫。这条道路不是百米赛跑，是漫长的"马拉松"，是必须一步步进行的竞走。这也是一条时时充满了自然淘汰现象的道路。缺少耐力，缺少信心，缺少不断进取精神的人，缺少在某一时期内自甘寂寞的勇气的人，即使"一举成名"，声誉鹊起，也可能"昙花一现"——始终"竞走"在文学道路上的大抵是些"苦行僧"。

我和橘皮的往事

多少年过去了，那张清瘦而严厉的、戴六百度黑边近视镜的女人的脸，仍时时浮现在我眼前，她就是我小学四年级的班主任老师。想起她，也就使我想起了一些关于橘皮的往事……

其实，校办工厂并非今天的新事物。当年我的小学母校就有校办工厂，不过规模很小罢了。专从民间收集橘皮，烘干了，碾成粉，送到药厂去，所得加工费，用以补充学校的教学经费。

有一天，轮到我和我们班的几名同学，去那小厂房里义务劳动。一名同学问指派我们干活的师傅，橘皮究竟可以治哪几种病？师傅就告诉我们，可以治什么病，尤其对平喘和减缓支气管炎有良效。

我听了暗暗记在心里。我的母亲，每年冬季都为支气管炎所苦，经常喘作一团，憋红了脸，透不过气来。可是家里穷，母亲舍不得花钱买药，就那么一冬季又一冬季地忍受着，一冬季比一冬季气喘得厉害。看着母亲喘作一团，憋红了脸透不过气来的痛苦样子，我和弟弟妹妹每每心里难受得想哭。我暗想，一麻袋又一麻袋，这么多这么多橘皮，我何不替母亲带回家一点儿呢？……

当天，我往兜里偷偷揣了几片干橘皮。

以后，每次义务劳动，我都往兜里偷偷揣几片干橘皮。

母亲喝了一阵子干橘皮泡的水，剧烈喘息的时候，分明地减少了，起码我觉着是那样。我内心里的高兴，真是没法儿形容。母亲自然问过我——从哪儿弄的干橘皮？我撒谎，骗母亲，说是校办工厂的师傅送给的。母亲就抚摸我的头，用微笑表达她因她儿子的孝心所感受到的那一份欣慰。那乃是穷孩子们的母亲们普遍的最由衷的也是最大的欣慰啊！……

不料想，由于一名同学的告发，我成了一个小偷，一个贼。先是在全班同学眼里成了一个小偷，一个贼，后来是在全校同学眼里成了一个小偷，一个贼。

那是特殊的年代。哪怕小到一块橡皮、半截铅笔，只要一旦和"偷"字连起来，也足以构成一个孩子从此无法刷洗掉的耻辱，也足以使一个孩子从此永无自尊可言。每每地，在大人们互相攻讦之时，你会听到这样的话——"你自小就是贼！"——那贼的罪名，却往往仅由于一块橡皮、半截铅笔。那贼的罪名，甚至足以使一个人背负终生。即使往后别人忘了，不再提起了，在他或她内心里，也是铭刻下了。这一种刻痕，往往扭曲了一个人的一生，改变了一个人的一生，毁灭了一个人的一生……

在学校的操场上，我被迫当众承认自己偷了几次橘皮，当众承认自己是贼。当众，便是当着全校同学的面啊！……

于是我在班级里，不再是任何一个同学的同学，而是一个贼。于是我在学校里，仿佛已经不再是一名学生；而仅仅是，无可争议地是一个贼，一个小偷了。

我觉得，连我上课举手回答问题，老师似乎都佯装不见，目光故意从我身上一扫而过。我不再有学友了。我处于可怕的孤立之中。我不敢对母亲讲我在学校的遭遇和处境，怕母亲为我而悲伤……

当时我的班主任老师，也就是那一位清瘦而严厉的、戴六百度近视镜的中年女教师，正休产假。她重新给我们上第一堂课的时候，就觉察出了我的异常处境。放学后她把我叫到了僻静处，而不是教员室里，问我究竟做了什么不光彩的事。我哇地哭了……

第二天，她在上课之前说："首先我要讲讲梁绍生（我当年的本名）和橘皮的事。他不是小偷，不是贼。是我嘱咐他在义务劳动时，别忘了为老师带一点儿橘皮。老师需要橘皮掺进别的中药治病。你们再认为他是小偷，是贼，那么也把老师看成是小偷，是贼吧！……"

第三天，当全校同学做课间操时，大喇叭里传出了她的声音，说的是她在课堂上所说的那番话……

从此我又是同学的同学，学校的学生，而不再是小偷不再是贼了。从此我不想死了……

我的班主任老师，她以前对我从不曾偏爱过，以后也不曾。在她眼里，以前和以后，我都只不过是她的四十几名学生中的一个，最普通的最寻常的一个……

但是，从此，在我心目中，她不再是一位普通的老师了。尽管依然像以前那么严厉，依然戴六百度的近视镜……

在"文革"中，那时我已是中学生了，没给任何一位老师贴过大字报。我常想，这也许和我永远忘不了我的小学班主任老师有某种关系。没有她，我不太可能成为作家。也许我的人生轨迹将彻底地被扭曲、改变，也许我真的会变成一个贼，以我的堕落报复社会。也许，我早已自杀了……

以后我受过许多险恶的伤害，但她使我永远相信，生活中不只有坏人，像她那样的好人是确实存在的……因此我应永远保持对生活的真诚热爱！

花儿与少年

有一少年，刚上小学六年级，班主任老师多次对他妈妈说："做好思想准备吧，看来你儿子考上中学的希望不大，即使是一所最最普通的中学。"

同学们也都这么认为，疏远他，还给他起了个绰号"逃学鬼"。

是的，他经常逃学。有时候他妈妈陪他去上学，直至望得见学校了才站住，目送他继续朝学校走去。那时候他妈妈确信，那一天他不会逃学了。

那一天他竟又逃学了。

他逃学的原因是多方面的，最主要的原因是贫穷。贫穷使他交不起学费，买不起新书包。都六年级了，他背的还是上小学一年级时的书包。对于六年级学生，那书包太小了。而且，像他的衣服一样，补了好几块补丁。这使他自惭形秽，也使他的自尊心极其敏感。我们都知道的，那样的自尊心太容易受伤。往往是，其实并没有谁成心以言行伤害他，但是他却已经因为别人的某句话、某种眼神或某种举动，而遭暗算了似的。自卑而又敏感的自尊心，通常总是那样的。处在他那种年龄，很难悟到问题出在自己这儿。

妈妈向他指出过的。

妈妈不止一次说："家里明明穷，你还非爱面子！早料到你打小就活得这么不开心，莫如当初不生你。"

老师也向他指出过的。

老师不止一次当着他的面在班上说："有的同学，居然在作文中写，对于别人穿的新鞋子如何如何羡慕。知道这暴露了什么思想吗？……"

在一片肃静中，他低下了他的头——他那从破鞋子里戳出来的肮脏的大脚趾，顿时模糊不清了……

妈妈的话令他产生罪过感。

老师的话令他反感。

于是他曾打算以死来向妈妈赎罪。

于是他敌视老师，敌视同学，敌视学校。

某日，他又逃学了。

他正茫然地走在远离学校的地方，有两个大人与他对行而过。他们是一对新婚夫妻，正在度婚假。

他听到那男人说："咦，这孩子像是我们学校的一名学生！……"

他听到那女人说："那你还想问问他为什么没上学呀？"

他正欲跑，手腕已被拽住。

那男人说："我认得你！"

而他，也认出了对方是自己学校的少先队辅导员老师，姓刘。刘老师在学校里组织起了小记者协会，他曾是小记者协会的一员……

那一时刻，他比任何一次无地自容的时刻，都倍感无地自容。

刘老师向新婚妻子郑重地介绍了他，之后目光温和地注视着他，请求道："我代表我亲爱的妻子，诚意邀请你和我们一起去逛公园。怎么样，肯给老师个面子吗？"

他摇头，挣手，没挣脱。不知怎么一来，居然又点了点头……

在公园里，小学六年级学生的顺从，得到了一支奶油冰棒作为奖品。虽然，刘老师为自己和新婚妻子也各买了一支，但他还是愿意相信受到了奖励。

那一日公园里人很少。那只不过是一处山水公园，没有禽兽，即或有，一个"逃学鬼"也没好心情看。

三人坐在林间长椅上吮奶油冰棒，对面是公园的一面铁栅栏，几乎被"爬山虎"的藤叶完全覆盖住了。在稠密的鳞片似的绿叶之间，喇叭花散紫翻红，开得热闹，色彩缤纷乱人眼。

刘老师说，仍记得他是小记者时，写过两篇不错的报道。

他已经很久没听到过称赞的话了，差点儿哭了，低下头去。

待他吃完冰棒，刘老师又说："老师想知道喇叭花在是骨朵的时候，究竟是什么样的，你能替老师去仔细看看吗？"

他困惑，然而跑过去了。片刻，跑回来告诉老师，所有的喇叭花骨朵都像被扭了一下，它们必须反着那股劲儿，才能开成花朵。

刘老师笑了，夸他观察得认真。说喇叭花骨朵那种扭着股劲儿的状态，是在开放前自我保护的本能。说花骨朵基本如此。每一朵花，都只能开放一次。为了唯一的一次开放，自我保护是合乎植物生长规律的。说花瓣儿越多的花，骨朵越大，也越硬实。是一瓣包一瓣，一层包一层的结果。所以越大越硬的花骨朵，开放的过程越给人以特别紧张的印象。比如大丽花、牡丹、菊花，都是一天几瓣儿开成花儿的。说若将人比作花，人太幸运了。花儿开好开坏，只能开一次。人这一朵花，一生却可以开放许多次。前一两次开得不好不要紧，只要不放弃开好的愿望，一生怎么也会开好一次的。刘老师说他喜欢的花很多。接着念念有词地背诗句，都和花儿有关。"疏花个个团冰雪，羌笛吹他不下来"——说他喜欢梅花的坚毅；"海棠不惜胭脂色，独立蒙蒙细雨中"——说他喜欢海棠的高洁；刘老师说他也喜欢喇叭花，因为喇叭花是农村里最常见的花，自己便是农民的儿子，家贫，小学没上完就辍学了，是一边放猪一边自学才考上中学的……

一联系到人，他听出，教诲开始了，却没太反感。因为刘老师那样的教诲，他此前从未听到过。

刘老师却没继续教诲下去，话题一转，说星期一将按他的班主任的要求，到他的班级去讲一讲怎样写好作文的问题……

他小声说，从此以后，自己决定不上学了。

老师问："能不能为老师再上一天学？就算是老师的请求。明天是星期六，你还可以不到学校去。你在家写作文吧，关于喇叭花的。如果家长问你为什么不上学，你就说在家写作文是老师给你的任务……

他听到刘老师的妻子悄语："你不可以这样……"

他听到刘老师却说："可以。"

老师问他："星期六加星期日，两天内你可以写出一篇作文吗？我星期一第三节课到你们班级去，我希望你第二节课前把作文交给我。老师需要有一篇作文可分析、可点评，你为老师再上一天学，行不？"

老师那么诚恳地请求一名学生，不管怎样的一名学生，都是难以拒绝的啊！

他沉默许久，终于吐出一个勉强听得到的字："行……"

他从没那么认真地写过一篇作文，逐字逐句改了几遍。

当妈妈谴责地问他到点了怎么还不去上学时，他理直气壮地回答："没看到我在写作文吗？老师给我的任务！"

星期一，他鼓足勇气，迈入了学校的门，迈入了教室的门。

他在第一节课前，就将作文交给了刘老师。

他为作文起了个很好的题目——《花儿与少年》。

他在作文中写到了人生中的几次开放——刚诞生，发出第一声啼哭时是开放；咿呀学语时是开放；入小学，成为学生的第一天是开放；每一年顺利升级是开放；获得第一份奖状更是心花怒放的时刻……

他在作文中写道：每一朵花骨朵都是想要开放的，每一名小学生都是有荣誉感的。如果他们竟像开不成花朵的花骨朵，那么，给他一点儿表扬吧！对于他，那等于水分和阳光呀！……老师读他那一篇作文时，教室里又异乎寻常地肃静……

自然，他后来考上了中学。

再后来，考上了大学。

再再后来，成为某大学的教授，教古典诗词。讲起词语与花，一往情深，如同讲初恋和他的她……

我有幸听过他一堂课，和莘莘学子一样极受感染。

去年，他退休了。

他是我的友人，一个温良宽厚之人。

他那一位刘老师，成为我心目中的马卡连柯。

朋友，你知道曾有一本苏联的小说叫《教育的诗篇》吗？

要求每一位老师都是马卡连柯，那太过理想化了。但，每一位老师的教学生涯中，起码有一次机会可以像马卡连柯那样。那么，起码有一名他的学生，在眼看就要成为开不成花朵的花骨朵的情况下，却毕竟开放成花朵了。

即使一个国家解体了，教育的诗性也会长存，因为人类永远需要那一种诗性……

从前，少年们的收藏

收藏一事，大抵自少男少女时起。儿童而好收藏，此种现象不多。

在我记忆中，从小学三年级起，某些同学便喜欢收藏了。

起初收藏糖纸。

当年哈尔滨的果糖分两类——无包装的"杂拌糖"和有糖纸的；后一类民间的说法是"礼糖"，即，不是买了给自家孩子吃的，而是当作礼品与罐头、点心搭配着送给别人家孩子吃的——当然，必是遇到难事了要求别人家，或求过了人情后补。

"杂拌糖"八角几分钱一斤，一角钱也能买十几块。有时，小孩子买五分钱的，服务员也会卖给。无须过秤了，数几块即可。包"杂拌糖"的是粗糙的包装纸，粗糙到可见粉碎不彻底的麦秸。

"礼糖"则每一块都有包装纸，而且包装纸细软，其上印文字和图案。在一般百姓家的大人孩子看来，是"高级块糖"。

我下乡前仅吃过一次"高级块糖"——我父亲所在的"大三线"建筑单位派人慰问职工们的在哈家属，每户送上门一斤，于是我们几个子女托父亲的福，吃到了传说中的"高级块糖"，确实比"杂拌糖"多样，也确实比"杂拌糖"好吃。那是"三年困难时期"过去了的事，中国经济开始复苏。

"高级块糖"也分几种——一般高级的是果味硬糖；更高级的是"大虾""小人儿""双喜"三种夹心酥糖；再高级的是"大白兔"奶糖，半硬不硬的一种；最高级的是"贵妃"软奶糖。如今想来好生奇怪，不知为什么糖纸上非印"贵妃"二字。

我下乡后，自己终于能挣钱了，有几次探家的日子里买过"高级块糖"——为了代母亲答谢母亲麻烦过的人家。

糖纸因其花花绿绿而受到爱好收藏的小学生的喜欢。有的自己曾吃过"高级块糖"，有的则是留意捡到的。想想吧，别人将高级的块糖吃掉了，随手将糖纸一扔，而自己则如获至宝地捡起，珍惜地予以收藏，证明收藏这件事是多么美妙多么令人上瘾呀！

当年爱好收藏糖纸的既有小学女生也有小学男生，女生多于男生。那是一件挺费心思的事——首先得具有一定的拥有数量；其次糖纸两边是拧过的，需在温水中浸泡多时，湿透后小心地用手指抚平；晾干后夹入一本什么书中才算大功告成。也不可暴晒，会晒脆。得使之阴干——深谙此点的小女生，往往将糖纸贴在下午朝阳的窗玻璃上。那时玻璃还有一定温度，晾干之效果极佳。

糖纸受青睐的程度，不但视其包过何种糖，还与其上印着的厂家有关。若一张糖纸上印的是北京、上海、天津、广州某某糖厂的厂址及厂标，便属珍品。即使在当年，即使对于小学生，"京上津广"之大城市地位在心目中也已确立。而哈尔滨的小学生普遍认为，哈尔滨属于中国第五大城市这一点毫无疑问。

若一名爱好收藏糖纸的女生，将一张自己珍视的糖纸赠予有共同爱好的女生，则证明二人之间友谊笃焉。

我小学五年级时，班上一名女生因向另一名女生赠了一张稀有的糖纸，居然引起公安人员的调查——因那糖纸上印的是香港的一家糖厂，而受赠方之父亲阶级斗争的警惕性极高。经调查，赠予方的伯父是外贸干部，从香港带回了一斤香港糖而已。

自然，两名小学女生之间的友谊彻底完结。

我小学六年级时，哈尔滨出产了一种"酒心巧克力"，在巧克力糖的内部，包上了一小汪酒液。一斤糖中，有"茅台""泸州老窖""五粮液""汾酒"等几种"酒心"。这种糖，属极品糖，即使在"京上津广"四大城市中也是最高级的礼糖。

当年我只见过那种糖的糖纸，没吃过。

包"酒心巧克力"的是一种叫"玻璃纸"的糖纸，极薄、透明。这种糖纸两边拧出的褶皱很不易压平，只能经水浸泡后用熨斗熨。一名与我关系好的男生拥有数张，偷偷用熨斗熨；不料熨斗落地，使自己的一只脚即被砸伤了，还挨了家长一顿骂。

我的一名"兵团战友"十几年前还保留着一部厚厚的"毛选合订本"，内夹二百余张各式各样的糖纸——是他的初恋女知青送给他的定情物，而她不幸在一次扑山火行动中牺牲了，定情物于是成为情殇纪念物。以糖纸为书签，即使在当年的中学生中也较流行。但一名女中学生居然将小学时收藏的糖纸带到了北大荒，并且夹在"毛选"中，并且作为定情物一道赠给意中人，真是只有特殊年代才会发生的特殊之事啊。

烟纸是只有小学男生才会收藏的东西。当年中国尚无硬盒烟，一概卷烟都是用印有标志性图画的烟纸所包的。某些烟纸的设计煞费匠心，具有独特的审美性。那么，收藏烟纸与收藏糖纸一样，初心分明源于对美的印在方寸之上的图画的喜爱；否则一名小学生为什么会收藏糖纸烟纸呢？确乎地，当年某些显示出绘画天分的少年、青年，小时候先是从临摹糖纸上烟纸上的图画开始，后来才转而临摹小人书的。

当年哈尔滨能见到的卷烟是——"经济""葡萄""迎春""哈尔滨""群英""前门""牡丹""凤凰""中华"等几种。"经济"牌最便宜，八分一包，不知哪里生产的，吸此烟的皆是从事苦力劳动而又家境十分困难的烟民。"葡萄""迎春"属于同一价格的烟，二角三分、二角四分。"哈尔滨"三角二分，与北京生产的"前门"价格接近。显然，就是冲着"前门"定的价。在以计划经济为铁律的当年，各省市之前也是实行地方市场保护主义的。可以这样说，在各类民用商品方面，其实从未做到严格意义上的计划经济。"牡丹""凤凰""中华"三种烟，属于最高级烟，每盒都在五角以上，只能在"特供商店"买到。"特供商店"不是面向一切高消费人士的，而是专指面向十三级以上干部的商店，购买要凭干部证的。不够十三级不卖给，仅属于高消费人士更不卖给。在这一点上，充分体现了"特供"之"特"和计划经济铁律。

故当年一名收藏烟纸的小学男生，若竟有"牡丹""凤凰""中华"等烟的烟纸，自然会被有同好的同学刮目相看。寻常之人难以见到的香烟，一名小学男生居然拥有其烟纸，他本人也肯定有几分不寻常了呀！

直至我上了大学的一九七五年、一九七六年，一般人仍很难在哈尔滨买到以上三种高级过滤嘴烟。每有哈尔滨人寄给我钱，求我在上海帮助买。我在上海也得求人，却仅能买到"牡丹""凤凰"。一九八〇年以前，我连"中华"烟的烟纸也没见到过，更不要说"中华"烟了。

细思忖之，小学男生喜欢收藏烟纸，与小学女生喜欢收藏糖纸的心理颇为不同。若言她们之收藏糖纸，纯粹是出于对花花绿绿的漂亮小纸片的喜欢；那么，小学五六年级男生之收藏烟纸，则也许是包含了初萌的性意识的表现，而这当然是连自己也不明了的——他们的父辈多是体力劳动者，一向吸便宜的劣质烟的男人，这会使他们以为，烟是成熟的男人的标志，而吸好烟是有地位的男人的标志。那么，在尚未长成大人的时候，拥有较高级的、很高级的、特高级的烟纸，似乎会使自己比别的男生们显得不同寻常。为了寻找到少见的"珍稀"的烟纸，他们往往去到列车站、干部招待所或宾馆等地翻垃圾箱，以期有惊喜的发现。而一个事实确乎是，当年刚刚参加工作的青年，正是为了证明自己有"男子气"，不久便成了烟民。另一个事实是，恰恰是在物质匮乏、经济低迷的三年"困难时期"，收藏糖纸和烟纸的男生女生反而多了，这挺符合以精神满足而替代物质拥有的人性自慰本能。但一成为中学生了，不论她们还是他们，则都放弃曾经的收藏兴趣了，因为那会被认为太小孩子气。

当年小学男生中还流行一种收藏爱好——收藏玻璃球。我至今也未搞清楚为什么会有玻璃球这种美妙的小东西。是的，当年在我看来，它们真是美妙极了，"内含"各种色彩鲜艳的"花瓣"，每一颗都如传说中的明珠。一分钱不花单靠捡，是绝对实现不了那一种收藏的——街头小店有卖的，单色的二分钱一个。

若是三色的、五色的，往往贵到三四分钱甚至五分钱一个；五分钱可以买一支奶油冰棍啊！有的男生为了拥有较多的玻璃球，常到处捡废品卖钱。玻璃球也可以进行"弹溜溜"这一种游戏，规则类似打台球，有输的，有赢的，于是会产生"高手"——能在三四米远的范围内，仅凭拇指和二指的弹力，用自己的球击中对方的球，往往十中八九，所赢多多。在小学生中，弹玻璃球的高手，像乒乓球和篮球打得好的中学生一样，也有一种光环。当然，这主要是一种底层人家的男孩们的玩法，而且主要进行在底层人家居住的大杂院中。生活优越的人家的男孩，大抵是不屑于玩的，也对收藏之不感兴趣。

收藏小人书，这是当年的小学生、中学生中最有文化的一种爱好。一本小人书，再便宜也要一角几分钱，贵的两角几分钱，少有超过三角钱的。而一两角钱，是父辈们买一包烟的钱。所以，收藏小人书这事，几乎不可能成为多数底层人家的子女的爱好。我当年是有过三十几本小人书的；我要为家里买粮、买菜、买煤和烧柴，总之是家里的"购买大员"，每次"贪污"几分打回的零钱，攒够一角多了，就买小人书。拥有二十几本后，也出租过小人书，再用"租金"买小人书。我父亲常年工作在外省，母亲对我喜欢看小人书持特理解的态度，而这不啻是我成长时期的一种幸运。

收藏小人书，初心肯定是因为喜欢看小人书。至今令我困惑的是，在当年，在我这一代人中，喜欢看小人书的少男少女竟然很少。太奇怪了，大多数家庭并无收音机，也不订报，家中除了自己的课本，根本再无另外的书，连小人书也不是多么地想看，不寂寞吗？如果喜欢看的多，小人书铺便应该是个少男少女多多的地方呀！但实际情况并非如此，许多小人书铺其实很冷清，有五六个少男少女在看就算不错的时候了。

那么，当年的少男少女们的成长期都是怎么过来的呢？——当年的父母子女多，一个孩子已经是少男少女了，所应分担的家务也就多了。在底层人家，独生子女的现象是极少见的。在北方，当年底层人家的生活内容特别芜杂——挑水抬水、劈柴、做煤球、洗衣被，这些活都需要大孩子来分担。照顾小弟弟妹妹，协助父母服侍上了年纪行动不便的爷爷奶奶，更是许多大孩子的分内事。当年，是哥俩的两名小学男生吃力地走十几米歇一歇地往家抬一桶水；已经上小学五六年级的女生替母亲喂小弟弟妹妹吃饭——这样的生活场景是常见的。

所以也可以这么说，除了学习和分担家务，再聚一起玩会儿，我的大多数同代人当年其实没多少时间光顾小人书铺。当年，在家中，我看小人书读成人书的更多的时候，是在煮饭的时候。煮软一锅玉米粥或高粱米粥，需小火煮上两个多小时，并且容易煳锅，所以得有人隔会儿看一下锅。坐在矮凳上守着炉口看书，当年是我特惬意特享受的美好时光。

不论男生女生，成了中学生，至少三分之一还是喜欢看文字书籍的。喜欢看的，并且有几本的，互相自会认识起来，都乐于交换看看。即使是借的，也很可能被央求不过，又借给了第三者，而第三者借给了第四个人，第四个人再借给了别人……

三分之二还多的中学生呢，有的因为连小人书也没看过，便对成人书完全不存想看之念，此种情况会一直延续到成了知青以后——当年我所在的连队，也有禁读小说在知青中违纪流传，喜欢看的，便互相约定："你看完了我看啊，记住了！"有的则对书极为漠然，即使每晚的偷看者就是自己的邻铺亦无动于衷，并且绝不会问："什么内容呀？看得那么入迷！"有的也曾想看，但"文革"忽然发生了，短短几个月间，中国没书可看了。这两类人，后来成为一生也没看过"闲书"的人。后来有了电视，有了手机，可看的内容多之又多，他们至死也不会觉得人生有什么遗憾。

从心理学上分析——如今买包要买鳄鱼皮的，买鞋要买鸵鸟皮的，买衣则以买兽皮的为好的一些人，与当年的小男生小女生收集稀有烟纸糖纸的心理没多大区别，都是基于同一想法——我有的是大多数人所没有的。比之于动物，这种想法并不高等。动物的幸运在于，断无此种想法，也不至于使自身的存活受此所累。而人正因为有此种想法，反而容易被不必要的拥有欲望异化了人生的简明意义——有限度地拥有自然会保障人生的品质；但人生绝不是为了无限度地拥有。一个人即使活上二百年，也还是无法将世界上的稀缺之物拥有遍了。而从宏观的人类的消费现象来看，可列入"何必"范围的事物已越来越多，全人类正在受此所累。

至于人和书籍的关系，不论事实证明读书之习惯对人多么有益，在中国，在相当长的时期内，没有读书习惯的人仍不会减少到哪儿去。这乃因为——许多非实用性的书籍对人的益处是一个长久发酵的过程，而吾国恰恰快速进入了一个膜拜实用性的历史阶段。

但这其实不必多么地忧虑，因为——"过程"之所以谓之为"过程"，正是由于总会过去的。

感　激

———————————

有一种情愫叫作感激。

有一句话是"谢谢"。

在年头临近年尾将终的日子里，最是人忙于做事的时候。仿佛有些事不加紧做完，便是一年的遗憾似的。

而在如此这般的日子里，我却往往心思难定，什么事也做不下去。什么事也做不下去我就索性什么事也不做。唯有一件事是不由自主的，那就是回忆。朋友们都说这可不好，这就是怀旧呀，怀旧更是老年人的心态呀！

我却总觉得自己的回忆与怀旧是不太一样的，总觉得自己的回忆中有某种重要的东西。它们影响着我的人生，决定着我的人生的方方面面是现在的形状，而不是另外的形状。

有一天我忽然明白了，我之所以频频回忆，实在是因为我内心里渐渐充满了感激。这感激是人间的温情从前播在一个少年心田的种子。我由少年而青年而中年，那些种子就悄悄地如春草般在我心田上生长……

我感激父母给我以生命。在我将孝而未来得及更周到地尽孝的年龄，他们先后故去，在我内心里造成很大的两片空白。这是任什么别的事物都无法填补的空白。这使我那么哀伤。

我感激我少年记忆中的陈大娘。她常使我觉得自己的少年时期曾有两位母亲。在我们那个大院里，我们两家住在最里边，是隔壁邻居。她年轻时就守寡，靠卖冰棍拉扯两个女儿一个儿子长大成人。童年的我甚至没有陈大娘家和我家是两户人家的区别意识。经常地，我闯入她家进门便说："大娘，我妈不在家，家里也没吃的，快，我还要去上学呢！"

于是大娘一声不响放下手里的活，掀开锅盖说："喏，就有俩窝窝头，你吃一个，给正子留一个。"——正子是他的儿子，比我大四五岁，饭量也比我大得多。那正是饥饿的年代。而我却每每吃得心安理得。

后来我们那个大院被动迁，我们两家分开了。那时我已是中学生，下午每提前上学便去大娘家。大娘一看我脸色，便主动说："又跟你妈赌气了是不是？准没在家吃饭！稍等会儿，我给你弄口吃的。"

仍是饥饿的年代。

我照例吃得心安理得。

少不更事，从不曾对大娘说过一个谢字。甚至，心中也从未生出过感激。

有次，在路口看见卖冰棍的陈大娘受恶青年的欺负，我像一条凶猛的狼狗似的扑上去和他们打，咬他们的手。我心中当时愤怒到极点，仿佛看见自己的母亲受到欺辱……

那便算是感激的另一种方式，也仅那么一次。

我下乡后再未见到过陈大娘。

我落户北京后她已去世。

我写过一篇小说《长相忆》——可我多愿我表达感激的方式不是写小说，不是曾为她和力不能抵的恶青年们打架，而是执手当面地告诉她——大娘……

由陈大娘于是自然而然地忆起淑琴姐。她是大娘的二女儿，是我们那条街上顶漂亮的大姑娘。起码在我眼里是这样。我没姐姐，视她为姐姐。她关爱我，也像关爱一个弟弟。甚至，她谈恋爱，去公园幽会，最初几次也带上我，充当她的小伴郎。淑琴姐之于我的人生的意义，在于使我对于女性从小培养起了自认为良好的心理。我一向怀疑"男人越坏，女人越爱"这种男人的逻辑真的有什么道理。淑琴姐每对少年的我说："不许学那些专爱在大姑娘面前说下流话的坏小子啊！你要变那样，我就不喜欢你了！"——男人对女人的终生的态度，据我想来，取决于他能不能有幸在少年时代就得到种种非血缘甚至也非亲缘的女人那一种长姐般的有益于感情质地形成的呵护和关爱，以及从她们那儿获得怎样的潜移默化的教育。我这个希望自己有姐姐而并没有的少年，从陈大娘的漂亮的二女儿那儿幸运地都获得过。似姐非姐的淑琴姐当年使我明白——男人对于女人，有时仅仅心怀爱意是不够的，而加入几分敬意是必要的。淑琴姐令我对女性的情感和心理从小是比较自然的，也几乎是完全自由的。这不仅是幸运，何尝不是幸福？

细细想来，我怎能不感激淑琴姐？

她使当年是少年的我对于女性情感呵护和关爱的需要，有了温馨、饱满又健康的获得。

一九六二年我的家加入了另一个区另一条街上的另一个大

院。一个在一九五八年由女工们草草建成的大院。房屋的质量极其差劲。九户人家中七户是新邻居。

那是那一条街上邻里关系非常和睦的大院。

这一点不唯是少年的我的又一种幸运，也是我家的又一种幸运。邻里关系的和睦，即或在后来的"文革"时期，也丝毫不曾受外界骚乱的滋扰和破坏。我的家受众邻居们帮助多多。尤其在我的哥哥精神分裂以后，倘我的家不是处在那一种和睦的互帮互助的邻里关系中，日子就不堪设想了。

我永远感激我家当年的众邻居们！

后来，我下乡了。

我感激我的同班同学杨志松。他现在是《大众健康》的主编。在班里他不是和我关系最好的同学，只不过是关系比较好的同学。我们是全班下乡的第一批，而且这第一批只我二人。我没带褥子，与他合铺一条褥子半年之久。亲密的关系是在北大荒建立的。有他和我在一个连队，使我有了最能过心最可信赖的知青伙伴。当人明白自己有一个在任何情况之下都绝不会出卖自己的朋友的时候，他便会觉得自己有了一份特殊的财富。实际上他年龄比我小几个月，我那时是班长。我不习惯更不喜欢管理别人。小小的权力和职责反而使我变得似乎软弱可欺。因为我必须学会容忍制怒。故每当我受到挑衅，他便往往会挺身上前，厉喝一句——"干什么？想打架吗?!"

我也感激我另外的三名同班同学王嵩山、王玉刚、张云河。他们是"文革"中的"散兵游勇"，半点儿也不关心当年的"国家大事"。下乡前我为全班同学做政治鉴定，我力陈他们其实都是政治上多么"关心国家大事"的同学，唯恐一句半句不利于肯定他们"政治表现"的评语影响他们今后的人生。为此我和原则性极强的年轻的军宣队班长争执得面红耳赤。他们下乡时本可选择去离哈尔滨近些的师团。但他们专执一念，愿望只有一个——我和杨志松在哪儿，他们去哪儿。结果在深夜被卡车载到了兵团最偏远的山沟里。见了我和杨志松的面，还都欢天喜地得忘乎所以。

他们的到来，使我在知青的大群体中，拥有了感情的保险箱。而且，是绝对保险的。在我们之间，友情高于一切。时常，我脚上穿的是杨志松的鞋；头上戴的是王嵩山的帽子；棉袄可能是王玉刚的；而裤子，真的，我曾将张云河的一条新棉裤和一条新单裤都穿成旧的了。当年我知道，在某些知青眼里，我也许是个喜欢占便宜的家伙。但我的好同学们明白，我根本不是那样的人。他们格外体恤我舍不得花钱买衣服的真正原因——为了治好哥哥的病，我每月尽量往家里多寄点儿钱……

后来杨志松调到团部去了。分别那一天他郑重嘱咐另外三名同学："多提醒晓声，不许他写日记，开会你们坐一块儿，限制他发言的冲动。"

再后来王嵩山和王玉刚调到别的师去了。张云河调到别的连当卫生员去了。

一年后杨志松上大学去了……

我陷入了空前的孤独……

此时我有三个可以过心的朋友——一个叫吴志忠，是二班长；一个叫李鸿元，是司务长；还有一个叫王振东，是木匠。都是哈尔滨知青。

他们对我的友情，及时填补了由于同班同学先后离开我而对我的情感世界造成的严重塌方……

对于我，仅仅有友情是不够的。我是那类非常渴望思想交流的知青。思想交流在当年是很冒险的事。我要感激我们连队的某些高中知青。和他们的思想交流使我明白——我头脑中对当年现实的某些质疑，并不证明我思想反动，或疯了。如果他们中仅仅有一人出卖了我，我的人生将肯定是另外的样子。然而我不曾被出卖过。这是很特殊的一种人际关系。因为我与他们，并不像与我的四名同班同学一样，彼此有着极深的感情作为关系的前提和基础。在我，近乎人性的分裂——感情给我的同班同学，思想却大胆地仅向高中知青们坦言。他们起初都有些吃惊，也很谨慎。但是渐渐地，都不对我设防了。"九一三"事件以后，我和他们交流过许多对国家，当然也是对我们自身命运的看法。

真的，我很感激他们——他们使我在思想上不陷于封闭的苦闷……

我还感激我的另外两名好同学——一个叫刘树起，一个叫徐彦。刘树起在我下乡后去了黑龙江省的饶河县插队；徐彦因母亲去世，妹妹有病，受照顾留城。一般而言，再好的中学同学，一旦天南地北，城里农村，感情也就渐渐淡了。即或夫妻，两地分居久了，还会发生感情变异呢！

但我和他们二人之间的感情，却相当不可思议，因为分离而感情更深。凡三十余年间，仿佛在感情上根本就不曾被分开过。故我每每形容，这是我人生的一份永不贬值的"不动产"。

我感激我们连队小学校的魏老师夫妻。魏老师是一九六六年转业到北大荒的老战士，吉林人。他妻子也是吉林人。当年他们夫妻待我如兄嫂，说对我关怀备至丝毫也不夸大其词。离开北大荒后我再未见到过他们。魏老师一九九五年已经病故。我每年春节与嫂子通长途问安……

一九七〇年代初我调到了团部。

我感激宣传股的股长王喜楼。他是现役军人，十年前病故。他使宣传股像一个家，使我们一些知青报道员和干事如兄弟姐妹。在宣传股的一年半对我而言几乎每天都是愉快的。如果不是每每忧虑家事，简直可以说很幸福。宣传股的姑娘们个个都是品貌俱佳的好姑娘，对我也格外友好。友好中包含着几分真挚的友爱。不知为什么，股里的同志都拿我当大孩子。仿佛我年龄最小，仿佛我感情最脆弱，仿佛我最需要时时予以安慰。这可能由于我天性里的忧郁，还可能由于我在个人生活方面一向瞎凑合。实事求是地说，我受到几位姑娘更多的友爱。友爱不是爱，友爱是亲情之一种。当年，那亲情营养过我的心灵，教会我怎样善待他人……

我感激当年兵团宣传部的崔干事。他培养我成为兵团的文学创作员。他对于改变我的人生轨迹起重要的作用。他就是我的小说《又是中秋》中的"老隋"。

他现因经济案被关押在哈尔滨市的监狱中。

虽然他是犯人，我是作家——但我对他的感激此生难忘。如果他的案件所涉及的仅是几万，或十几万，我一定替他还上。但据说二三百万，也许还要多，超出了我的能力。每忆起他，心为之怆然。

我感激木材加工厂的知青们——当我被惩处性地"精简"到那里，他们以友爱容纳了我，在劳动中尽可能地照顾我。仅半年内，就推荐我上大学。一年后，第二次推荐我。而且，两次推荐，选票居前。对于从团机关被"精简"到一个几乎陌生的知青群体的知青，这在一般情况下是根本没指望的。若非他们对我如此关照，我后来上大学就没了前提。那时我已患了肝炎，自己不知道，只觉身体虚弱，但仍每天坚持在劳动最辛苦的出料流水线上。若非上大学及时解脱了我，我的身体某一天肯定会被超体能的强劳动压垮……

我感激复旦大学的陈老师。这位生物系抑或物理系的老师的名字我至今不知。实际上我只见过他两面。第一次在团招待所他住的房间，我们之间进行了一个多小时的谈话，算是"面试"。第二次在复旦大学。我一入学就住进了复旦医务室的临时肝炎病房。我站在二楼平台上，他站在楼下，仰脸安慰我……

任何一位招生老师，当年都有最简单干脆的原则和理由，取消一名公然嘲笑当年文艺现状的知青入学的资格。陈老师没那么做。正因为他没那么做，我才有幸终于成了复旦大学的"工农兵学员"——而这个机会，对我的人生，对我的人生和文学的关系，几乎是决定性的。

如果说，我的母亲用讲故事的古老方式无意中影响了我对故事的爱好，那么——崔干事、木材加工厂的知青们、复旦大学的陈老师，这三方面的综合因素，将我直接送到了与文学最近的人生路口。他们都是那么理解我爱文学的心。他们都是那么无私地成全我。如果说，在所谓人生的紧要处其实只有几步路这句话是正确的，那么他们是推我跨过那几步路的恩人。

我感激当年复旦大学创作专业的全体老师。一九七四年至一九七七年，是中国政治风云变幻莫测的三年。我在这样的三年里读大学，自然会觉压抑。但于今回想，创作专业的任何一位老师其实都是爱护我的。翁世荣老师、秦耕老师、袁越老师又简直可以说对我关怀备至。教导员徐天德老师在具体一两件事上对我曾有误解。但误解一经澄清，他对我一如既往地友爱诚恳。这也是很令我感激的⋯⋯

我感激我的大学同学杜静安、刘金鸣、周进祥。因为思想上的压抑，因为在某些事上受了点儿冤屈，我竟产生过收拾行李一走了之的念头。他们当年都曾那么善意又那么耐心地劝慰过我。所谓"良言一句三冬暖"，他们对我的友爱，当年确实使我倍感温暖。我和小周，又同时是入党的培养对象。而且，据说二取一。这样的两个人，往往容易离心离德，终成对头。但幸亏他是那么明事明理的人，从未视我为妨碍他重要利益的人。记得有一天傍晚，我们相约在校园外散步，走了很久，谈了很多，从父母谈到兄弟姐妹谈到我们自己。最后我们达成了这样的共识——我们天南地北走到一起，实在是一种人生的缘分。我们都要珍惜这缘分。至于其他，那非是我们自己探臂以求的，我们才不在乎！从那以后到毕业，我们对入党之事十分平和，彼此真诚，友情倍深⋯⋯

我感激北影。我在北影的十年，北影文学部对我任职于电影厂而埋头于文学创作，一向理解和支持，从未有过异议。

我感激北影十九号楼的众邻居。那是一幢走廊肮脏的筒子楼。我在那楼里只有十几平方米的一间背阴住房。但邻居们的关系和睦又热闹，给我留下许多温馨的记忆⋯⋯

我也感激童影。童影分配给了我宽敞的住房，这使我总觉为它做的工作太少太少⋯⋯

我感激王姨——她是母亲的干姊妹。在我家生活最艰难的时日，她以女人对女人的同情和善良，给予过母亲许多世间温情，也给予过我家许多帮助⋯⋯

我感激北影卫生所的张姐——在父亲患癌症的半年里，她次次亲自到我家为父亲打针，并细心嘱我怎样照料父亲……

我感激北影工会的鲍婶、老放映员金师傅、文学部的老主任高振河——父亲逝世后，我已调至童影，但他们却仍为父亲的丧事操了许多心……

我也要感激我所住的四号楼的几位老阿姨们。母亲在北京时，她们和母亲之间建立了很深的感情，给了母亲许多愉快的时光……

我还要感激我母亲的干儿女单雁文、迟淑珍、小李、秉坤等等。他们带给母亲的愉快，细细想来，只怕比我带给母亲的还多……

我还要感激我哥哥的初中班主任王鸣歧老师。她对哥哥像母亲对儿子一样。哥哥患精神病后，其母爱般的老师感情依然，凡三十余年间不变。每与人谈及我的哥哥，必大动容。王老师已于去年病逝……

我还要感激我的班主任孙桂珍老师，以及她的丈夫赵老师——当年她是我们的老师时才二十二三岁。她对我曾有厚望。但哥哥生病后，我开始厌学，总想为家庭早日工作。这使她一度对我特别失望。然恰恰是在"文革"中，她开始认识到我是她最有独立思想的学生，因而我又成了她最为关心的几个学生之一……

我还要感激我哥哥的高中同学杨文超大哥。他现在是哈尔滨一所大学的教授。我给弟弟的一封信，家乡的报转载了。文超大哥看后说——"这肯定是我最好的高中同学的弟弟！"于是主动四处探问我三弟的住址，亲自登门，为我三弟解决了工作问题——事实上，杨文超、张万林、滕宾生，加上我的哥哥，当年也确是最要好的四名同学，曾使他们的学校和老师引以为荣。同学情深若此，不枉同学二字矣！

我甚至还要感激我家当年所属派出所的两名年轻警员——一姓龚，一姓童。说不清究竟是什么原因，他们做片警时，一直对母亲操劳支撑的这个破家，给予着温暖的关怀……

还有许许多多许许多多我应该感激的人，真是不能细想，越忆越多。比如哈尔滨市委前宣传部部长陈凤珲，比如已故东北作家林予，都既有恩德于我，也有恩德于我的家。

在一九九八年底，我回头向自己的人生望过去，不禁讶然，继而肃然，继而内心里充满一大片感动！——怎么，原来在我的人生中，竟有那么多那么多善良的好人帮助过我，关怀过我，给予过我持久的或终生难忘的世间友爱和温情吗？

我此前怎么竟没意识到？

这一点怎么能被我漠视？

没有那些好人，我将是谁？我的人生将会怎样？我的家当年又会怎样？我这个人的一生，却实际上是被众多的好人，是被种种的世间温情簇拥着走到今天的啊！我凭什么获得着如此大幸运而长久以来麻木地似乎浑然不觉呢？亏我今天还能顿悟到这一点！这顿悟使我心田生长一派感激的茵绿草地！

生活，我感激你赐我如此这般的人生大幸运！我向我人生中的一切好人深鞠躬！让我借歌中唱的一句话，在一九九八年底祝好人一生平安！

我想——心有感激，心有感动，多好！因为这样一来，人生中的另外一面，比如嫌恶、憎怨、敌意、细碎芥蒂，就显得非常小气、浅薄和庸人自扰了……

再祝好人一生平安！

困境赐给我的

我曾不止一次被请到大学去，对大学生谈"人生"，仿佛我是一位相当有资格大谈此命题的作家。而我总是一再地推托，声明我的人生至今为止，实在是平淡得很，平常得很，既无浪漫，也无苦难，更无任何传奇色彩。对方却往往会说，你经历过"三年自然灾害"时期，经历过"文革"，经历过"上山下乡"，怎可说没什么谈的呢？其实这是几乎整整一代人的大致相同的人生经历。个体的我，摆放在总体中看，真是丝毫也不足为奇的。

比如我小的时候家里很穷，从懂事起至下乡为止，没穿过几次新衣服。小学六年，年年是"免费生"。初中三年，每个学期都享受二级"助学金"。初三了，自尊心很强了，却常从收破烂的邻居的破烂筐里翻找鞋穿，哪怕颜色不同，样式不同，都是左脚鞋或都是右脚鞋，在买不起鞋穿的无奈情况下，也就只好胡乱穿了去上学……有时我自己回想起来，以为便是"逆境"了。后来我推翻了自己的以为，因在当年，我周围皆是一片贫困。

倘说贫困毫无疑问是一种人生"逆境"，那么我倒可以大言不惭地说，我对贫困，自小便有一种积极主动的、努力使自己和家人在贫困之中也尽量生活得好一点儿的本能。我小学五六年级就开始粉刷房屋了。初中的我，已不但是一个出色的粉刷工，而且是一个很棒的泥瓦匠了。炉子、火墙、火炕，都是我率领着弟弟们每年拆了砌，砌了拆，越砌越好。没有砖，就推着小车到建筑工地去捡碎砖。我家住的，在"大跃进"年代由临时女工们几天内突击盖起来的房子，幸亏有我当年从里到外一年多次的维修，才一年年仍可住下去。我家几乎每年粉刷一次，甚至两次，而且要喷出花儿或图案。你知道一种水纹式的墙围图案如何产生的吗？说来简单——将石灰浆兑好了颜色，再将一条抹布拧成麻花状，蘸了灰浆往墙上依序列滚动，那是我当年的发明。每次双手被灰浆所烧，几个月后方能蜕尽皮。在哈尔滨那一条当年极脏的小街上，在我们那个大杂院里，我家门上，却常贴着"卫生红旗"。每年春节，同院儿的大人孩子，都羡慕我家屋子粉刷得那么白，有那么不可思议的图案。那不是欢乐是什么呢？不是幸福感又是什么呢？

下乡后，我从未产生跑回城里的念头。跑回城里又怎样呢？没工作，让父母和弟弟妹妹也替自己发愁吗？自从我当上了小学教师，我曾想，如果我将来落户了，我家的小泥房是盖在村东头还是村西头呢？哪一个女知青愿意爱我这个全没了返城门路，打算落户于北大荒的穷家小子呢？如果连不漂亮的女知青竟也没有肯做我妻子的，那么就让我去追求一个当地人的女儿吧！

面对所谓命运，我从少年时起，就是一个极冷静的现实主义者。我对人生的憧憬，目标从来定得很近很近，很低很低，很现实很现实。想象有时也是爱想象的，但那也只不过是一种早期的精神上的"创作活动",一扭头就会面对现实,做好自己在现实中首先最该做好的事,哪怕是在别人看来最乏味最不值得认真对待的事。

后来我调到了团宣传股。这是我人生中的第一次"上升阶段"。再后来我又被从团机关"精简"了,实际上是一种惩罚,因为我对某些团首长缺乏敬意,还因为我同情一个在看病期间跑回城市探家的知青。于是我被贬到木材加工厂抬大木。

那是一次从"上升阶段"的直接"沦落",连原先的小学教师都当不成了,于是似乎真的体会到了身处"逆境"的滋味儿,于是也就只有咬紧牙关忍。如今想来,那似乎也不能算是"逆境",因为在我之前,许多男知青,已然在木材厂抬着木头了,抬了好几年了。别的知青抬得,我为什么抬不得?为什么我抬了,就一定是"逆境"呢?

后来我被推荐上了大学。我的人生不但又"上升"了,而且"飞跃"了,成了几十万知青中的幸运者。

在大学我因议论"四人帮",成为上了"另册"的学生。又因一张汇单,遭几名同学合谋陷害,几乎被视为变相的贼。那些日子,当然也是谈不上"逆境"的,只不过不顺遂罢了。而我的态度是该硬就硬,毕不了业就毕不了业,回北大荒就回北大荒。一次,因我说了一句对"四人帮"不敬的话,一名同学指着我道:"你再重复一遍!"我就当众又重复了一遍,并将从兵团带去的一柄匕首往桌上一插,大声说:"你他妈的可以去汇报!不会判我死刑吧?只要我活着,我出狱那一天,你的不安定的日子就来了!无论你分配到哪儿,我都会去找到你,杀了你!看清楚了,就用这把匕首!"

那事儿竟无人敢去汇报。

毕业时我的鉴定中多了一条别的同学所没有的——"与'四人帮'做过斗争"。想想怪可笑的，也不过就是一名青年学生对"四人帮"的倒行逆施说了些激愤的话罢了。但当年我更主要的策略是逃，一有机会，就离开学校，暂时摆脱心理上的压迫，甚至在一个上海知青的姨妈家，在上海郊区一个叫朱家桥的小镇上，一住就是几个星期……

这些都是一个幸运者当年的不顺遂，尽管也埋伏着人生的凶险，但都非大凶险，只是可以凭自己的策略对付的小凶险而已。

一名高干子弟，我的一名知青战友，曾将他当年的日记给我看，他下乡第二年就参军去了，在北戴河当后勤兵，喂猪。他的日记中，满是"逆境"中人如坠无边苦海的"磨难经"——而当年在别的同代人看来，成了一名光荣的解放军战士，又是何等幸运何等梦寐以求的事啊！

鲁迅先生当年曾经说过家道中落之人更能体会世态炎凉的话。我以为，于所谓的"逆境"而言，也似乎只有某些曾万般顺遂、仿佛前程锦绣之人，一朝突然跌落在厄运中，于懵懂后所深深体会的感受，以及所调整的人生态度，才更是经验吧？好比公子一旦落难，便有了戏有了书。而一个诞生于穷乡僻壤的人，于贫困之中呱呱坠地，直至于贫困之中死去，在他临死之前问他关于"逆境"的体会及思想，他倒极可能困惑不知所答呢！

至于我，回顾过去，的确仅有些人生路上的小小不顺遂而已，实在是不敢妄谈"逆境"。而如今对于人生的态度，是比青少年时期更现实主义了。若我患病，就会想，许多人都患病的，凭什么我例外？若我生癌，也会想，不少杰出的人都不幸生了癌，凭什么上帝非呵护于我？若我惨遭车祸，会想，车祸几乎是每天发生的。总之我以后的生命，无论这样或那样了，都不再会认为自己是多么地不幸了。知道了许许多多别人命运的大跌宕，大苦难，大绝望，大抗争，我常想，若将不顺遂也当成"逆境"去谈，只怕是活得太矫情了呢！……

辑三

人世列车

清　名

倘非子诚的缘故，我断不会识得徐阿婆的。

子诚是我的学生，然细说嘛，也不过算是罢。有段时期，我在北京语言大学开"写作与欣赏"课，别的大学的学子，也有来听的，子诚便是其中的一个。他爱写散文，偶作诗，每请我看。而我，也每在课上点评之。由是，关系近好。

子诚的家，在西南某山区的茶村，小。他已于去年本科毕业，当了京郊一名"村官"。今年清明后，他有几天假，约我去他的老家玩。我总听他说那里风光旖旎，禁不住动员，成行。

斯时茶村，远近山廓，美轮多姿。树、竹、茶垅，浑然而不失层次，绿如滴翠。

翌日傍晚，我见到了徐阿婆。

那会儿茶农们都背着竹篓或拎着塑料袋子前往茶站交茶。大叶茶装在竹篓，一元一斤；芽茶装在塑料袋里，二十元一斤。一路皆五六十岁男女，络绎不绝。七十岁以上长者约半数，年轻人的身影，委实不多。尽管勤劳地采茶，好手一年是可以挣下五六千元的，但年轻人还是更愿到大城市去打工。

子诚与一老妪驻足交谈。我见那老妪，一米六七八的个子，腰板挺直，满头白发，不矜而庄。

老妪离开后，我问子诚她的岁数。

"八十三了。"

"八十三还采茶?!"我不禁向那老妪背影望去，敬意油然而生。

子诚告诉我——解放前，老人家是出了名的美人儿。及嫁龄，镇上乃至县里的富户争娶，或为儿子，或欲纳妾，皆拒，嫁给了镇上一名小学教师。后来，丈夫因为成分问题，回村务农。然知识化了的男人，比不上普通农民那么能耐得住山村的寂寞生活，每年清明前，换长衫游走于各村"说春"。当年当地，农村人大都是文盲，连皇历也看不懂的。她丈夫有超强记忆，一部皇历倒背如流。"说春"就是按照皇历的记载，预告一些节气与所谓凶吉日的关系而已。但一般告诉，则不能算是"说春"。"说春人"之"说春"，基本上是以唱代说，不仅要记忆好，还要嗓子好。她的丈夫嗓子也好。还有另一本事，便是脱口成章。"说"得兴浓，别人随意指点什么，竟能就什么唱出一套套合辙押韵的掌故来，百指而难不倒，像是现今的"R&B 歌手"。于是，使人们开心之余，自己也获得一碗小米。在人们，那是享受了娱乐的回报。在他自己，是一种个人价值体现的满足。所谓与人乐，其乐无穷。不久农村开展"破除迷信"运动，原本皆大开心之事，遂成罪过。丈夫进了学习班，"说春人娘子"一急之下，将他们的家卖到了仅剩自己穿着的一身衣服的地步，买了两袋小米，用竹篓一袋袋背着，挨家挨户一碗碗地还。乡亲们过意不去，都批评她未免太过认真。她却说——我丈夫是"学知人"，我是"学知人"的妻子。对我们,清名重要。若失清名,家便也没什么要紧了。理解我的,就请将小米收回了吧!……

工作组组长了解到那一情况,愕然,继而肃然。对其丈夫谆谆教诲了几句,亲自送回家,并对当年的阿婆好言安抚……

我问:"现在她家状况如何?为什么还让八十三岁的老人家采茶卖茶呢?"

子诚说:"阿婆得子晚,六十几岁时,三十几岁的独生儿子病故了。媳妇改嫁,带着孙子远走高飞,早已断了音讯。从那以后,她一直一个人过活。七八年前,将名下分的一亩多茶地也退给村里了……"

"这么大岁数,又是孤独一人,连地都没了,可怎么活呢?"

"县里有政策,要求县镇两级领导班子的干部,每人认养一位农村的鳏寡高龄老人,保障他们的一般生活需求,同时两级政府给予一定补贴……"

我不禁感慨:"多好的举措……"

不料子诚却说:"办法是很好,多数干部也算做得比较负责任。只是,阿婆的命太不好,偏偏承担保障她生活责任的县里的一位副县长,明面是爱民的典范,背地里贪污受贿,酒色财赌黑,五毒俱全,原来不是个东西,三年前被判了重刑……"

我一时失语,良久才问出一句话是:"黑指什么?"

"就是黑恶势力呀。"

我又失语,不想再问什么,只默默听子诚说:"阿婆知道后,如同自己的名誉也受了玷污,一下子病倒了。病好后,她开始替茶地多的人家采茶,一天采了多少斤,按当日茶价五五分成。老人家眼力不济了,手指也没了准头,根本采不了芽茶,只能采大叶茶了，早出晚归，平均下来，一天也就只能挣到五六元钱而已。她一心想要用自己挣的钱，把那副县长助济她的钱给退还清了……

"可……这……难道就没有人认为应该告诉老人家，她完全不必那样做吗？……"方才仿佛被割掉了舌的我，终于又能说出话来。而且，说得激动。

"许多人都这么劝过的，可老人家她听不进去啊。"子诚的话，却说得异常平静。

不待我再说什么，问什么，子诚的一句话，使我顿时又失语了。

他说："今年年初，老人家患了癌症。"

我，极愕。

"几乎村里所有人都知道了。她自己也知道了。不过，她装作自己一点儿也不知道的样子，就着自己腌的咸菜，每日喝三四碗糙米粥，仍然早出晚归地采大叶茶。有人说，那是因为她岁数大，脏器都老化了，所以不觉得多么疼了……他们的说法有道理吗？……"

"我……不太清楚……"我的确不太清楚。

我心愀然。进而，怆然。

那天晚上，我要求子诚转告老人家，有人愿意替她"退还"尚未"还"清的一千二三百元钱。

子诚说："转告也是白转告……"

我恼了，训道："明天，你必须那么对她说！"

第二天，还是傍晚时，我站在村道旁，望着子诚和老人家说话。才一两分钟后，二人的谈话便结束了。老人背着竹篓，尽量，不，是竭力挺直身板，从我眼前默默走过。

子诚也沮丧地走到了我跟前，嗫嚅道："我就料到根本没用的嘛……"

"我要听的是她的原话！"

"她说，谢了。还说，人的一生，好比流水，可以干，不可以浊……"

我不禁再次失语，竟至于，羞愧了。以后几日的傍晚，我一再看见徐阿婆往返于卖茶路上，背着编补过的竹篓，竭力挺直单薄的身板。然而其步态，是那么地蹒跚，使我联想到衰老又顽强的朝圣者，去向我所不晓的什么圣地。有一天傍晚下雨，她戴顶破了边沿的草帽，用塑料布罩住竹篓，却任雨淋湿衣服……

那曾经的草根族群中的美女，那八十三岁的，身患癌症的，竭力挺直身板的茶村老妪，又使我联想到古代的，镇定地奔赴生命末端的独行侠……

似乎，我倾听到了那老妪的心声：清名、清名……反反复复，二字而已。

不久前，子诚从他当"村官"的那个村子打来电话，告诉我徐阿婆死了。

"她，那个……我的意思是……明白我在问什么吗？……"我这个一向要求学生对人说话起码表意明白的教师，那一时刻语无伦次。

"听家里人说，她死前几天才还清那笔钱……老人家认真到极点，还央求村支书为她从县里请去了一名公证员……现在，有关方面都因为那一笔钱而尴尬……"

我不复能说出话来，也不知自己什么时候放下电话的。想到我和子诚口中，都分明地说过"还"这个字，顿觉对那看重自己清名的老人家，无疑已构成了人格的侮辱。

清名、清名……

这一旦在乎反而累人自讨苦吃的"东西"呀，难怪今人都避得远远的，唯恐沾上了它！

我之羞惭，因我亦如此……

老　妪

────────────

那一个老妪是一个卖茶蛋的老妪。

在十二月的一个冷天，在北京龙庆峡附近，儿子须作一篇"游记"，我带他到那儿"体验生活"。

卖茶蛋的皆乡村女孩儿和年轻妇女。就那么一个老妪，跻身她们中间，并不起劲儿地招徕。偶发一声叫卖，嗓音是沙哑的。所以她的生意就冷清。茶蛋都是煮的，老妪锅里的蛋未见得比别人锅里的小。我不太能明白男人们为什么买茶蛋还要物色女主人。

老妪似乎自甘冷清，低着头，拨弄煮锅里的蛋。时时抬头，目光睃向眼前行人，仿佛也只不过因为不能总低着头。目光里绝无半点儿乞意。

我出于一时的不平，一时的体恤，一时的怜悯，向她买了几个茶蛋。活在好人边儿上的人，大抵内心会生发这种一时的小善良，并且总克制不了这一种自我表现的冲动。表现了，自信自己仍立足在好人边上，便获得一种自慰。

老妪应找我两毛钱，我则扯着儿子转身便走，佯装没有算清小账。

儿子边走边说："爸，她少找咱们两毛钱。"

我说："知道，但是咱们不要了。大冷的天她卖一只茶蛋挣不了几个钱，怪不易的……"

于是我向儿子讲，什么叫同情心，人为什么应有同情心，以及同情心是一种怎样的美德……

两个多小时后，我和儿子从公园出来，被人叫住——竟是那老妪。袖着双手，缩着瘦颈，身子冷得蜷缩着。

"这个人，"她说，"你刚才买我的茶蛋，我还没找你钱，一转眼，你不见了……"

老妪一只手从袖筒里抽出，干枯的一只老手，递向我两毛钱，皱巴巴的两毛钱……

儿子仰脸看我。

我不得不接了钱。我不知自己当时对她说了句什么……

而公园的守门人对我说："人家老太太，为了你这两毛钱，站我旁边等了那么半天……"

我和儿子又经过买茶蛋的摊时，见一老叟，守着老妪那煮锅。如那老妪一样，低着头，摆弄煮锅里的蛋。偶发一声叫卖，嗓音同样是沙哑的。目光偶向眼前行人一睃，也只不过是任意的一睃，绝无半点儿乞意。比别人，生意依旧冷清……

人心的尊贵，一旦近乎本能的，我们也就只有为之肃然了。我觉得我的类同施舍的行径，对于老妪，实在是很猥琐的……

小垃圾女

我第一次见到她，是在元月下旬的一个日子，刮着五六级风。家居对面，元大都遗址上的高树矮树，皆低俯着它们光秃秃的树冠，表示对冬季之厉色的臣服。偏偏十点左右，商场来电话，通知安装抽油烟机的师傅往我家出发了……

前一天我就将旧的抽油烟机卸下来丢弃在楼口外了。它已为我家厨房服役十余年，油污得不成样子。我早就对它腻歪透了。一除去它，上下左右的油污彻底暴露，我得赶在安装师傅到来之前刮擦干净。洗涤灵去污粉之类难起作用，我想到了用湿抹布滚粘了沙子去污的办法。我在外边寻找到些沙子用小盆往回端时，见个十一二岁的女孩儿，站在铁栅栏旁。我丢弃的那台脏兮兮的抽油烟机，已被她弄到那儿。并且，一半已从栅栏底下弄到栅栏外；另一半，被突出的部分卡住。

女孩儿正使劲跺踏着。她穿得很单薄，衣服裤子旧而且小。脚上是一双夏天穿的扣绊布鞋，破袜子露脚面。两条齐肩小辫，用不同颜色的头绳扎着。她一看见我，立刻停止跺踏，双手攥一根栅栏，双脚蹬在栅栏的横条上，悠荡着身子，仿佛在那儿玩的样子。那儿少了一根铁栅，传达室的朱师傅用粗铁丝拦了几道。对于那女孩儿来说，钻进钻出仍是很容易的。分明，只要我使她感到害怕，她便会一下子钻出去逃之夭夭。而我为了不使她感到害怕，主动说："孩子，你是没法弄走它的呀！"——倘她由于害怕我仓皇钻出时刮破了衣服，甚或刮伤了哪儿，我内心里肯定会觉得不安的。

她却说："是一个叔叔给我的。"——又开始用她的一只小脚跺踏。

果而有什么"叔叔"给她的话，那么只能是我。我当然没有。

我说："是吗?"

她说："真的。"

我说："你可小心……"

我的话还没说完，她已弯下腰去，一手捂着脚腕了。破裂了的塑料是很锋利的。

我说："唉，扎着了吧? 你倒是要这么脏兮兮的东西干什么呢?"

她说："卖钱。"其声细小。说罢抬头望我，泪汪汪的。显然疼的。接着低头看自己捂过脚腕的小手，手掌心上染血了。

我端着半盆沙子，一时因我的明知故问和她小手上的血而呆在那儿。

她又说："我是穷人的女儿。"——其声更细小了。

她的话使我那么地始料不及，我张张嘴，竟不知再说什么好。而商场派来的师傅到了，我只有引领他们回家。他们安装时，我翻出一片创可贴，去给那女孩儿，却见她蹲在那儿哭，脏兮兮的抽油烟机不见了。

我问哪儿去了？

她说被两个蹬手板车收破烂儿的大男人抢去了。说他们中一个跳过栅栏，一接一递，没费什么事儿就成他们的了……

我问能卖多少钱？

她说十元都不止呢，哭得更伤心了。

我替她用创可贴护上了脚腕的伤口，又问："谁教你对人说你是穷人的女儿？"

她说："没人教，我本来就是。"

我不相信没人教她，但也不再问什么。我将她带到家门口，给了她几件不久前清理的旧衣物。

她说："穷人的女儿谢谢您了叔叔。"

我又始料不及，觉得脸上发烧。我兜里有些零钱，本打算掏出全给了她的。但一只手虽已插入兜里，却没往外掏。那女孩儿的眼，希冀地盯着我那只手和那衣兜。

我说："不用谢，去吧。"

她单肩背起小布包下楼时，我又说："过几天再来，我还有些书刊给你。"

听着她的脚步声消失在外边我才抽出手，不知不觉中竟出了一手的汗。我当时真不明白我是怎么了……

事实上，我早已察觉到了那女孩儿对我的生活空间的"入侵"。那是一种诡秘的行径。但仅仅诡秘而已，绝不具有任何冒犯的意味，更不具有什么危险的性质。无非是些打算送给朱师傅去卖，暂且放在门外过道的旧物，每每再一出门就不翼而飞了。左邻右舍都曾说撞见过一个小小年纪的"女贼"在偷东西。我想，便是那"穷人的女儿"无疑了……

四五天后的一个早晨我去散步，刚出楼口又一眼看见了她。仍在第一次见到她的地方，她仍然悠荡着身子在玩儿似的。她也同时看见了我，语调亲昵地叫了声叔叔。而我，若未见她，已将她这一个穷人的女儿忘了。

我驻足问："你怎么又来了？"

她说："我在等您呀叔叔。"——语调中掺入了怯怯的，自感卑贱似的成分。

我说："等我？等我干什么？"

她说："您不是答应再给我些您家不要的东西吗？"

我这才想起对她的许诺，搪塞地说："挺多呢，你也拎不动啊！"

"喏"——她朝一旁翘了翘下巴，一个小车就在她脚旁。说那是"车"，很牵强，只不过是一块带轮子的车底板。显然也是别人家扔的，被她捡了。我问她脚好了吗？她说还贴着创可贴呢，但已经不怎么疼了。之后，一双大眼瞪着我又强调地说："我都等了您几个早晨了。"

我说："女孩儿，你得知道，我家要处理的东西，一向都是给传达室朱师傅的，已经给了几年了。"——我的言下之意是，不能由于你改变了啊！

她那双大眼睛微微一眯，凝视我片刻说："他家里有个十八九岁的残疾女儿，你喜欢她是不是？"

我不禁笑着点了一下头。"那，一次给她家，一次给我，行不？"——她专执一念地对我进行说服。

我又笑了。我说："前几天刚给过你一次，再有不是该给她家了吗？"

她眨眨眼说："那，你已经给她家几年了，也多轮我几次吧！"

我又想笑，却怎么也笑不起来了，心里一时很觉酸楚，替眼前花蕾之龄的女孩儿，也替她那张能说会道的小嘴儿。

我终不忍令她太过失望，二次使她满足……

我第三次见到那女孩儿，日子已快临近春节了。

我开口便道："这次可没什么东西打发你了。"

女孩儿说："我不是来要东西的。"——她说从我给她的旧书刊中发现了一个信封，怕我找不到着急，所以接连两三天带在身上，要当面交给我。

那信封封着口，无字。我撕开一看，是稿费单及税单而已。

她问："很重要吧？"

我说："是的，很重要，谢谢你。"

她笑了："咱俩之间还谢什么。"

她那窃喜的模样，如同受到了庄严的表彰。而我却看出了破绽——封口处，留下了两个小小的脏手印儿。夹在书刊里寄给我的单据，从来是不封信封口的。

好一个狡黠的"穷人的女儿"啊！她对我动的小心眼令我心疼她。

"看"——她将一只脚伸过栅栏，我发现她脚上已穿着双新的棉鞋了，摊儿上卖的那一种。并且，她一偏她的头，故意让我瞧见她的两只小辫已扎着红绫了。

我说："你今天真漂亮。"

她悠荡着身子说："我妈妈决定，今年春节我们不回老家了。"

"爸爸是干什么的？"

她略一愣，遂低下了头。

我正后悔自己不该问，她抬起头说："叔叔，初一早晨我会给您拜年。"

我说不必。她说一定。

我说我也许会睡懒觉。她说那她就等，说您不会初一整天不出家门的呀，说她连拜年的话都想好了："叔叔马年吉祥，恭喜发财!"

"叔叔我一定来给你拜年!"说完，猛转身一蹦一跳地跑了。两只小辫上扎的红绫，像两只蝴蝶在她左右肩翻飞……

初一我起得很早，倒并不是因为和那"穷人的女儿"有个比较郑重的约会，而是由于三十儿夜晚看一本书看得失眠了。我是个越失眠反而越早起的人，却也不能说与那个比较郑重的约会毫无关系。其实我挺希望初一一大早走出家门，一眼看见一个一身簇新，手儿脸儿洗得干干净净，两条齐肩小辫扎得精精神神的小姑娘快活地大声给我拜年："叔叔马年吉祥，恭喜发财!"——尽管我不相信那真能给我带来什么财运……

一上午，我多次伫立窗口朝下望，却始终不见那"穷人的女儿"的小身影。下午也是。

到今天为止，我再没见过她，却时而想到她。每一想到，便不由得在内心默默祈祷：

小姑娘，马年吉祥，恭喜发财! ……

一天的声音

一天的声音，确乎首先是从底层发出的。在农村自不必说了，黎明鸡啼，静夜犬吠，一天的过程中牛哞马嘶，或农机作响，都伴随着农民的起息劳作。除了他们的身影，除了那一些声音，农村也不太常见别人的身影，听见另外一些声音。

农民是大地的一部分。在城市里，一天的声音也首先是从底层发出的。"嚓、嚓、嚓……"这是今天我听到的第一种声音。斯时我虽然醒了，却懒得起来。我一向如此，醒得很早，起得较晚。也许是老的预兆吧？我扭头向窗子望去——在窗帘拉不严的地方，一条玻璃是蓝色的，如同用浸了蓝墨水的抹布擦过似的。于是我知道，大约五点钟了。其实，不必看窗子，仅听那"嚓嚓"声，我也能对时间做出挺准确的判断——春节前北京下了一场大雪，被铲到路边的积雪至今没化尽。而我家楼前那一条小街是早市，积雪占了摆摊人们的摊位。自那以后，几乎每天五点钟左右，都能听到"嚓嚓"的铲雪声……

如果是夏天，听到的便是小贩们的说话声。夏天他们常睡在路边，怕的是别人占住他们的摊位。他们最怕的是蹬着平板车来时，摊位却被别人抢先占去了。

有那嗓门儿大的，说话声就会搅了我们这些城里人的清梦。大多数人家都是仅仅一扇纱窗隔着楼里楼外，其声聒耳。何况，楼外的露宿者们还每每争吵嬉闹……

便会有贪早觉的男人或女人大喝一声："消停点儿，讨厌！"大抵是诸如此类的话。但城里人还想睡也睡不成多一会儿了。

渐渐地，说话声多了，终于形成一片——"早市"六点钟左右开始"营业"了。

首先穿过早市的，是骑着自行车身着校服的男女初中生、高中生。在冬季，六点钟左右，天刚刚亮。初中生高中生们，往往是他们的家里最先迈出家门的人。

一月里的一天，北京正处在寒冷之中。我由于失眠，偶尔起早了，站在窗前吸烟。我从窗帘拉不严的地方向外看，天还黑着呢，路灯还亮着呢，大风从对面山坡上的树梢啸过，其声如哨……

我竟看见一个骑自行车的身影从街上来去。那身影很单薄，哽着风，猫着腰，缩着头，蹬得吃力的样子。我看出那是一名女学生。她一手扶把，一手拿着什么，边骑边吃。

她从我视线里消失之后不一会儿，我又看见了一个像她那样吃力地蹬着自行车的身影——还是一名学生的身影，还是一名女学生的身影。

接着是第三个身影，第四个身影，都是初中生或高中生的身影……

风太大，那一天没摆摊的人。除了风声，外面也再没别的声音。学生们成了最早出现于小街的人。他们的身影悄悄而来，悄悄而去。连摆摊的人也可以因为风大不出门，学生们却不可以据同样的理由不去上学啊……

望着渐多起来的学生们的身影，我心一阵愀然——他们的书包看上去特别地沉重。

我家的门发出了开关之声，我知道儿子也去上学了……

一般来说，从六点到九点多，是小街声音最嘈杂的时候。而八点多钟的小街，可用"人满为患"一词形容。那时小贩们的叫卖声最响亮，有的还手持话筒。他们不仅来自京郊，也来自中国的各个省份——能听到东西南北各种口音。他们似乎都在心照不宣地比赛他们的叫卖声，仿佛那直接显示着他们的生存本领，就像汽车的发动声直接显示汽车的性能……

车流照例堵塞在小街的街口，那时候。

如果只在小街上走，你会觉得人生其实是多么地单纯。各个摊位摆的大抵是吃的东西：菜蔬、粮食、鱼肉、水果以及早点等。少数摊位也摆穿的用的。穿的都很便宜，用的都是居家过日子的杂物……

望着街两旁的摊位，你会觉得，仅就"生活"二字而言，那早市满足一个人的需求已绰绰有余………

但是你若走到街口，去望那堵塞的车流，你往往会觉得眼乱心慌，仿佛人类的生活也堵塞在那儿了。十年前，那一条大马路上过往车辆并不多，后来车辆一天比一天多。最新款式的国产车和最高级的进口车全在那条大马路上亮相，缓缓前驶，两旁是骑自行车的人，车流中夹挤着出租车。各种车辆的尾气，使马路上空如罩青雾……

坐在那些车里的城市人，是有地位的高低之分的。这是与早市上的市民之间不言自明的区别。

汽车的喇叭声小贩的叫卖声此起彼伏。后一种声音是城市的晨曲，前一种声音是城市的"主旋律"。坐在车里的某一个人，很可能决定着早市在街上的取消或存在，很可能决定着股市风云，也很可能决定着早市上某些人的命运……

到了中午，小街上彻底安静下来了。只有承包了那一条小街卫生状况的外地民工，持帚清扫着早市垃圾……那一种安静一直维持到傍晚。傍晚大马路上的车流又堵塞了。傍晚学生们的身影络绎出现在小街上，互相不太说话，也很少有结伴而驶的，都匆匆地往家里骑……

到了晚上九点多钟，一辆辆小车开入小街。小街的街头，有一家歌厅，那一辆辆小车是奔歌厅来的。在夏季，歌厅传出的打击乐，小街另一头的人也听得到。

十点多钟，小车泊满了小街两侧……我家楼前小街的一天，也就开始向第二天过渡了……倘第二天无风、无雨、无雪，倘或有，并不多大，那一天的起初的声音，依然是摆摊的人们所带动起来的。底层的声音，是直接了为了生存而发出的声音，也是最容易被其他声音压住的声音。

一天由底层的声音开始，由歌厅里传出的打击乐结束。在我家楼前那条小街上，一天又一天，几乎天天如此……

三平方米的金融海啸

这雨，可说是场大雨了。小街上，不见人影。然而，却还是有人的，都躲到人行道两侧避雨的地方去了。所谓避雨的地方，自然是那些没有门窗，竟也叫门面的菜摊或水果摊的屋顶下……

在北京的三环和四环之间，这条小街真是够脏够乱的。路宽不足十米，两侧一辆挨一辆停满了各种卧车，菜农或果农开来的大卡车、小卡车、厢式小货车，以及小贩们的三轮平板车，马车也是常见的。今天是星期日，有三辆马车夹在机动车之间——一辆载满蔬菜，另一辆载满瓜果，还有一辆载的是成袋的大米——幸而已及时罩上了雨布。那情形看去颇为荒诞，仿佛这条街上有处加油站，仿佛这是一个汽油短缺的月份，一概车辆皆在排队加油，马车也不例外……

阿伟坐的地方，是雨淋不着的。不但雨淋不着他，夏季的炎日也晒不着他。而且，只要他想坐在那儿，是可以从早到晚一直坐在那儿的。那儿是一个小区的门旁，有台阶。台阶半圆形，为了美观，向两边延伸出几米，看上去像有帽翅的古代官帽。阿伟呢，就坐在左边的"帽翅"上，臀下垫块纸板。那是他合法的蹲坐之处。右边的"帽翅",连着一家美发店的台阶。如果他坐到右边去,就不合法了,美发店的老板是有理由也有权力驱赶他离开的。当然,他若真坐到右边去,美发店的老板那也断不至于撵他。他们已很熟,并且,广义言之,阿伟也是老板。

阿伟姓赵,原名赵韦,河南农民,已婚,并有一子。他的家庭成员,皆农民。他们祖祖辈辈是农民,已经十几代之久了。到他这一代,按名谱排下来,都逢上了韦字。韦字是没什么讲头的字,几位盼着家庭兴旺的长者一商量,就将他这一代人的韦字,加上了单立人。于是他的名,就也从赵韦,改成赵伟了。

伟字自然是很有讲头了,但阿伟的人生,还没沾到伟字的什么大光。

阿伟在这条街上收废品。面前,有三平方米的合法地盘,用绿色的、两尺高的硬塑板围着。硬塑板上,白字印着北京某环保部门的名称。除此之外,他还有执照——为这一种合法性,阿伟每年须向有关部门交六千多元管理费,平均每月五百多元。

在那"官帽"的"帽翅"上,阿伟已经坐到第四年了。多垫两块纸板,他便也能够躺下,但腿是伸不开的。"帽翅"没那么长,若他躺下去,只有屈起双膝来。阿伟不常躺下,他对自己的职业形象还是挺在乎的。铁门内,有几幢二十余层的高楼,楼里人家都将废品卖给阿伟。阿伟自然也是有手机的,许多楼里人家知道他的手机号码。倘那些人家积攒的废品多了,一打他的手机,阿伟转眼便会拎着麻袋和秤出现在那些人家的门口。阿伟和小区里的人们关系处得不错……

前三年,阿伟的业务充满光明。起码,他自己是心满意足的。想想吧,一个年轻农民,在北京这一条很脏很乱的小街上,一旦取得了三平方米那么一小块合法坐守的地方，刨去应缴的管理费，一年竟能有两万多元的收入，还不应该谢天谢地吗？所以他总是对北京心怀着几分虔诚的感激，并且总是这么想——如果全中国的大小城市都能有北京这么多照顾穷人的挣钱机会，那么中国的农民就几乎算是熬到了共产主义啦！一个中国农民，不论是哪个省的，即使一年到头辛辛苦苦地侍弄了十几亩地，也未必就能有两万多元的回报啊！而他，几乎就是坐守罢了。这钱怎么说也算挣得容易啊！第二年，他的妻子带着儿子也来到北京了，他以每月三百元的便宜价格租下了一间地下室，就在背后的小区里……

那时两口子对于生活都开始心生出有点儿伟大的憧憬来——他们盘算过攒下多少钱便足以推倒农村的旧屋盖新房了，也盘算过攒下多少钱就可以在小街上租下一间门面，经营一种什么小生意了。那有点儿伟大的憧憬需要用两个五年计划来实现。两个五年计划不才十年吗？他们都年轻着，有那份耐心。

不料好景不长，今年以来，业务每况愈下，都是金融海啸给闹的。

他每日所收的废报和过期刊物的封面上，几乎随时都能扫视到"金融海啸"四个字。那四个字每每作为黑体标题，有时大得离谱，然而他只当那是和自己毫无关系的事。似乎，也和每日出现在这条小街上的人们没什么关系。一切摊位上的蔬菜瓜果并没明显地涨价。理发的价格从八元涨到了十元，然而他并没听到什么抱怨之声。但是不久，"金融海啸"竟啸到了他这一行。虽然不曾见海，其啸却来势汹汹。废品的回收价格都降了一半，而那意味着他们的收入每天、每月、每年便也减少了一半……

　　某天夜里，妻子轻轻推了他两次。他说："我没睡着。"躺下以后，他就不曾合过眼睛。而妻子，却是睡着了一阵又醒来的。她已经在两个月前开始做钟点工了，做钟点工不能带着小孩。白天，他们四岁的儿子跟他一起守摊。简直可以说，小小的儿子也开始打工生涯了。

　　妻子没头没脑地问："咋办？"但他一听就明白她在问什么。他说："挺。"妻子沉默一会儿，低声哭了。他摸索到她一只手，握了握，又说："别哭醒儿子。"儿子不知道有什么金融海啸，当然也不觉得有什么危机正压迫着他们一家三口。儿子挺乐于跟他一块儿坦然自若守摊的，困了就偎在他怀里睡一觉。第二天，他与妻子统一了意见，妻子当晚将儿子送回老家去了……

　　雨仍在下，丝毫没有停的迹象。菜摊的主人们也都躲到避雨的地方去了，隔街望着各自的菜摊而已。他们成心不罩他们的菜——萝卜、土豆、柿子、黄瓜、各类青菜被大雨一淋，红的更红，紫的更紫，白的更白，绿的更绿了，正中摊主们的下怀。他们倒是都有点儿感激金融海啸的。"贵？金融海啸了，不涨价格，我们还有活路吗？"——他们每说这一类话。嫌贵的人听他们那么一说，就不好意思讨价还价了。

　　阿伟羡慕他们，然而并不后悔。毕竟，他所占据的三平方米地面是合法的。二〇〇九年六千多元的管理费，他在年初如数交了。而他们，城管人员一来到这条小街上，便顷刻作鸟兽散。

　　雨虽然将菜淋得更新鲜了似的，但街面上流淌着的水却那么污浊，各种各样的垃圾顺流而漂。阿伟却一向以极亲切的眼光来看这一条小街，包括此刻。因为，他视自己那三平方米地面为宝地。在过去的三年多里，他靠它挣了六七万元啊！农村里哪儿有这么宝贵的一小块地啊！

"你手机响了。"——站在铁门旁的保安对他大声说。他赶紧掏出手机。

"响了两次了。""是吗？谢谢，我没听到。"手机里传出一个小伙子的声音，催他到一幢楼里去收废品。他本想说等雨停了再去，听出小伙子很急，张张嘴没那么说……

给他开门的是个二十六七岁的小女子，看样刚迈出大学校门不久。一个三十多岁的男子在屋里对着手机大声嚷嚷："那不行！有规定不能随便裁人！我给公司出了多年的力了，凭什么找个借口就想一脚踢开我？少废话！我不管什么金融海啸不海啸，法庭上见！……"

想必，便是他以为的小伙子。小女子刚将一纸箱塑料瓶放在门外，那男子一步跨到门口，对他大发其火："你他妈怎么回事儿？拨过你两次手机了！"他愣了愣，低声说："下雨，没听到。保安告诉我才听到的，对不起。""你他妈聋了？"他又说："对不起。"小女子默默将那男子推开，催促他："快点儿，快点儿。"他数了数瓶子，忍气吞声地说："总共七角。""七角？！"——那男子又冲到了门口，指着他声色俱厉："多少钱？再说一遍！""八个小瓶，每个五分，五八四角。三个大瓶，每个一角，三角。四角加三角，七角。信不过我你亲自再数一遍。""你骗谁你？！当我们没卖过瓶子啊？明明小瓶子一角，大瓶子两角，你怎么按五分收？按一角收？……""那是去年的价。去年就是我收的……今年，你们也知道的，金融海啸了……""啸你妈的头啊！你个收破烂儿的，也他妈敢打着金融海啸的幌子呀？你配吗你？！……七角钱！老子宁肯扔了也不卖了！……"那男子气呼呼地跨将出来，捧起纸箱，几步走到公共垃圾桶前，将纸箱扔入。之后，看也不看他一眼，返入家门，将门呼地关上……

阿伟生气地望着那门。他记得以前也来这一户收过废品，主人并非刚才那一对男女。显然，主人将房子租出去了。为了上门来收废品，他淋得落汤鸡似的。那些瓶子一扔进垃圾桶里，捡它们的权利便属于这幢楼的清洁工了，这是小区里的规定。任何别人捡，等于侵权。侵犯别人权益之事，阿伟是做不来的。尽管，他这会儿将纸箱子从垃圾桶里捧出来，没人会看到。他有点儿想那么做，但也只是一念闪过而已。这幢楼的女清洁工，也是从农村出来的。他认识她，他俩常在一起聊农村人进城打工的不容易。他俩同命相怜。他觉得他如果照自己那一闪念去做了，未免太可耻。

他也特想踹开门，将那男子也狗血喷头地骂一顿。如果对方敢跟他动手，他才不怕。打就打，都是高矮胖瘦一般般的男人，谁怕谁？却同样是一闪念而已。听了那男子对着手机嚷嚷的话，他不愿和对方一般见识了。

落汤鸡般的阿伟是在十五层楼。电梯迟迟不上来，他等不及，索性下楼梯。外边，雨终于变小。阿伟出现在楼口台阶上时，天空已经有些见晴。他抬头望望天空，郁闷情绪因之稍释。

"挺。"他喃喃自语，不料脚下一滑，从台阶上跌了下去。他站了几次，没站起来……

在医院，妻子见他一条腿上了夹板，立刻就哭了。"咋办？""挺。""你都这样了，还怎么挺啊……""世上从来没有一直不过去的事儿……咱们那三平方米宝地得坚守住！不放弃，绝不放弃！哪怕把以前挣的钱再贴进去，也要守住！守住了那三平方米地方，盖新房子就还有希望，供儿子将来上学的费用就不愁！……"
这农村年轻人的脸上流下泪来，然而，那话语却说得掷地有声。

"听说，不久这条街要改造了……""咱不怕。不管怎么改造，城市人家总还是有废品的。咱那地方，是合法的！"

几天以后，阿伟又出现在他的宝地旁。由于一条腿上了夹板，他只能侧身而坐。那样，他上了夹板的腿就可以平放在水泥台上。那是很累的一种坐法。

在小区的广告板上，新贴了一张纸，上写几行字是：

　　由于金融海啸的影响，废品收购价格全都下降了百分之五十，请大家理解。又由于本人跌断了腿，一段时期内不能上门收购，也请多多原谅！特殊时期，让我们共渡难关，朝前看。希望在前边！……

在西线的列车上

二〇〇五年十一月，我应邀与中国作家协会的几位领导，前往甘肃天水参加一次民间举办的文化活动。但我和他们乘的不是同一车次——家附近就有代理售票处，购票方便。于是我单独踏上了由北京西站始发的，晚上八点多开往西部的列车……

我已经很少乘长途列车了。

二十世纪八十年代初，我曾是前北京电影制片厂组稿组的一名编辑。陕西、甘肃、新疆都在我的组稿范围，所以那两三年内，我每年都是要乘坐几次西线的列车的。那时中国西部的农村人口，乘坐过列车的人还是很少的，成千上万西部农村人口向中国其他省份流动的现象还没出现。那时的中国，还是一个按地理区域相对凝固的中国。西部的农民如果要到外省去"讨生活"，大抵靠的还是他们的双脚，正如西部的一种民歌——"走西口"。

八十年代初曾有一篇口碑极佳的短篇小说《麦客》，描写当年因天灾收获自家土地上的劳动成果的希望已成泡影的西部农民们，为了挣点儿钱将日子继续过下去，成群结队越省跨界，去往中原和南方帮别的省份的农民收割庄稼的经历。在西部蛮荒的山岭之间，在原本没有路而后来被一代一代走西口的中国农民们的脚踩出的蜿蜒的野路上，他们的身影连绵不绝，越聚越多，终于形成一支浩荡的不见首尾的队伍。他们甚至连行李也不带，很可能有的人的家里根本就没有什么可供他带走的行李。除了别在腰间的镰刀和挎在肩上的干粮袋，他们身上再就一无所有。那是中国农民的"长征"，不是为了革命，而是为了糊口。隔年似乎是由兰州电视台将《麦客》拍成了两集的电视剧。在北京，在我的家里，我看得热泪盈眶。记得当年我抑制不住自己的激动，还给电视台写去了一封信，祝贺他们拍出了那么优秀的现实主义风格的电视剧。

当年一个三十岁左右的青年出现在列车的卧铺车厢里，那是会引起一些好奇的目光的。因为当年并不是一切长途列车上都有软卧车厢，硬卧已是某种身份的证明。购票前要经领导批准，购票时要出示单位介绍信。故当年的我，从没觉得从北京到西部是怎样难耐的旅程。恰恰相反，在好奇的目光的注视之下，我常会感到优越。自然，想到西部的"麦客"们，心里边也往往会颇觉不安地暗问自己凭什么。当年我们许多中国人的意识方式真是朴实得可爱啊！

两三年后我调到了编剧组，以后竟再没踏上过西线的列车。屈指算来，已然二十余年了。

天水市委对文化活动极为重视，预先在电话里嘱咐——我们知道您身体不好，请您一定要乘软卧。我想到我是去西部，买了一张硬卧。

严重的颈椎病使我的睡眠的适应性极差，夜里不停地辗转反侧，令下两层铺和对面三层铺的乘客深受其扰。他们抗议的方式是搕铺板、大声咳嗽或小声嘟囔些不中听的话。我猛记起旅行袋里似乎带了一贴膏药，爬起一找，果然。反手歪歪扭扭地贴到后背上。用自己的手无法贴在准确的位置，但那也总算起到了一点儿心理作用，于是不再折腾……

整个车厢我起得最早，盼着到天水，然而中午一点多钟才到。望着车窗外西部铁路沿线的风光从黎明前的黑暗之中逐渐显现得分明了，我似乎觉得那是我所乘过的车速最慢的一次列车，似乎觉得从北京到西部的途程比二十几年前远多了。列车晚点了一个半小时，然而我知道那不是使我觉得途程变远了的真正原因，真正原因是我自己变了。我早已由当年那个坐硬卧很觉得优越并且心生不安的青年，变成了一个不经常乘坐列车的人了。而中国，也变了。习惯于乘飞机的中国人与乘列车的中国人相比，尤其是与乘西线列车的中国人相比，在许多方面都产生了大的差别。每一座城市都尽量将机场建得更气派、更现代，因为它意味着也是一座城市面向国际敞开的窗口。而每一座城市的列车站，则空前地人群云集了。特殊的月份，往往满目皆是背井离乡的中国农民的身影。在大都市的机场候机厅里，一些人感受到的是一种关于中国的概念；而在某些时候，在某些城市包括大都市的列车站里，另一些人将感受到关于中国的另一些概念……

沿线西部的乡村，它们为什么一处处那么地小？黄土抹墙的房舍，灰黑的鱼鳞瓦，家门前没有栅栏的平场，房舍后为数不多的苹果树或柿树，坎坡上放着几只羊的老人，在一小块一小块地里干着农活的老妪和孩子……一切仍在诉说着西部的贫困。

八月是萧瑟的季节。西部的景象裸露在萧瑟之中，如同干墨笔触勾勒在生宣纸上的绘画草图。偶见红的瓦和刷了白灰或贴了白瓷砖的墙，竟使我有眼前一亮的感觉。尽管白瓷砖贴在农家房舍的外墙体上是那么不伦不类，然而一想到有西部的农家肯花那一份钱，还是不禁有些感动。西部农民希望过上好日子的那种世代不泯的追求，像杨白劳给喜儿买了并亲手扎在女儿辫上的红头绳——父女俩自是喜悦着。看着那情形的人，倘对人世间的贫富差距还保留着点儿忧患，则就会难免地心生愀然⋯⋯

从西部返回时，我登上了一次特别的列车。因为还要中途到广州去，故我得在咸阳下车，再去机场。

我持的是一张无座号的票，原以为注定是得在列车上站五六个小时了，却幸运得很，偏巧登上了一节空着几排座位的车厢。刚刚落座，列车已经开动。定睛扫视，发现自己置身在民工之间。手往小桌板上一放，觉得黏。细看桌板，遍布油污，显然很久没被人擦过了。于是顾惜起衣袖来，往起抬胳膊时，衣袖和桌板，业已由于油污的缘故，难舍难分了。于是进而顾惜衣服和裤子，往起站时，衣服和裤子也不那么情愿与座椅分开了，那座椅也显然早该有人擦擦却很久没被人擦过了。好在布袋里是有些纸的，于是取出来细细地擦。最后一张纸也用了，擦过后却依然是污黑的。这时我注意到对面有好奇的目光在默默打量我，便有几分不自然了——一个人和某些跟自己有些不一样的人置身在同一环境，他对那环境的敏感，是会令那某些人大不以为然的。这一点，我这个写小说的人是心中有数的。当年我是连队生产一线的知青时，甚至以同样冷的目光，默默打量过陪着首长对连队进行视察的团部或师部的机关知青。那一种冷的目光中，具有知青与知青之间的嫌恶意味。何况，在那一节车厢里，我和我周围的人们之间的关系，连大命运相同的知青们之间的关系都不是。我将一堆污黑的纸团用手绢兜着，走过车厢扔入垃圾桶，回来垂着目光又坐下了。原来这一节车厢的绝大部分座位也都有人坐着，只我坐的那地方空着两三排座位而已。座位、桌板、窗子、地面、四壁、厕所、洗漱池——那列车的一切都肮脏极了。

我将手绢铺在桌板上，取出一册杂志来看。偶一抬头，见一个站在过道里的中等身材的青年还在打量我。他脸颊消瘦，十一月份了穿得还那么少。一件 T 恤衫，外加一件摊上买的迷彩服而已。T 恤衫的领子和迷彩服的领子，都已被汗渍镶上了黑边。我并没太在意他对我的打量，垂下目光接着看手中的杂志。倏忽后我抬起头来，冲那年轻的民工微微一笑。因为我第一次抬起头时，觉得他的目光并不多么冷。我想，我对一个看我时目光并不多么冷的人，理应做出友好的反应——尤其在这一节车厢里，尤其我以显然的另类的外形而存在于某些同类之间的时候。是的，他们当然是我的同类，或者反过来说也是一样。而且，还是我的同胞。而我对于他们，却分明地是一个另类。我所体会的中国，乃是一个概念，一个与从前的中国不能同日而语的概念；他们所体会的中国，乃是另一个概念，一个与从前的中国没什么两样的概念。

我笑后，那年轻的民工也微微一笑。果然，他的眼的深处，非但不怎么冷，还竟有几分柔情。但是，它们太忧郁了。所以，给予我无底之井一样的印象。倘他好好洗个澡，再穿上我的一身衣服，再将他蓬乱的头发剪剪、吹吹，那么我敢肯定他是一个帅小伙子，尽管我的一身衣服实在是一身普通得很的衣服。

他说："你坐过来吧。"我回头看，身后无人，断定了他是在跟我说话。我犹豫。"你还是坐过来吧！列车从新疆开入甘肃的时候，有一个人喝醉了酒，把那几排座位吐得哪儿都是……"他始终微微地笑着，目光也始终望着我。

我早已嗅到了一股难闻的气味儿，只是不清楚发自于何处罢了。他既给了我个明白，我当然不愿继续在那儿坐下去了。

我起身向他走过去时，他用手指着我说："你的手绢!"

而我说："不要了。"

我本打算像他一样站在过道里，但是他请我坐在他的座位上。他一路从新疆坐过来，他说他腿坐肿了，宁肯多站会儿。

那儿的人们都在打扑克，没谁注意我们。

他又说："我知道你是谁。我上初中的时候作文挺好的，经常受到老师的称赞。那时候我以为我将来也能……"

我小声请求说："那就当你不知道我是谁，好吗?"

他点了点头，又问："你看的是什么?"

我说："《读者》。"

我看《读者》历来被不少知识分子耻笑，他们认为真正的知识分子是不应看《读者》这么"低"层次的刊物的。但我以我的眼，在中国知识分子们认为是"高"层次的刊物上，越来越看不到对另一半中国的感受了。那另一半，才是中国的大半! 并且，每每因而联想到杜甫《茅屋为秋风所破歌》中的诗句——"茅飞渡江洒江郊，高者挂罥长林梢，下者飘转沉塘坳"。挂罥长林梢，虽高，不也还是茅吗? 我倒宁愿入塘坳，毕竟和泥和水在一起，可以早点儿沤烂，做大地的肥料。

年轻的民工听了我的话，点了点头。于是我们一个坐着，一个站着，聊了起来。

他说这一车次是"民工车"，也可以说是西北农民工们乘的

"专列"，票价极便宜。在高峰运载季节，有时超载百分之一百几十。因为它实际上已经等于是一次民工专列了，不是民工的人们，是不太愿意乘坐这一车次的……

他说这一节车厢有人吐过，有一股难闻的气味，所以才有几排空座。说别的车厢里，没票站着的人照例很多……

忽然一阵煤灰飘飞过来，我赶紧闭上眼睛低下头去，抬起头时，身上落了一层。年轻的民工身上也落了一层黑白混杂的煤灰，他却懒得抚一下，笑笑，说车上烧水的不是电炉，仍是大煤炉，显然又有乘务员在捅火了……

他说，他心情很不好——他本在新疆打工来着，同村的人给他传了个信儿，有一个省的煤矿急需采煤工，于是他匆匆前往，去晚了怕就没有缺额了。说一个多小时以前，他透过车厢望见了他的家园——西线铁路旁的一个小小的自然村……

他说，他的父亲几年前死于矿难。几年前死一个采煤的农民工，矿主才补偿给一万多元钱。他说他没下车回家去看一看，也是因为怕见了母亲不知该怎么说。他说家里只有母亲、妹妹和爷爷，爷爷已经老得快干不动地里的活儿了，而妹妹，患着精神病……

我，竟寻找不到一句适当的话可以对这个年轻的农民工说，连一句安慰他的话也寻找不到……

"现在，死一个矿工，真的补偿给二十万吗？农民采煤工和正式的矿工，都能一律平等地补偿给二十万吗？……"

我从他的话中，听出了他对平等的极强烈的要求，以及对二十万人民币的极强烈的渴望。

"这……我不是太清楚……也许……是的吧……可是现在，

矿难发生的次数太频繁了，你最好还是不要去……非去……没有比当采煤工挣钱更多的活了吗？……"我语无伦次，反问着不是人话的话。

"还用问吗？对我们，那是肯定没有的喽！"不知何时，玩扑克的都不玩了，都在注意听我和那年轻的农民工的谈话了。

"我记得有一份报上登过赔偿的数额……""一条农民采煤工的命是赔偿二十万的，这肯定没错！""你怎么能那么肯定？是法律条文了吗？什么时候公布过了？""不会二十万那么高吧？现如今车祸撞死一个农民，法院一般不是才判赔偿几万吗？""那是车祸，和采煤不同的。目前正是国家发展需要煤的时候，所以咱们的命也就比以往值钱多了！……""会不会一个省一个价呢？"年轻的农民工说，他和他们是一起的，都是要去同一个省的矿区的。有的是打工时认识的工友，有的是在这一次列车上认识的。他毫不客气地将别人拽了起来，自己坐在腾出的座位上了。接着又说："但愿我们去的地方，一条命也值二十万元……"

被他拽起来的民工说："有人倒下去，那就得有人补上去，好比冲锋陷阵，得有下定决心不怕牺牲的精神！"那样子，那语气，很是光荣，还有点儿悲壮。

我听着，心里不禁联想到了两句诗——"风萧萧兮易水寒，壮士一去兮不复还！"我问："你们要去的是哪个省？"他们相互望着，交换着耐人寻味的眼色，就都不说话了。分明地，他们不愿让我知道。仿佛那是一个他们共同的福音，也是一个需要他们共同保守的大秘密。一旦被旁人所知，尤其是被我这样的旁人所知，大好的机会就会遭到破坏似的。

为了取悦于他们，我说："啊，我想起来了，有一份文件，规定了哪儿都是二十万，一律平等。"他们都很信我的话，脸上的疑虑一扫而光，就都高兴起来。这个说有文件就好，那个说平等才对。他们一高兴，对我的态度也亲近了，请我嗑瓜子，吃花生、枣子，还向我敬烟。我没吃什么，却极想吸烟，又没有烟了，便很高兴地接过了烟。一只按着打火机的手及时向我伸过来，我刚吸了一口，劣质的烟呛得我几乎咳嗽……

后来玩扑克的人接着玩扑克，那眼神忧郁的年轻的农民工也不再开口了，呆呆地望着窗外想他的心事。没人理睬我了，我低下头仍看我的《读者》。

禅机可无，灵犀当有

不久前，我和作家柯云路应出版社的要求，自北京始，取道南京、上海、杭州、武汉、西安签名售书，历时十四天。

我正为中国电视剧制作中心创作连续电视剧《同龄人》，十四天对我来说是极其宝贵的时间，不情愿得很。而且，我一向认为，好的作家，只将自己认真耕耘的书稿经由出版社交付社会就是了，大可不必连自己也一并热热闹闹地交付出去，仿佛用自己给自己的书做广告似的。但是时下，签名售书不仅已成了一种时髦，简直进而成了作家对出版社对书店以及对读者的一种义务。既然已经是义务了，也就无论以什么理由拒绝都会显得不礼貌了，也就只有识时务而从之的份儿了……

我在南京签名售书时，桌前曾一度拥挤，一中年妇女向我提出请求——"把我名字也写上吧！"我看了她一眼说："对不起，不写了，我看后边排了那么多人！"她还想争取，被后边的人挤了出去……后来一本我已签过的书又摆在了我面前，我困惑地说："这一本我不是签过了吗?!"它的主人说："为了能请您签上我的名字，我又排了一次队。这总可以了吧？"我抬头一看，是刚才那位妇女。我不忍再拒绝，问："你叫什么名字?"她说："我叫林晓婷。"我问："哪一个'婷'字?"她说："女字旁加一个街亭的亭。"直至我签上了"林晓婷同志惠存"几个字，她才心满意足地持书而去……

那一天，我还碰到了中学时期教过我政治的一位女教师。她很激动，眼眶湿了。我也很激动，但又不可能和老师长谈，只能嘱咐书店的同志，将她买书的钱退给她，签名活动后我交钱，我不愿让我的中学教师买我的书，我要赠她我的书……

晚上，陪同我们的花城出版社的阎少卿同志交给了我一张纸条。我展开看，只写着这样几行字：

> 晓声同志，多年不通信了，不知你一向可好? 也不知你以前的病怎么样? 得知您签名售书的消息，我特别向单位请了一次假。我已有了自己的小窝儿，并且有了一个可爱的小女儿，已经三岁了……祝您创作丰收!
>
> 林晓婷

倏地我想了起来——她是十年前很喜欢读我的小说的一位读者。当年她每读我一篇小说都差不多要写给我一封信，有时写得很长。对于我写得不好的小说，或虽不失为好小说但写得不好的地方，指出得比批评家们还坦率，一矢中的，仿佛她是我写作方面的一位严师……

一位作家能拥有这样的一位读者真是一种幸运。至今我对写作绝不敢哪怕一点儿漫不经心，不能不承认，因为我心中常有她那样的读者似乎时时要求着我。后来我们在南京见过一两面，我是"高高在上"的讲座者，她是普普通通的一名文学女青年、一名听众……再后来随着时间的流逝，她从我的读者中信中消失了。而十年后的今天，我们面对面的时刻，我竟"眈眈相视不识君"。

我好懊恼。懊恼我没能一眼便认出她，还要问她的名字是哪个"婷"。尽管那纸条上留下了她单位的电话号码，但斯时她的单位肯定已下班无人……第二天我一早便离开了南京，将那份懊恼以及内疚带到了上海，带到了杭州、武汉和西安，一直带回了北京……当年的读者来信我早已不保存了。实在地说，我已忘了她的工作单位，只记得她是从医的。我给南京电视台的朋友写了封信，抄了她的电话号码和我家的电话号码，嘱咐朋友替我多多问候她，并欢迎她有机会来北京时，到我家里做客……

在西安，同样是签名案前拥挤的时刻，花城出版社的阎少卿同志挤入人墙，拿一本书说："先签这一本，先签这一本，一位残疾女青年摇着轮椅来买你的书……"

争先恐后塞到我面前的书，一本本地又从我面前移开了，使我得以先签了那一本书……

倏忽间我想到——她从多远的地方赶来购书呢？如果很远，我是否应多给她一份满足呢？为了能够确实对得起她摇着轮椅车而来……

我放下笔对人们说："请大家耐心略等一会儿，我要去看看那青年……"

人们默默从签名案前闪开了。那一刹那，我从人们脸上读到了两个字——理解。

我绕出柜台走到了那坐在轮椅上，只能远远观望签名情形的文学女青年跟前。

她说："谢谢你为我签名。"

我说："谢谢你买这一本书。"

她在西安画院工作，画工笔花鸟画……

我见她似乎欲言又止的样子，主动说："如果你高兴的话，我们合一张影吧?"

她说："我心里正这么想，可不好意思开口……"说着要从轮椅上站起来……

我急忙扶她坐下，请一位记者替我们照了一张相。过后我悄悄嘱咐那位记者："不一定要寄给我，但是别忘了一定寄给她一张……"

我并不以为自己是名人。在今天一位作家若这么以为，是荒唐可笑的。某些作家也会这么说，但骨子里那份妄自尊大，是非常讨人嫌的。他们有时无视别人对自己的哪怕一点小小的企望，仿佛在大大的名人眼里普通人是根本不必费神予以理睬的。如今开口闭口玄谈禅机的人是越来越多了，因为已经成了一种时髦。我自忖与禅或道或儒什么的是无缘的，而且不耻于永做凡夫俗子。凡夫俗子就该有点凡夫俗子的样子。禅机可无，灵犀当有——那就是对人的理解，对人间真诚的尊重。这一种真诚的确是在生活中随时随处可能存在的，它是人心中的一种"维他命"。有时我百思不得其解，社会越文明，人心对真诚的感应当越细腻才是，为什么反而越来越麻木不仁了呢? 那么一种普遍的巨大的麻木有时呈现出令人震惊的状态来。也许有人以为那一种真诚是琐碎的，可是倘若琐碎人生里再无了"琐碎"的真诚，岂非只剩下渣滓似的琐碎了吗? 诚然几本书并不可能就使谁的人生真的变得不琐碎，作如是想除了妄自尊大，还包含自欺欺人的成分……

返回北京途中，小阎说："五个城市签下来，你一共大概签了一千五六百本！"我笑笑说："也许吧。"我问他是否感到是一种损失？他说并不。他说收获很大，收获到了别样的不曾预想过的……

我相信他说的是真心话。于是我们的手互握了一下。

在有的城市，书店的同志不免会在我耳畔低声催促："快点儿签，日期用阿拉伯数字签就行……"

我那样签了几本，但绝大多数并不用阿拉伯数字，而且签得极认真，尽量将名字写清楚。有一次购书者听到了书店同志的话，抗议起来："别催他！我们有耐心！"

我以为"耐心"二字颇堪咀嚼。虔诚是需要一点儿耐心去换取的，于我于读者于生活中一切人，该都是这样吧？

辑四

苦艾香柚

丢失的香柚

"大串联"时期，我从哈尔滨到了成都，住气象学校，那一年我才十七岁。

头一次孤独离家远行，全凭"红卫兵"袖章做"护身符"。第二天我病倒了。接连多日，和衣裹着一床破棉絮，蜷在铺了一张席子的水泥地的一角发高烧。

高烧初退那天，我睁眼看到一张忧郁而文秀的姑娘的脸，她正俯视我。我知道，她就是在我病中服侍过我的人，又见她戴着"红卫兵"袖章，愈觉她可亲。

我说："谢谢你，大姐。"看去她比我大两三岁，一丝悱然的淡淡的微笑浮现在她脸上。

她问："你为什么一个人从大北方串联到大南方来呀？"

我告诉她，我并不想到这里来和什么人串联，我父亲在乐山工作，我几年没见他的面了，想他。并委托她替我给父亲拍一封电报，要父亲来接我。

隔日，我能挣扎着起身了，她又来看望我，交给了我父亲的回电——写着"速回哈"三个字。我失望到顶点，哭了。

她劝慰我："你应该听你父亲的话，别叫他替你担心，乐山正武斗，乱极了！"

我这时才发现，她戴的不是"红卫兵"袖章，是黑纱。

我说："怎么回去呢？我只剩几毛钱了！"虽然乘火车是免费的，可千里迢迢，身上总需要带点钱啊！

她沉吟片刻，一只手缓缓地伸进衣兜，掏出五元钱来，惭愧地说："我是这所学校的学生，'黑五类'。我父亲刚去世，每月只给我九元生活费，就剩这五元钱了，你收下吧！"她将钱塞在我手里，拿起笤帚，打扫厕所去了。我第二天临行时，她又来送我。

走到气象学校大门口，她站住了，低声说："我只能送你到这儿，他们不许我迈出大门。"她从书包里掏出一个柚子给了我："路上带着，顶一壶水。"

空气里弥漫着柚香。

我说："大姐，你给我留个通信地址吧！"

她注视了我一会儿，低声问："你会给我写信吗？"

我说："会的。"

她那么高兴，便从她的小笔记本上扯下一页纸，认认真真给我写下了一个地址，交给我时，她说："你们哈尔滨不是有座天鹅雕塑吗？你在它前边照张相寄给我好吗？"

我默默点了一下头。

我走出很远，转身看，见她仍呆呆地站在那里，目送着我。

路途中缺水，我嘴唇干裂了，却舍不得吃那个柚子。

在北京转车时，它被偷走了。

回到哈尔滨的第二天，我就到松花江畔去照相。天鹅雕塑已被砸毁了，满地碎片。一片片仿佛都有生命，淌着血。我不愿让她知道天鹅雕塑砸毁了，就没给她写信……

去年，听说哈尔滨的天鹅雕塑又复雕了，我专程回了一次哈尔滨，在天鹅雕塑旁照了一张相，彩色的。按照那页发黄的小纸片上的地址，给那位铭记在我心中的大姐写了一封信，信中夹着照片。

信退回来了。信封上，粗硬的圆珠笔字写的是"查无此人"。

她哪里去了？想到有那么多我的同龄人"消失"在十年动乱之中了，我的心便不由得悲哀起来。

喷　壶

————————

　　在北方的这座城市，在一条老街的街角，有一间俄式小房子。它从前曾是美观的。也许，还曾有白色的或绿色的栅栏围着的吧？夏季，栅栏上曾攀缠过紫色的喇叭花吗？小院儿里曾有黄色的夜来香和粉色的扫帚梅赏心悦目吗？当栅栏被霏雨淋湿的时候，窗内曾有少女因怜花而捧腮凝睇吗？冬季，曾有孩子在小院儿里堆雪人吗？……

　　是的，它从前确曾是美观的，但是现在它像人一样地老了。从前中国人承认自己老了，常说这样一句话："土埋半截了。"

　　这一间俄式小房子，几乎也被"土埋半截了"，沉陷至窗台那儿了。从前的铁瓦差不多快锈透了，这儿那儿打了许多处"补丁"。那些"补丁"是用亮锃锃的新铁皮"补"上去的，或圆形，或方形，或三角形和菱形，使房顶成为小房子现在最美观的部分，一种童话意味的美观。房檐下的接雨檐儿，也是用亮锃锃的新铁皮打做的。相对于未经镀亮的铁皮，那叫"白铁皮"，还叫"熟铁皮"。亮锃锃的接雨檐儿，仿佛那"土埋半截了"的"老"了的小房子扎在额上的一条银缎带。一年又一年的雨季，使小房子一侧的地面变成了赭红色。房顶的雨水通过接雨檐儿再通过垂直的流水管儿引向那儿的地面，是雨水带下来的铁锈将那儿的地面染成赭红色了……

小房子门口有一棵树，树已经死了多年了，像一只长长的手臂从地底下伸出来，叉着短而粗的"五指"。其中一"指"上，挂着一串亮锃锃的铁皮葫芦。风吹即动，发出悦耳的响声，风铃的响声似的。

那小房子是一间黑白铁匠铺。那一串亮锃锃的铁皮葫芦是它的标志，也是铁匠手艺的广告。

铁匠年近五十了。按从前的说法，他正是一个"土埋半截了"的人。按现在的说法，他已走在通往火葬场的半路上。一个年近五十的人，无论男女，无论贫富，无论身份高低，无论健康与否，无论是仍充满着种种野心雄心还是与世无争守穷认命地活着——有一点是完全相同的，都是"土埋半截了"的人。

这铁匠却并不守穷认命，当然他也没什么野心和雄心了。不过他仍有一个热切的、可以理解的愿望——在那条老街被推平之前，能凑足一笔钱，在别的街上租一间面积稍微大一点儿的房子，继续以铁匠手艺养家糊口，度日维生。

铁匠明白，这条老街总有一天是要被推平的，或两年后，或三年后，也可能一年后。这条老街已老得如同城市的一道丑陋的疤。

铁匠歇手吸烟时，便从小房子里出来，靠着枯树，以忧郁的目光望向街的另一端。他并不眷恋这条街，但这条老街倘被推平了，自己可怎么办呢？小房子的产权是别人的。确切地说，它不是那幢俄式小房子本身，而只不过是背阴的一小间。朝阳的三间住着人家，门开在另一条街上……

现在城市里少见铁匠铺了，正如已少见游走木匠一样。这铁匠的另一个老同行不久前一觉不醒地死了，他是这座城市里唯一的没竞争对手的铁匠了。他的生意谈不上怎样的兴隆，终日做一些小锉子、小铲子、小桶、喷壶之类而已。在塑料品比比皆是的今天，这座城市的不少人家，居然以一种怀旧似的心情青睐起他做的那些寻常东西来。他的生意的前景，很有一天好过一天的可能。但他的目光却是更加忧郁了。因为总有消息传来，说这条老街就要被推平了，就要被推平了……

他却至今还没积蓄。要想在这座城市里租一间门面房，手中没几万元根本别做打算……

某日，又有人出现在他的铁匠铺门前，是一位七十多岁的老者。

"老人家，您做什么？"

铁匠自然是一向主动问的，因那样一位老者来他的铁匠铺前而奇怪。

"桶。"

老者西服革履，头发皆已银白，精神矍铄，气质儒雅。说时，伸手轻轻拨动了一下那串铁皮葫芦，于是铁皮葫芦发出一阵悦耳的响声。

"多大的呢？"

老者默默用手比量出了他所要的规格。

"得先交十元钱押金。"

"不，我得先看看你的手艺如何。"

"您不是已经看见了这几件样品吗？还说明不了我的手

艺吗?"

"样品是样品,不能代表你没给我做出来的桶。"

"要是我做出来了,您又不要了,我不白做了吗?"

"那还有机会卖给别人。可你要做得不合我意,又不退押金给我,我能把你怎么样呢?"

铁匠不禁笑了。

他自信地说:"好吧。那我就破一回例,依您老人家。"

是的,铁匠很自信。不过就是一只桶嘛,他怎么会打做出使顾主觉得不合意的桶呢?

望着老者离去的背影,铁匠困惑地想:他要我为他做一只白铁皮的桶干什么用呢?他望见老者在街尽头上了一辆分明是等在那儿的黑色轿车……

几天后,老者又来了。

铁匠指着已做好的桶让老者看。

不料老者说:"小了。"

"小了?"——铁匠顿时一急。他强调,自己是按老者当时双手比量出的大小做的。

"反正是小了。"——老者的双手比量在桶的外周说,"我要的是这么大的。"

"可……"

"别急,你用的铁皮、费的工时,我一总付给你钱就是了。"

"那,先付一半吧老人家……"

老者摇头,表情很固执,看上去显然没有商讨的余地。但也显然是一言九鼎,值得信任的态度。

铁匠又依了老者。

老者再来时，对第二只桶频频点头。

"这儿，要有个洞。"

"为什么？老人家。"

"你别管，按我的要求做就是。"

铁匠吸取了教训，塞给老人一截白粉笔。老者在桶的底部画了一个圆，没说什么就走了。

老者第四次来时，"指示"铁匠为那捅了一个洞的桶做上拎手、盖和水嘴儿。铁匠这才明白，老者要他做的是一只大壶。他心里纳闷儿，一开始说清楚不就得了吗？如果一开始说清楚，那洞可以直接在铁皮上就捅出来呀，那不是省事儿多了吗？

但他已不问什么了。他想这件事儿非要这样不可，对那老者来说，是一定有其理由的。

铁匠错了。老者最终要他做的，也不是一只大壶，而是一只喷壶。

喷壶做成以后，老者很久没来。而铁匠常一边吸烟，一边望着那只大喷壶发呆发愣。往日，铁匠每每手里敲打着，口中哼唱着。自从他做成那只大喷壶以后，铁匠铺里再也没传出过他的哼唱声。

却有一个十七八岁的姑娘替老者来过一次。她将那只大喷壶仔仔细细验看了一遍，分明地，想要有所挑剔。但那大喷壶做得确实无可挑剔，姑娘最后不得不说了两个字——"还行"。

"还要做九只一模一样的，一只比一只小，你肯做吗？"

铁匠目光定定地望着姑娘的脸，似乎在辨认从前的熟人。他知道那样望着对方有失礼貌，但他不由得不那样。

"你肯做还是不肯做？"姑娘并不回避他的目光。恰恰相反，她迎视着他的目光，仿佛要和他进行一番目光与目光的较量。

"你说话呀！"姑娘皱起眉，表情显得不耐烦了。

"我……肯做，当然肯……"铁匠一时有点儿不知所措……

"一年后来取，你承诺一只也不卖给别人吗？"姑娘的口吻冷冷的。

"我……承诺……"铁匠回答时，似乎自感卑贱地低下了他的头，一副目光不知望向哪里的样子……

"钱，也要一年以后才付。"

"行，怎么都行，怎么我都愿意。"

"那么，记住今天吧。我们一年以后的今天见。"

姑娘说完，转身就走。铁匠跟出了门……他的脚步声使姑娘回头看他。她发现他是个瘸子。她想说什么，却只张了一下嘴，什么话都没说，一扭头快步而去。铁匠的目光，一直将姑娘的背影送至街的那一端。他也看见她坐进了轿车里，对那辆黑色的轿车他已熟悉。

铁匠的目光不但忧郁，而且，竟很有些伤感了。他转身时，碰了那串铁皮葫芦，悦耳的声音刚一响，他便用双手轻轻捂住最下面的一个，仿佛捂住一只蜻蜓或一只蝴蝶，于是整串葫芦被稳住了，悦耳的声音也就停止了……

铁匠并不放开双手，他仰起脸，望向天空。斯时正值中午，五月的太阳光芒柔和，并不耀眼。他的样子，看上去像在祈雨……

后来，这铁匠就开始打做另外九只喷壶。他是那么地认真，仿佛工艺家在进行工艺创造。为此他婉拒了不少主动上门的活儿。

世上有些人没结过婚，但世上每一个人都是爱过的。

铁匠由于自己是瘸子至今没结婚，但在他是一名初二男生时就爱过了。那时的他眉清目秀。他爱上了同班一名沉默寡言、性情特别内向的女生。其实她的容貌算不上出众，也许她吸引他的美点，只不过是她那红润的双唇，像樱桃那么红润。老师曾在班上不点名地批评过她才是初二女生不该涂口红，她委屈得哭了。而事实证明，她没涂过口红，但从此她更沉默寡言了。因为几乎全班的男生都开始注意她了，由于她像樱桃那么红润的唇。

初二下学期他和她分在了同桌。起初他连看都不敢看她，他觉得她的红唇对自己具有不可抗拒的诱惑力，并且开始以审美的眼光暗自评价她的眼睛，认为她有一双会说话的眼睛。其实大多数少女的眼睛都会说话，她们眼睛的这一种"功能"要等到恋爱几次以后才渐渐"退化"，初二的男生不懂得这一点罢了。不久他又被她那双白皙的小手所诱惑，那倒的确是一双秀美的小手，白皙得近乎透明，唯有十个迷人的指尖儿微微泛着粉红……

某一天，他终于鼓起一百二十分的勇气塞给了她一张纸条，上面写满了他"少年维特之烦恼"。三十几年前中学生的早恋方式与今天没什么不同，也都是以相互塞纸条开始的，但结果却往往与今天很不一样。

他首先被与自己的同桌分开了。

接着纸条被在全校大会上宣读了，再接着是找家长谈话。他的父亲——三十几年前的铁匠从学校回到家里，怒冲冲地将他毒打了一顿，而后是写检查和保证书……

这初二男生的耻辱，直至"文革"开始以后方得以雪洗。他第一个冲上批斗台抢起皮带抽校长；他亲自操剪刀将女班主任老师的头发剪得乱七八糟；他对他的同桌的报复最为"文明"——在"文革"第一年的冬季，他命她拎着一只大喷壶，在校园中浇出一片滑冰场来！已经没哪个学生还有心思滑冰了，在那一个"革命风暴"凛冽的冬季。但那么多红卫兵成为他的拥护者，人性的恶被以"革命"的名义调动得天经地义、理直气壮。那个冬季真是特别地寒冷啊，而他不许她戴着手套拎那把校工用来浇花的大喷壶。看着她那双秀美的白皙的小手怎样一触碰到水湿了的喷壶即被冻住，他觉得为报复而狂热地表现"革命"是多么地值得。谁叫她的父亲在国外，而且是资本家呢！"红五类"对"黑五类"冷酷无情是被公认的"革命"原则啊……整个冬季她也没浇出一片足以滑冰的冰场来。

春风吹化了她浇出的那一片冰的时候，她从学校里也从他的注意力中消失了。

再狂热"革命"的红卫兵也逃避不了"上山下乡"的命运。艰苦的劳动绝不像"革命"那么痛快，他永远明白了这一点，代价是成了瘸子。

返城后的一次同学聚会中，一名女同学忏悔地告诉他，其实当年不是他的同桌"出卖"了他，是那名和她特别亲密的女同学。他听了并不觉得内疚，他认为都是"文革"的过错。

但是当他又听说，三十几年前，为了浇出一片滑冰场，她严重冻伤的双手被齐腕锯掉了，他没法再认为都是"文革"的过错了。他的忏悔远远大于那名当年"出卖"了她也"出卖"了他的女同学。

他顶怕的事就是有一天，一个没了双手的女人来到他的铁匠铺，欣赏着他的手艺说："有一双手多好哇！请给我打做一只喷壶，我要用它在冬季浇出一片滑冰场。"

现在，他知道，他顶怕的事终于发生了，尽管不是一个没了双手的女人亲自来……

每一只喷壶的打做过程，都是人心的审判过程。

而在打做第十只，也就是最小的那一只喷壶时，铁锤和木槌几次敲砸在他手上。他那颗心的疤疤癞癞的数层外壳，也终于一层层地被彻底敲砸开了。他看到了他不愿承认更不愿看到的景观——自己灵魂之核的内容，人性丑陋而又邪恶的实证干瘪着，像一具打开了石棺盖因而呈现着的木乃伊。他自己最清楚，它并非来自外界，而是在自己灵魂里自生出的东西。原因是他的灵魂里，自幼便缺少一种美好的养分——人性教育的养分。虽忏悔并不能抵消他所感到的战栗……

他非常想把那一只最小的喷壶打做得最美观，但是他的愿望没达到。

曾有人要买走那十只喷壶中的某几只，他不卖。

他一天天等待着他的"赎罪日"的到来……

那条老街却在年底就被提前推平了。

他十分幸运地得到了一处门面房，而且是里外两间，而且是在一条市场街上。动迁部门告知他，因为有"贵人"关照着他。否则，他凭什么呢？休想。

他几回暗问自己——我的命中也配有"贵人"吗？

猜不出个结果，就不猜了。

这铁匠做好了一切心理准备，专执一念等待着被羞辱、被报复。最后，竟连这一种惴惴不安的等待着的心理，也渐渐地趋于平静了。

一切事情总有个了结，他想，不至于也斩掉我的双手吧？这么一想，他又觉得自己未免庸人自扰。

他所等待的日子终于等到了。那老者却没来，那姑娘也没来。一个认识他的孩子将一封信送给了他，是他当年的同桌写给他的。她在信中这样写着：

> 我的老父亲一直盼望有机会见到你这个使他的女儿失去了双手的人！我的女儿懂事后也一直有同样的想法。他们的目的都达到了。他们都曾打算替女儿和母亲惩罚你，他们有报复你的足够的能力。但我们这一家人都是反对报复的人，所以他们反而在我的劝说之下帮助了你。因为，对我在少女时期爱过的那个少年，我怎么也狠不下心来……

信封中还有一样东西——她当年看过他塞给她的纸条后，本打算塞给他的"复信"。两页作文本上扯下来的纸，记载着一个少女当年被爱所唤起的种种惊喜和幸福感。

那两页纸已发黄变脆……

它们一下子被他的双手捂在了他脸上，片刻湿透了。

在五月的阳光下，在五月的微风中，铁匠铺外那串亮锃锃的铁皮葫芦响声悦耳……

羊皮灯罩

此刻，羊皮灯罩拎在女人手里，女人站在灯具店门外，目光温柔地望着马路对面。过街天桥离她不远，横跨马路。天桥那端的台阶旁是一家小小的理发铺。理发铺隔壁，是一间更小的板房，也没悬挂什么牌匾，只在窗上贴了四个红字"加工灯罩"。窗子被过街天桥的台阶斜挡了一半，从女人所伫立的地方，其实仅可见"加工"二字。

女人望着的正是那扇窗，目光温柔且有点儿羞赧，还有点儿犹豫不决。她已经驻足观望了一会儿了。她似乎无视马路上的不息车流，耳畔似乎也听不到都市的喧杂之声。分明地，她不但在望着，内心里也在思忖着什么。

这一天是情人节。

女人另一只手拿着一枝玫瑰。

太阳在天空的位置刚刚西偏。一个难得的无风的好天气。春节使过往行人的脚步变得散漫了，样子也都那么悠闲。再过几天，就是这女人二十九岁生日了。在城市里，尤其大都市里，二十九岁的女人，倘容貌标致，倘又是大公司的职员，正充分地挥发着"白领丽人"既妩媚又成熟的魅力。

这二十九岁的来自乡下的女人，虽算不上容貌标致，但却幸运地有着一张颇经得住端详的脸庞。那脸庞上此刻也呈现着一种乡下水土所养育的先天的妩媚，也隐书着城市生活所造就的后天的成熟。只不过她这一辈子怕是永远与"白领丽人"四字无缘了。因为她在北京这座全中国生存竞争最为激烈的大都市拼打了十余年，刚刚拼打出一小片属于自己的天地——一个雇了两名闯北京的乡下打工妹的小小包子铺。在那两名打工妹心目中，她却是成功人士，是榜样。她的业绩对她们的人生起着她自己意想不到的鼓舞作用。

她今天穿的是她平时舍不得穿的一套衣服。确切地说那是一套咖啡色的西服套装。对于一个二十九岁的女人，咖啡色是一种既不至于使她们给人以轻浮印象，也不至于看去显得老气的颜色。而黑色的弹力棉长袜，使她挺拔的两条秀腿格外引人注目。她脚上穿的是一双半高跟的靴子，脸上化着淡淡的妆。总之，在北京二月这一个朗日，在知名度越来越高地影响着中国人的情人节的下午，这一个左手拎着一盏羊皮灯罩，右手拿着一枝红玫瑰，目光温柔且羞赧地望着马路对面那扇窗的，开家小小包子铺雇两名乡下打工妹的二十九岁的女人，要踏上离她不远的过街天桥"解决"一件对女人来说尤其重大的事情。那件事有的人叫作"爱"，有的人叫作"婚姻"。

其实她并不犹豫什么，也对结果抱有感觉特别良好的预期。她不是一个脱离现实的女人。北京对她最有益的教诲就是——任何时候任何情况之下，都千万别变成一个脱离现实的人而自己懵懂不悟。她那一种感觉特别良好的预期，是马路对面那扇窗内的一个男人，不，一个青年的眼睛告诉她的。尽管她比他大五岁，她却深信他们已心心相印。那是一双怎样的眼睛啊！充满自尊，也有点忧郁。对于那样一双眼睛，爱是无须用话语表达的。

灯具店的售货员要将她买了的羊皮灯罩包起时，她说不用。

"拎到马路对面去进行艺术雕刻吧？"

她点了一下头，一时脸色绯红。

"凡是到我们这儿买这一种羊皮灯罩的，十有六七都拎到马路对面去加工。那小伙子特有艺术水平，不愧是专科艺术院校的学生。唉，可惜了，要不哪会沦落到那种……"

她怕被售货员姑娘看出自己脸红了，拎起羊皮灯罩赶紧离开。

一男一女从那小屋走出，女人所拎的和她买的是一模一样的羊皮灯罩。女人将灯罩朝向太阳擎举起来，转动着，欣赏着。男人一会儿站在女人左边，一会儿站在女人右边，一会儿又站在女人背后，也从各个角度欣赏。隔着马路，她望不到人家那羊皮灯罩上究竟刻着什么图案或字。却想象得到，对着太阳的光芒欣赏，一定会给人一种比灯光更美好的效果。经艺术加工过的羊皮灯罩，内面是衬了彩纱的。或红、或粉、或紫、或绿，各色俱全，任凭选择。那男人一手搂在女人肩上，当街在女人颊上吻了一下。她想，如果他们不满意，是不会当街有那么情不自禁的举动的。于是她从内心替那扇窗里的青年感到欣慰，甚而感到自豪。望着那一对男女坐入出租车，她不再思忖什么，迈着轻快的步子踏上了天桥台阶……

半年前的某日，她到工商局去交税，路过马路对面那扇窗。突然地，玻璃从里边被砸碎了，吓了她一大跳，紧接着传出一个男人的叫嚷声："你算什么东西？你怎么敢不经我们的许可给加了一个顿号?！你今天非得用数倍的钱赔我这灯罩不可！因为我的精神也受损失了！……"

于是很多行人停住了脚步。她也停住了脚步，但见小屋内一个衣着讲究的男人，正对一个坐在桌后的青年气势汹汹。男人身旁是一个脂粉气很浓的女人，也挑眉瞪眼地煽风点火："就是，就是，赔！至少得赔五倍的钱……"

坐在桌后的青年镇定地望着他们，语调平静而又不卑不亢地说："赔是可以的。赔两个灯罩的钱也是可以的。但是赔五个灯罩的钱我委实赔不起，那我这一个月就几乎一分不挣了……"

同是外乡闯北京之人，她不禁同情起那青年来，也被那青年清秀的脸和脸上镇定的不卑不亢的神情所吸引。在北京，在她看来，许许多多男人的脸，都不同程度地存在着酒色财气浸淫和污染的痕迹，有的更因是权贵是富人而满脸傲慢和骄矜，有的则因身份卑下而连同形象也一块儿猥琐了，或因心术不正欲望邪狞而样子可恶。她的眼看大都市里的形形色色的男人形形色色的脸已极富经验，但那青年的脸是多么地清秀啊！多么地干净啊！是的，清秀又干净。她只有小学五年级文化。清秀干净四字，是她头脑中所存有的对人的面容的最高评语。她认为她动用了那最高评语是恰如其分的。

人们渐渐地听明白了——那一对男女要求那青年在他们的羊皮灯罩上完完整整地刻下苏轼的一首什么似花非花的词，而那青年把其中一句用标点断错了。一位老者开口为青年讨公道。他说："没错。苏轼这一首词，是和别人词的句式作的。'恨西园、落红难缀'一句，之间自古以来就是断开的。"

那青年说："我就是这么告诉他们的。"语调仍平静得令人肃然起敬。

那男人指着老者说："你在这儿充的什么大瓣蒜，一边儿去，没你说话的份儿！"——他口中朝人们喷过来阵阵酒气。

老者说："我不是大瓣蒜。我是大学里专教古典诗词的教授，教了一辈子了。"

那女人说："我们是他的上帝！上帝跟他说话，他连站都不站起来一下！一个外地乡巴佬，凭点儿雕虫小技在北京混饭吃，还摆的什么臭架子！"

这时，理发铺里走出了理发师傅。理发师傅说："刚才我正理着发，离不开。"说着，他进入小屋，将挡住那青年双腿的桌子移开了。那青年的两条裤筒竟空荡荡的……

理发师傅又说："他能站得起来吗？他每天坐这儿，是靠几位老乡轮流背来背去的！他怕没法上厕所，整天都不敢喝口水！……"

在众人咄咄目光的盯视之下，那一对男女无地自容，拎上灯罩悻悻而去。

有人问："给钱了吗？"

青年摇头。

有人说："不该这么便宜了他们！"

青年笑笑，说："跟一个喝醉了的人，有什么可认真的呢？"

她从此忘不掉青年那一张清秀而又干净的脸了。

后来她就自己给自己制造借口，经常从那扇窗前过往。每次都会不经意似的朝屋里望上一眼……

再后来，每天中午，都会有一名打工妹，替她给他送一小笼包子。她亲手包的，亲手摆屉蒸的……

再再后来，她亲自送了。并且，在他的小屋里待的时间越发地长了……

终于，他们以姐弟亲昵相称了……

二十九岁的这一个女人，因为迟迟地还没做妻子，已经有点儿缺乏回家乡的勇气了。

现在，她决定做妻子了。她不在乎他残疾，深信他也不会在乎她比他大五岁。

她此刻柔情似水。

踏下天桥，站在那小屋门外时，却见里边坐的已不是那青年，而是另外一个青年。

人家告诉她，他"已经不在了"。他在大学三年级时不幸患了骨癌，截去了双腿。他来到北京，就是希望减轻家里的经济负担，靠自己的能力医治自己的病，可癌症还是扩散了……

人家给了她一盏羊皮灯罩，说是他留给她的，说他"走"前，撑持着为她也刻下了那首什么似花非花的词……

二十九岁的这一个外省的乡下女人，顿时泪如泉涌……

不久，她将她的包子铺移交给两名打工妹经营，只身回到乡下去了，很快她就结婚了，嫁给了一个四十多岁的二茬光棍。在她的家乡，快三十岁的女人，谈婚论嫁的资本是大打折扣的。一年后她生了一个男孩儿，遂又渐渐变成了农妇。刻了什么似花非花词的羊皮灯罩，从她结婚那一天起，一直挂着，却一直未亮过。那村里的人都舍不得钱交电费，电业所把电线绕过村引开去了……

那羊皮灯罩已落满灰尘。

又变成了农妇的这一个女人，与村里所有农妇不同的是，她每每低吟一首什么似花非花的词。只吟那一首，也只知道世上有那么一首词。吟时，又多半是在奶着孩子。每吟首尾，即"似花还似非花，也无人惜从教坠"和"细看来，不是杨花，点点是离人泪"二句，必泪潸潸下，滴在自己乳上，滴在孩子小脸上……

双琴祭

那两棵树，最适合取其材而做琴。并且，肯定能够做成两把音质优良的小提琴。

它们是生长得极慢的树，好的提琴之所以名贵，这也是原因之一。

那位七十余岁的老制琴师呢，一生已经做过无数把音质优良的小提琴了。他的经验是，一棵那样的树，只能锯取一段，做成一把音质优良的小提琴；若锯取另一段再做一把，音质将比第一把小提琴逊色得多。

老了老了，他就生出一个凤愿来，打算同时做两把小提琴，使它们在音质上不分轩轾，都成为名琴传于世。

琴取于材，材取于树。老制琴师当年亲手栽下两株小树苗，守望着它们的生长已经十余载了。两棵树在三千六百几十天里，不但各自增加着年轮，也像少年和少女渐渐长成健壮的青年和标致的女郎一样，深深地相爱着了。它们彼此欣赏，彼此赞美，通过叶片晃动时发出的沙沙声响，永不厌倦地诉说着缠绵的情话。当它们的枝条长了，它们是多么地盼望起风啊。借助风的吹拂，它们就可以彼此亲爱到对方的身体了。啊，那枝条和枝条的触绕呀，那叶片和叶片的摩擦呀，便体现着它们之间的一种柔情蜜意了呢！便是它们的销魂时刻了呢！它们是那么爱悦对方的新枝，它们是那么喜欢对方的每片新叶，宛如男人爱悦女人白润的肌肤，宛如女人喜欢男人的浓眉和硬发……倘风高四级以上，它们的树冠将会被整体吹弯，树冠依偎向树冠之际，它们便用所有的手臂趁机彼此拥抱，那时它们都会幸福地发出陶醉的呻吟，并都祈祷风级更大……

但是老制琴师却病倒了。他知道自己将不久于人世，有一天唤儿子至床前，殷殷叮嘱道："儿子啊，世人对于任何事物，包括人的才能，总习惯于评论出个孰高孰低。我曾有位师兄，他是我最敬佩的制琴者，但是他没能经得起世人在我们之间进行的孰高孰低的评论，他是怀着对我的嫉恨死去的。这一点我很清楚。所以我一直有个夙愿，想要制成两把音质同样优良的小提琴，以此向世人证明，世上有些不同事物的美好是同样的。在美好和美好之间为什么还要比来比去呢？这是由于人心的偏狭导致的愚蠢啊！儿子啊，我想做的事我是做不到了，你可一定要替我做到。我认为人是需要这种教育的……"

第二天，老制琴师就死了……

后来，他的儿子伐倒那两棵树，锯取了它们各自最好的一段，以同样的耐心和细心，制成了两把小提琴。

他请来了一流的小提琴演奏家试琴。小提琴演奏家拉了一支名曲后，置琴轻松片刻，复操琴演奏同一支名曲。

琴音终了，制琴师的儿子问："大师啊，您认为哪一把琴的音质更优良呢？"

小提琴演奏家奇怪地反问："小伙子，难道我刚才不是在用同一把琴演奏吗？"

"不是的大师，是两把琴呢。趁您分神，我调换了它们。"

大师惊叹地说："真不可思议，如果连我都不能区分，那么它们就是音质同样一流的两把小提琴了！"

大师恐自己的结论不够权威，又请来了他的朋友，一位执棒资历和声望极高的指挥家。我们都知道，一流指挥家的耳，乃是区分音调和音质的最敏感的"仪器"。

指挥家也没能区分开来。

经两位大师做出了权威性的结论，制琴师的儿子如释重负。

他把两把琴送到了琴店，郑重地交代："如果有谁在这两把琴中反复比较、挑选，自以为是地评优评劣，那么无论他最终选择了哪一把，无论出价多高，都不卖给他。如果有人说它们是同样好的琴，那么可以将两把琴都送给他。如果是两个人，那么一人一把。"

在很长的一段日子里，两把琴既没被卖出，也没被送出。

终于有一天，来了两位父亲，带着两名少年。两名少年是未来的小提琴演奏家，他们的父亲是好友，他们是陪儿子们来选琴的。两名少年的演奏水平，已经达到了配拥有名琴的程度了。他们的目光不约而同地落在两只朴素的琴盒上，琴盒里，是那两把音质同样优良的小提琴。

于是店主取出两把琴让他们试一试。

他们各拉一曲后，不约而同地对父亲说，那正是他们所期望拥有的琴。

店主问："琴的音质总是有优差之分的，你们不需要交换了再演奏一曲吗？如果你们出了门又因对方的琴比自己的琴好而后悔呢？"

他们的父亲也这么担心着。

但两名少年频频摇头，都说以他们的耳听来，两把琴的音质同样优良。为了使大人们相信他们不后悔，他们毫不犹豫地交换了琴。

"都不需要试试了吗？"店主又问。

"不。"两名少年异口同声。

于是他们幸运地接受了赠予……

后来，他们果然都成了"家"——高超的水平加优良的琴，他们声名鹊起。

他们无论去何地，无论在什么场合，一直合奏着。

世人欣赏他们的合奏，赞美他们的合奏，用尽美好的词汇形容他们的合奏。

但世人的心理是有些古怪的，而且是易变的。人心喜睹分裂，有时甚于祈求和谐。

不久，开始了他们之间孰高孰低的纷纭众说。水平一样，琴还没有差别吗？没有优劣的差别，还没有好和更好的差别吗？即使两把琴没有差别，他们的演奏风度也没有差别吗？

明明有的呀！他们一个胖些，一个瘦些；一个潇洒些，一个在台上似乎有些腼腆；一个艺术家气质十足，而胖些的那个难道不更像面包师吗？……

人心一旦发现了美中不足，其实和最初欣赏美时是一样快意的。

那些日子里，正是传媒寂寞难耐的时候。没有某国发生政变，没有某国竞选爆出丑闻，没有瘟疫，没有自然灾害，没有飞机失事、轮船沉没、火车相撞，甚至，连一桩明星的桃色事件都没有……寂寞啊，寂寞。

人心寂寞，传媒也寂寞。

于是传媒一口咬住那纷纭众说，推波助澜，好比饥犬叼住了一块腔骨。

他们难免地不知所措了一个时期。再登台时，风度欠佳的那一个，自觉地礼让风度翩翩的那一个走在前面；风度翩翩的那一个，往往要挽着风度欠佳的那一个的手臂……

于是，世人和传媒，从风度翩翩的那一个身上看出了"作秀"，从风度欠佳的那一个身上看到"愧怯"。

于是，一部分世人，开始同情那个像面包师的，而另一部分世人则主张他们干脆分开算了！

媒体亢奋了，男女记者们经常出现在两部分人中，一个劲儿地追问：为什么？为什么？商人们及时利用两部分人的心理和媒体的亢奋，用钱钞支持在报刊、电台和电视节目中进行"焦点"讨论。

当他们再登台演出时，音乐厅的观众席上竟爆发了球迷在球场上那一种吼声："我们不愿意看到一张像面包师的男人的脸！他把提琴拉得比猫叫还难听！"

"住口！你们那个帅哥儿的水平更差！不要以为他甩发的样子很迷人，其实讨厌！"

于是，媒体制造的焦点话题两军对垒，硝烟弥漫，广告俱增，报刊与商家各得其所……

他们不能再合奏下去了。

他们不得不分开了。

尽管分开使他们内心难过，但他们还是明智地，也是万不得已地分开了。

于是不同的商人赞助他们各自进行巡回演出。他们是演奏家，登台演出是他们生命内容的主项，既然不能再合奏了，那么只有独奏。虽然他们都是那么眷恋合奏。因为他们遗憾地觉得他们是两个与别的小提琴演奏家不一样的演奏家，合奏才能更发挥他们的演奏天赋。

比他们更眷恋合奏的是那两把小提琴呀！只有合奏的时候，它们才能有机会相见呀！当人的指尖轻揉在琴上，当琴弓和琴弦贴在一起，它们便回忆起了它们是两棵树的岁月，回忆起了它们幸福的爱的时光，回忆起了无数个早晨彼此脉脉含情的问好，回忆起了在落日余晖的照耀下那些缠绵又甜蜜的情话……于是，即使是一只感伤忧郁的曲子也能从中听出它们对命运的虔诚的感激——而这一点，正是它们的合奏，也是他们的合奏最富感染魅力的原因。

世上只有他们两位提琴演奏家所操之琴是两把彼此深深相爱的琴。

是的，它们是多么地感激命运将它们由两棵树变成了两把琴啊。始而为树，既而为琴，它们彼此的爱才得以由音乐表达啊。当他们在合奏时，它们未尝不也是在合奏呢。它们彼此间的欣赏、赞美和爱，统统表达在每一首曲子、每一段音阶、每一个音符里。那时它们并不因暂时的分离而忧伤。当它们各自被归入琴盒之际，都心情愉快地互道"珍重"。因为也许明天，它们就又可以用音乐互诉爱情了呀……

但是自从他们分开了，它们再就没"见到"过对方，再就没"听到"过对方优美的声音。它们被彼此的思念折磨着，它们的琴音里开始注入了缕缕忧伤，正如苦苦相思着的情人们的信上有泪痕。

然而两位由合奏而独奏的演奏家，竟渐渐地相互心生出嫉恨来。这是比他们的分开尤其令人遗憾的，却也几乎是必然的。他们不知不觉就坠入了别人的"阴谋"，那"阴谋"又并非在密室里经过策划的。只不过是在人心寂寞无聊的时候，油然而生成的一种默契——其主要成分也不外乎是嫉恨。

是的，是他们曾经的珠联璧合，引起了别人的嫉恨。别人不但要离间他们，还要看他们如何成为仇敌。

这世界之所以有时显得太寂寞，除了因为斯时没有灾难发生，也还因为没有仇敌对应。

果而没有，特别感到无聊特别感到寂寞的人是会通过各种方式"制造"出几对儿来的。有了，他们便就有热闹看了。

他们的心就因此而活跃起来，世界也仿佛因此而生动起来……

结果事情变成这样子了——倘如他们中谁到某城市演出，那座城市的许多人，包括一切媒体，不仅用热情洋溢的方式和报道欢迎他的到来；而且还充满恶意地贬低另一个，以证明所欢迎之人备受欢迎；同时证明他们，只有他们对音乐的鉴赏才是一流的……

不消说，同样的情形几乎同时出现在另一座城市。

再后来事情变成这样子了——他们中谁到了某座城市，所受的已不是欢迎而是拒绝，而是嘲笑和耍弄。因为按照运算的定理，他们的第二轮巡回演出必定会是那样的局面。

音乐欣赏已变成了戏剧，或音乐剧。剧情煞有介事，也特别
热闹。

终于，他们中的一个心理崩溃了。他摔毁了他心爱的小提
琴，跃下阳台，一命呜呼。

那一时刻，另一个正在另一座城市的舞台上演出。他的提琴
的几根弦，随弓皆断。皆断之际，小提琴发出类似哀号的最后一
声颤音……

悲剧的发生，使人心趋于冷静。

对死者的同情超过了人心对其他一切的表现。

有同情就有憎恨，有悲剧就有责任。另一个还没来得及从惊
愕中悟到什么，已然懵里懵懂地成了罪魁祸首。憎恨他的不仅是
另一个的拥戴者支持者们，还有他自己的拥戴者和支持者们。

后者们都企图在良心上和他划清界限。

他疯了。

他想不明白，悲剧的线索，究竟是从何时起织入他和他的合
奏者之间的。

他在疯人院里继续想，口中经常可怜地嘟囔着："为什么？
为什么……"

记者们采访时也曾这么问过。

他那一把琴被换了弦，又摆在琴店里了。然而，无人问津。
因为它已被视为不祥之物。事实上它也的确成了不祥之物。只要
琴弓一搭在弦上，不容拉，便会发出号哭一般的声音。

是的，那真是一把小提琴在号哭——在为它不幸的爱人而号
哭……

　　它从琴店被送到寄卖店。

　　一天，一个男人迈进寄卖店，他说明要买那一把琴。

　　他是已故的老制琴师的儿子。

　　他被店主引到了堆放破旧杂物的仓房。

　　"喏，在那儿……"

　　他发现了琴在墙角。他刚走过去两步，琴膛里蹿出了一只硕大的耗子。耗子已在琴膛里安了家，一窝小耗子刚刚出生……

　　那琴已被咬得面目全非。

　　当他离开寄卖店走在路上，听到路边一队放了学的小学生齐唱：世上只有妈妈好，没妈的孩子像……

　　他想起了父亲生前的夙愿。进而想，倘若世上真的"只有"妈妈好……

　　在秋季午后祥和而温暖的阳光里，这一个男人不禁泪流满面……

蛾　眉

　　半截燃烧着的烛在哭。它不是那种在婚礼上、在生日或在祭坛上被点亮的红烛，而是白色的，烛中最普通的，纯粹为了照明才被生产出来的烛。

　　天黑以后，一户人家的女孩儿要到地下室去寻找她的旧玩具，她说："爸爸，地下室的灯坏了，我有点儿害怕去。你陪我去吧！"她的爸爸正在看报。他头也不抬地说："让你妈妈陪你去。"于是她请求妈妈陪她去。她的妈妈说："你没看见我正在往脸上敷面膜呀？"女孩儿无奈，只得鼓起勇气，点亮了一支蜡烛擎着自己去。

　　那支蜡烛已经被用过几次了，在断电的时候。但是每次只被点亮片刻，所以并不比一支崭新的蜡烛短太多。女孩儿来到地下室，将蜡烛用蜡滴粘在一张破桌子的桌角上，很快地找到了她要找的旧玩具……她离开地下室时，忘了带走蜡烛。于是，蜡烛就在桌角寂寞地，没有任何意义地燃烧着。到了半夜时分，烛已经消耗得只剩半截了。烛便忍不住哭起来，因自己没有任何意义的燃烧……

事实上烛始终在流泪。然而对于烛，一边燃烧一边缓缓地流着泪，并不就等于它在悲伤，更不等于它是哭了，那只不过是本能，像人在劳动的时候出汗一样。当烛燃烧到一半以后，烛的泪有一会儿会停止流淌。斯际火苗根部开始凹下去。这是烛想要哭还没有哭的状态。烛的泪那会儿不再向下淌了。熔化了的烛体，如纯净水似的，积储在火苗根部，越积越满……

极品的酒往杯里斟，酒往往可以满得高出杯沿而不溢。烛欲哭未哭之际，它的泪也是可以在火苗根部积储得那么高的。那时烛捻是一定烧得特别长了。烛捻的上端完全烧黑了，已经不能起捻的作用了，像烧黑的谷穗那般倒弯下来，也像烧黑的钩子或镰刀头。于是火苗那时会晃动，烛光忽明忽暗的。于是烛呈现一种极度忍悲，"泪盈满眶"的状态。此时如果不剪烛捻，则它不得不向下燃烧，便舔着积储火苗根部的烛泪了，便时而一下地发出细微的响声了。那就是烛哭出声了。积高不溢的烛泪，便再也聚不住，顷刻流淌下来，像人的泪水夺眶而出……

此时烛是真的哭了，出声地哭了。

刚刚点燃的烛是只流泪不哭泣的。因为那时烛往往觉着一种燃烧的快乐，并因自己的光照而觉着一种情调，觉着有意思和好玩儿。即使它的光照毫无意义，它也不会觉得在白耗生命……

但是燃烧到一半的烛是确乎会伤感起来的。烛是有生命的物质。它的伤感是由它对自己生命的无限眷恋而引发的，就像年过五旬之人每对生命的短促感伤起来。烛燃烧到一半以后，便处于最佳的燃烧状态了，自身消耗得也更快了……

我们这一支烛意识到了这一点。它甚至有些恓惶了。

"朋友，你为什么忧伤？"

它听到有一个声音在问它，那声音羞怯而婉约。

烛借着自己的光照四望，在地下室的上角，发现有几点小小的光亮飘舞着。那是一种橙色的光亮，比萤火虫尾部的光亮要大些，但是没有萤火虫尾部的光亮那么清楚。

烛想，那大约是地下室唯一有生命的东西了。那究竟是什么呢？

"我在问你呢，朋友。看着你泪水流淌的样子真使我心碎啊！"声音果然是那几点橙色的光亮发出的。

烛悲哀地说："不错，我是在哭着啊。可你是谁呢？"

"我吗？我是蛾呀。一只小小的，丑陋的，刚出生三天的蛾啊！难道你没听说过我们蛾吗？"蛾说着，向烛飞了过去……

烛立刻警告地叫道："别靠近我！千万别靠近我！快飞开去，快飞开去！……"

蛾四片翅膀上的四点磷光在空中划出四道橙色的优美的弧，改变了飞行的方向。但蛾是不能像青鸟那样靠不停地扇动翅膀悬在空中的。所以它听了烛的话后，只得在烛光未及处上下盘旋。

蛾诧异地问烛："朋友，你竟如此地讨厌我吗？"

烛并不讨厌它。有一个有生命的东西在烛的生命结束之前与烛交谈，正是烛求之不得的。然而这一支烛知道"飞蛾扑火"的常识。那常识每使这一支烛感到罪过。它不愿自己的烛火毁灭另一种生命。它认为蛾也是一种挺可爱的生命。别的烛曾告诉它，假如某一只蛾被它的烛火烧死了，那么它是大可不必感到罪过的。因为那意味着是蛾的咎由自取。何况蛾大抵都是使人讨厌，对人有害的东西……

烛沉默片刻，反问："你这只缺乏常识的蛾啊，难道你不知道靠近我是多么地危险吗?"

不料蛾说:"我当然知道的呀。人认为那是我们蛾很活该的事。而你们烛,我想象得到,你们中善良的会觉得对不起我们蛾,你们中冷酷的会因我们的悲惨下场而自鸣得意,对吗?"

这一支烛没想到这一只蛾对它们的心理是有很准确的判断的。它一时不知该再说什么好。

"如果我说对了,那么你是属于哪一种烛呢?"

蛾继续翩翩飞舞着。它的口吻很天真,似乎,还有那么点儿顽皮。

烛光发红了。那是因为白烛很窘的缘故。蛾的出现,使它不再感到孤独,也使它悲哀的心情被冲淡了。

它低声嘟哝:"倘我是一支冷酷的烛,我还会警告你千万别靠近我吗?"

蛾高兴地说:"那么你是一支善良的烛了?但是你知道我们蛾对'飞蛾扑火'这种事的看法吗?"

烛诚实地回答它不知道。

蛾说:"我们是为了爱慕你们烛才那样的呀!"

"是为了爱慕我们?"烛大感不解。

"对,是为了爱慕你们。在这个世界上,对我们蛾来说,最美的,最值得我们爱的,其实不是其他,也不是我们同类中的英男俊女,恰恰是你们烛呀!真的,你们烛是多么地令我们爱慕啊!你们的身材都是那么地挺直,都是典型的,年轻的,帅气的绅士的身材。你们发出的光照那么柔和,你们的沉默,上帝啊,那是多么高贵的沉默啊!还有你们的泪,它使我们心碎又心醉!使我们的心房里一阵阵涌起抚爱你们的冲动。没有一只蛾居然能在你们烛前遏制自己的冲动……"

烛光更红了，烛害羞了。

作为烛，从别的烛的口中，它是很了解一些人对烛的赞美之词的，但是却第一次听到坦率又热烈的爱慕的表白，而且表白者是一只蛾。

它腼腆地说："想不到真相会是这样，会是这样……"

蛾飞得有点儿累了。它降落在桌子的另一角，匍匐在那儿，又问："你就不想知道我是一只对人有害的或无害的蛾吗？"——声音更加羞怯更加婉约，口吻更加天真。只不过那种似乎顽皮的意味儿，被庄重的意味儿取代了。

烛犹豫片刻，嗫嚅地问："那么，你究竟是一只对人有害的，还是一只对人无害的蛾呢？"

蛾说："其实我自己也不知道。我不是告诉过你了吗，我才出生三天呀。而且，我很少与别的蛾交谈。我只知道，我们蛾的生命虽然比一支燃烧着的烛要长许多，但却是极其平庸的，概念化的。具体对于我这一只小雌蛾是这样的——如果我不是在这间地下室里，而是在外面，那么我会被雄蛾纠缠和追求，或反过来我主动纠缠和追求它们。然后我们做爱，一生唯一的一次。接着我受孕，产卵。再接着我的卵在农田里孵出肉虫。丑陋的肉虫。于是我的生命结束。我的死相也很丑陋。往往是翅膀朝下仰翻着。我们连优美地死去都是梦想……"

蛾的语调也不禁伤感了。

烛于是明白，它是一只对人有害的蛾。但是它却不愿告诉蛾这一点。

"烛啊，你肯定知道我究竟属于哪一种蛾了吧？那么请坦率告诉我。我想活个明白，也想死个明白。"

烛说："不。我不知道。人的评判尺度并不完全是我们烛的评判尺度。而在我看来，你是一只漂亮的小雌蛾……"

"你胡乱说什么呀！我……我哪里会是漂亮的呢！"

蛾声音小小的，但是烛听出来了，它对这一只蛾的赞美，使这一只蛾很惊喜。

它竟对这一只羞怯的，说起话来语调婉约又顽皮的，情绪忽而乐观忽而感伤的蛾有点儿喜欢了。也许是由于自己的处境吧？总之这是连它自己也不明白的。

它借着自己发出的光照开始仔细地端详蛾，继续说："你这只小蛾啊，我并非在违心而言。你的确很漂亮呢！"

烛这么说时，确乎觉得伏在斜对面的桌角上的蛾，是一只少见的漂亮的小蛾了。那是它仔细端详的结果。

于是它又说："你的双眉真美。现在我终于明白，人为什么用'蛾眉'来形容美女之眉了。"

蛾说："这话我爱听。"

"你的翅膀也很美，虽小，却精致，闭起来，像披着斗篷……"

"可是与蝶的翅膀比起来，我就会无地自容了。"

"可是蝶的翅膀却没有发光的磷点呀！一只在黑暗中飞舞的蝶，与蝙蝠有何不同呢？你刚才飞舞时，翅膀上的四点磷光闪烁，如人在舞'火流星'一样……"

"你真的欣赏吗？那我再飞给你看！"

蛾说罢，立即飞起。它又顽皮起来了，越飞离烛火越近，并且一次次冒险地低掠着烛的火苗盘旋，使烛一次次提心吊胆，不断惊呼："别胡闹！别胡闹！……"

于是死寂的地下室，产生了近乎热闹的气氛。在那一种气氛中，一支烛和一只蛾，各自心里的感伤荡然无存了。

快乐之后是又一番交谈。它们的交谈变得倾心起来。烛告诉蛾它是怎么被带到地下室的；而蛾告诉烛，它则完全是被烛引到地下室的——它本来在楼口的灯下自由自在地飞舞着，忽然一阵风，将它刮入了楼道。楼道里很黑，它正觉得不安，那秉烛的女孩儿走出了家门，结果它就怀着无限的爱慕之情，伴着烛光飞到地下室了……

烛听了蛾的话，感到自己害了蛾，又流淌下了一串泪。

蛾却显得特别地欣慰。它说能有幸和烛独处同一空间，便死而无憾了。

烛又忧伤起来。它说："你这只漂亮的可爱的小蛾啊，你的话使我听起来，觉得我们是在谈情说爱似的。"

蛾问："那有什么不好？"

烛反问："在这样水泥墓穴似的地方？"

蛾说："正因为是在这样的地方，我们除了彼此相爱，还有什么更值得做的事情？"

烛心事重重地自言自语："我，和你？"

蛾说："又有什么不可以？"

于是，它们由倾心交谈而心心相印了，由心心相印而情意绵绵了……

午夜时分，烛燃得只剩半寸高了。

烛恋恋不舍地说："漂亮的小雌蛾啊，我的生命就要结束了。让我以一支烛无可怀疑的诚实告诉你吧，你使我的生命不算白过。"

蛾以情深似海的语调说："我挚爱的伟大的烛啊，你以你的生命之光为我这一只小小的蛾驱除着黑暗，实在是我的幸福啊！你知道人间有一部戏叫《霸王别姬》吗？"

烛说："我知道的。"

蛾说："那么好，让我学那戏中的虞美人，为我的烛做诀别之舞。"

于是蛾再次飞起，亢奋而舞。

烛在痴情的欣赏中，渐渐接近着它的熄灭。

舞着的蛾在空中忽然热烈地说："爱人，现在，我要飞向你！"

烛意识到了蛾将要怎样，大叫："别做傻事！"

蛾却说："我要吻你！拥抱你！我要死得优美，并且陪你同死！"

"不，你给予我精神之爱，对我已经足够了！"

"但我仍觉爱得不彻底！"

蛾的话热烈，情炽，坚定不移。

"你为什么一定要自蹈悲惨?!"

烛光剧晃，烛又哭了，急的。它再次泪如泉涌。

"像我这么一只不起眼的，令人鄙视的，被人认为对他们有害，想方设法加以灭绝的小小蛾子，能有机会为爱死，是上帝成全我啊！我无私的，光明的，一心舍己为人的爱人呀，快准备好接受我吧！我来啦！"

蛾在空中做了最后几圈盘旋，高飞起来，接着猛扇四翼，专执一念地朝烛的火苗扑了过去……

转瞬间，蛾用它的双翅紧紧抱住了烛的火……

烛清楚地看到蛾的双眉向上一扬，呈现出一种泰然快慰的表情……

烛清楚地听到蛾"啊"了一声。那声音中一半是痛楚，一半是幸福……

烛的火苗随即灭了……

烛泪在黑暗中将蛾"浇铸"……

第二天，女孩儿想起了烛……她将残烛捧给妈妈看，奇怪地问："妈妈，怎么会发生这么悲惨的事？"她的妈妈没有正面回答，只是说："飞蛾扑火嘛，常有的事儿，快扔了，多脏！"她又捧着去问爸爸，爸爸说："由飞蛾扑火，应该想到自取灭亡一词对不？蛾不但讨厌，而且有害，死有余辜，死不足惜！"

女孩儿并不满足于爸爸妈妈的话。她独自久久地捧着残烛看，心中对蛾油然生出一缕悲悯……

女孩儿将残烛和蛾郑重其事地埋葬了。如同合葬了两条死去的鱼，或一对鸟，一双蝶……

女孩儿对"飞蛾扑火"的现象，显然有着与爸爸妈妈相反的看法和联想。

后来，女孩儿上中学了。她在她的作文中写到了这件事。老师给予她的是她作文中最低的一次分数，还命她将她的作文在语文课上读了一遍……

老师评论道："蛾是有害的昆虫。怎么可以对有害的昆虫表达惋惜呢？这是作文的主题发生理念性错误的一例……"她对老师的评论很不以为然。

再后来，她上大学了，工作了，恋爱了……她的恋人是她中学的男生。

有一次她问他："你常说我美。告诉我，我究竟美在哪儿？"

他立即便说："美在双眉！你知道你有一双怎样的眉吗？你

的眉使我联想到蛾眉一词。而且我认为，在我见过的所有女性中，只有你的双眉，才配用蛾眉二字形容。你的眉使你的脸儿显得那么清秀，衬托得你的眼睛那么沉静，使你有了一种婉约又妩媚的女性气质……"

确乎地，在一百个女人中，也挑不出一个女人生有比她更美的眉；确乎地，她的双眉，使她的脸儿平添清秀……

"那么，告诉我，你从什么时候开始爱上我的?"

"在我们是初中同学时。你还记得你写过一篇关于蛾的作文吗?"

"当然记得。"

"你作文中有一段话是——与'自取灭亡'一词恰恰相反，'飞蛾扑火'使我联想到凄美的童话，忧伤的诗以及爱能够达到的无怨无悔。当时我就对自己说——这个女孩儿我爱定了!"

她哭了。

她偎在他怀里说："谢谢你爱我。谢谢你懂我。我是那种为爱而来到这世上的女孩儿。我期待着爱已经很久了。我知道像我这样的女孩儿如今已经不多了，可我天生这样不是我的错。谢谢你用你的爱庇护我这样的傻女孩儿……"

而他说："你不傻。我寻找像你这样的女孩儿，也找了很久了。找来找去，终于明白要找的正是你啊!"

于是他俯下头深吻她……

一只风筝的一生

这是春季里一个明媚的日子。阳光温柔，风儿和煦，鸟儿的歌唱此起彼伏。

一丛年轻的竹，在一户人家后院愉快地交谈。它们都正感觉一种生命蓬勃生长的喜悦，也都在预想和憧憬着它们的将来。有的希望做椽，有的希望做桅杆，有的希望做家具，有的希望做工艺品……

还有一个说："我才不希望被做成另外的任何东西呢！我只想永永远远地是我自己，永永远远地是一棵竹！但愿我的根上不断长出笋，让我由一而十，而百，而生发成一片竹林……"

它的话音刚落，有一个男人握着砍刀走来。他是一个专做风筝卖风筝的男人。他这一天又要做一只风筝。

他上下打量那一丛年轻的竹。它们在他那种审视的目光之下，顿时都紧张得叶子瑟瑟发抖。

此刻，对那一丛年轻的竹而言，那个瘦小黝黑、其貌不扬的男人，乃是决定它们命运的上帝。他使它们感到无比的怵畏。

他的目光终于只瞧着那棵"不希望被做成另外的任何东西"

的竹了。他缓缓地举起了砍刀……

不待那棵竹做出哀求的表示，他已一刀砍下——在一阵如同呻吟的折断声中，它的枝叶似乎想要拽住另外那些竹的枝叶，然而它们都屏息敛气，尽量收缩起自己的枝叶避免受它的牵连……

它无助地倒下了……

被拖走了……

做风筝的男人将它剁为几段，选取了其中最满意的一段。接着将那一段劈开，破成了无数篾子。

他只用几条篾子就熟练地扎成了一只风筝的骨架。其余的篾子都收入柜格中去了。而剩下的几段，已对他没什么用处了，被他的女人抱出去，散乱地扔在院子里，只等着晒干后当柴烧。

美丽的、蝶形的风筝很快做好了。它是用兜风性很好的彩绸裱糊成的。

当做风筝的人欣赏着它的时候，风筝得意地畅想着——啊，我诞生了！我是多么漂亮多么轻盈啊！我要高高地飞翔！……

后来那风筝就被一位父亲替自己六七岁的儿子买去。

在另一个明媚的日子里，父亲带着儿子将风筝放起来了。它越飞越高，越飞越高，飞到了一只真的蝴蝶所根本不能达到的高度。他们还用彩纸叠了几只小花篮，一只接一只套在风筝线上，让风送给风筝……

许多行人都不由得驻足仰头观望那只美丽的风筝。

风筝也自高空朝地面俯瞰着。

它更加得意了。

它对另一只风筝喊："瞧，多少人被我的美丽和我达到的高度所吸引呀！我比你飞得高！"

"我比你飞得高！那些人是被我的美丽和我达到的高度所吸引的！"

另一只风筝不服气起来。

"我飞得高！"

"我飞得高！"

"我美丽！"

"我比你美丽！我像蝴蝶，而你像什么呀！不过像一只普通的毛色单一的鸟罢了！……"

于是它们在空中争吵。

于是它们都不顾风筝线的松紧，各自拼命往更高处升，都一心想超过对方的高度……

不幸得很，蝶形的风筝，首先挣断了控制它高度和操纵它方向的线，从空中翻着跟头坠落着……

一阵突起的大风将它刮走了……

翌日，一个女人站在自家窗前，若有所思地凝视着它——它被缠在电线上了……

几只麻雀——城市里司空见惯的、最普通、毛色最单一的小东西也落在电线上。它们对那只美丽的、蝶形的风筝感到十分好奇，叽叽喳喳地评论它。不久开始啄它，还大不敬地往它上面拉屎……

第一场雨下起来了……

然后风开始刮得尘土飞扬令人讨厌了……

被缠在电线上的风筝，湿了又干了，干了又湿了。它粘满尘土，肮脏了……

最初它还能吸引一些人的目光。他们一旦发现它，都不禁驻足望它一会儿，都会说出一两句惋惜的话，或内心里产生一些惋惜的想法。

风筝不但肮脏了，而且破了。它的用竹篾编扎成的骨架暴露了，像鱼刺从一条烂鱼的皮下穿出来一样。

一旦发现它的人都赶紧低下头。它容易使人产生不好的联想了。

只有麻雀们仍愿落近它，仍喜欢啄它。当然，更加肆无忌惮地往它上面拉屎。仿佛它变得越狼狈不堪，越使它们感到高兴似的。

还有那个女人，也一直在天天隔窗关注着它由美变丑的过程。

她是一位女散文家。那风筝触发了她的某种文思。于是不久她写成了一篇充满伤感意味的叹物散文发在报上。于是此篇散文一时被四处转载，被收入"散文精品文丛"之类，不久获奖。

女散文家用三千元奖金买了一套时装。

她的亲朋好友都说她穿上那一套时装显得气质特别地端庄，特别地高贵，总之是特别地超凡脱俗。她穿着它出现在文化活动中和社交场合，甚至行走在路上时，常会招来刮目相看的目光。她十分需要这个，这能使她那颗女人的心获得极大的满足。她因此暗暗感激那只被电线缠住的风筝……不，更真实更准确地说，是暗暗感激"俘虏"了那只风筝的电线……

有一位摄影家，从报上读到了女散文家那篇散文，并且，也从报上知道她那篇散文获奖了。

于是有一天，他挎着摄影机，提着三脚架，按照她那篇散文所提供的线索，来到了她家住的那一条街。男摄影家被女散文家以感伤的文字所描写的一只风筝由美变丑的过程所影响，来为那只不幸的风筝拍一张艺术照片。他的初念并没什么功利目的，只不过受那种中年人常常会产生的感事伤怀的心绪的驱使，想以摄影的方式，抒发凭吊某一事物的忧郁情怀罢了。

他选好了角度，支牢三脚架，耐心地期待着光线的变化，连拍了一卷儿才离去。

他将胶卷冲洗出来惊喜地发现，有一张的意境拍得格外之好。他在暗房中又进行了几次艺术处理，使那一张成了很独特的艺术摄影。

后来他举办了一次个人摄影展，那一张当然也放大了悬置其中，取题为《一只风筝的弥留之际》。

他是位颇有名气的摄影家。参观的人不少。许多人都在《一只风筝的弥留之际》前沉思冥想，或故作沉思冥想状。

其实那也算不上是一张怎样出色的摄影作品，只不过看了令人觉得感伤忧郁罢了。

但当代人的问题是物质生活水平越提高了心情越忧郁，精神生活内容越丰富了精神越空虚，越没多少值得感伤的事儿了越空前地感伤。这是一种时尚，一种时髦，一种病，一种互相传染而且没什么特效药可治的病。人们都觉得自己也处在弥留之际了似的，包括正年轻着的男女。

替摄影家操办摄影展的经纪人，从人们的神情中预测到了这一艺术摄影的商业价值。他起先估计得太低了。他让手下人暗中将出售标价牌儿为他偷来了，打算再加一个零，或再加两个零……

突然响起了一个孩子的哭叫声："这是我的风筝！我到处找

过它！我能认出这就是我那只风筝！"

这孩子曾因失去了那只风筝而非常难过。他和它之间似乎已存在着一种感情了。

他央求他父亲替他将那摄影作品买下……

当父亲的不忍拒绝儿了，领着儿子找到了那经纪人。

经纪人伸出了一根指头。

"一千?"

经纪人摇摇头，向那当父亲的出示标价牌儿——一千后已被加上一个零了。

孩子很懂事，知道这完全超出了父亲的经济实力，噙着泪，一步三回头地跟着父亲走了……

那摄影作品立即被一位"大款"买定，"大款"倒不太喜欢它。他喜欢的是当众在别人买不起时，自己一掷万金买下任何东西的那份好感觉。

那摄影作品被一位"大款"以万金买定的事见了报，并且此消息报道配有那摄影作品。

女散文家那天一看报，当即给自己的代理律师拨通了电话——指出这是公然的侵权，甚至是公然的剽窃。因为摄影作品的构思，分明地来自她那篇不但获奖还被收入"散文精品文丛"的散文……

于是一场"版权"官司又见报。

寂寞的报界大喜过望，"炒"得个"天翻地覆慨而慷"。

那当父亲的看到了有关报道，心想若说"版权"，"原始版权"是属于我的呀！

他对女散文家和男摄影家同时进行了起诉，使得报界更加大喜过望。电台、电视台也不甘落后，分头进行采访。由于案例独特，律师界终于被诱上钩，自觉不自觉地卷入了大讨论。媒体推波助澜，使讨论发展成了辩论。于是有经济头脑的人，不失时机地就此事组织了一场法律系大学生们的辩论大赛；于是学生们在电视里唇枪舌剑，势不两立；于是有人从中大发广告效益之财；于是引起一位杂文家对此现象的批评；于是引起另一位杂文家的措辞激烈的"商榷"；于是有人支持前者，有人支持后者，掀起了一场杂文大战，使各报战火弥漫，硝烟滚滚；于是引起一部分社会学家的忧患，而另一部分社会学家认为这一切其实很正常，大可不必杞人忧天……

第二年的春天里的一个日子，在那一户人家后院，那一丛都长高了几节的年轻的竹子，又在愉快地交谈着：

"还记得咱们那个不希望被做成另外的任何东西的兄弟吗？可怜的家伙，结果落了个尸骨不全的下场！"

"嘿，你不提，我们早把它忘了！我一点儿也不同情它，谁叫它那么狂妄呢！"

那用完了竹篾的男人，又握着砍刀走来了。

竹们顿时全吓得悄无声息，连一片最小的叶子也不敢抖动一下……

又一只美丽的风筝将诞生了。

又一根竹四分五裂了。

许多种美的诞生是以另外许多种美的毁灭为代价的，而在这过程和其后，更会有许多无聊的没意思的事伴随着……

孩子和雁

在北方广袤的大地上，三月像毛头毛脚的小伙子，行色匆匆地奔过去了。几乎没带走任何东西，也几乎没留下明显的足迹。北方的三月总是这样，仿佛是为躲避某种纠缠而来，仿佛是为摆脱被牵挂的情愫而去，仿佛故意不给人留下印象。这使人联想到徐志摩的诗句"我挥一挥衣袖，不带走一片云彩"。北方的三月，天空上一向没有干净的云彩；北方的三月，"衣袖"一挥，西南风逐着西北风。然而大地上还是一派融冰残雪处处覆盖的肃杀景象……

现在，四月翩跹而至了。

与三月比起来，四月像一位低调处世的长姐。其实，北方的四月只不过是温情内敛的呀。她把她对大地那份内敛而又庄重的温情，预先储存在她所拥有的每一个日子里。当她的脚步似乎漫不经心地徜徉在北方的大地上，北方的大地就一处处苏醒了。大地嗅着她春意微微的气息，开始了它悄悄的一天比一天生机盎然的变化。天空上仿佛陈旧了整整一年的、三月不爱搭理的、吸灰棉团似的云彩，被四月的风一片一片地抚走了，也不知抚到哪里去了。四月吹送来了崭新的干净的云彩。那可能是四月从南方吹送来的云彩，白而且蓬软似的，又仿佛刚在南方清澈的泉水里洗过，连拧都不曾拧一下就那么松松散散地晾在北方的天空上了。除了山的背阳面，别处的雪是都已经化尽了。凉沁沁亮汩汩的雪水，一汪汪地渗到泥土中去了。河流彻底地解冻了，小草从泥土中钻出来了，柳枝由脆变柔了，树梢变绿了。还有，一队一队的雁，朝飞夕栖，也在四月里不倦地从南方飞回北方来了……

在北方的这一处大地上有一条河，每年的春季都在它折了一个直角弯的地方溢出河床，漫向两岸的草野。于是那河的两岸，在四月里形成了近乎水乡泽国的一景。那儿是北归的雁群喜欢落宿的地方。

离那条河二三里远，有个村子，是普通人家的日子都过得很穷的村子。其中最穷的人家有一个孩子，那孩子特别聪明，那特别聪明的孩子特别爱上学。

他从六七岁起就经常到河边钓鱼。他十四岁那一年，也就是初二的时候，有一天爸爸妈妈又愁又无奈地告诉他——因为家里穷，不能供他继续上学了……

这孩子就也愁起来。他委屈，委屈而又不知该向谁去诉说。于是一个人到他经常去的地方，也就是那条河边去哭。不只大人们愁了委屈了如此，孩子也往往如此。聪明的孩子和刚强的大人一样，只在别人不常去而又似乎仅属于自己的地方独自落泪。

那正是四月里某一天的傍晚。孩子哭着哭着，被一队雁自晚空徐徐滑翔下来的优美情形吸引住了目光。他想他还不如一只雁，小雁不必上学，不是也可以长成一只双翅丰满的大雁吗？他甚至想，他还不如死了的好……

当然，这聪明的孩子没轻生。他回到家里后，对爸爸妈妈郑重地宣布：他还是要上学读书，争取将来做一个有知识有文化的人。爸爸妈妈就责备他不懂事。而他又说："我的学费，我要自己解决。"爸爸妈妈认为他在说赌气话，并不把他的话放在心上。

但那一年，他却真的继续上学了。而且，学费也真的是自己解决的。

也是从那一年开始，最近的一座县城里的某些餐馆，菜单上出现了"雁"字。不是徒有其名的一道菜，而的的确确是雁肉在后厨的肉案上被切被剁，被炸被烹……

雁都是那孩子提供的。

后来《中华人民共和国野生动物保护法》宣传到那座县城里了，唯利是图的餐馆的菜单上，不敢公然出现"雁"字了。但狡猾的店主每回都悄问顾客："想换换口味儿吗？要是想，我这儿可有雁肉。"倘若顾客反感，板起脸来加以指责，店主就嘻嘻一笑，说开句玩笑嘛，何必当真！倘若顾客闻言眉飞色舞，显出一脸馋相，便有新鲜的或冷冻的雁肉，又在后厨的肉案上被切被剁。四五月间可以吃到新鲜的，以后则只能吃到冷冻的了……

雁仍是那孩子提供的。斯时那孩子已经考上了县里的重点高中。

他在与餐馆老板们私下交易的过程中，学会了一些他认为对他来说很必要的狡猾。

他的父母当然知道他是靠什么解决自己的学费的。他们曾私下里担心地告诫他："儿呀，那是违法的啊！"

他却说："违法的事多了。我是一名优秀学生，为解决自己的学费每年春秋两季逮几只雁卖，法律就是追究起来，也会网开一面的。"

"但大雁不是家养的鸡鸭鹅，是天地间的灵禽，儿子你做的事是罪过呀！"

"那叫我怎么办呢？我已经读到高中了。我相信我一定能考上大学。难道现在我该退学吗？"

见父母被问得哑口无言，又说："我也知道我做的事不对，但以后我会以我的方式赎罪的。"

那些与他进行过交易的餐馆老板们，曾千方百计地企图从他嘴里套出"绝招"——他是如何能逮住雁的？

"你没有枪。再说你送来的雁都是活的，从没有一只带枪伤的。所以你不是用枪打的，这是明摆着的事儿吧？"

"是明摆着的事儿。"

"对雁这东西，我也知道一点儿。如果它们在什么地方被枪打过了，哪怕一只也没死伤，那么它们第二年也不会落在同一个地方了，对不？"

"对。"

"何况，别说你没枪，全县谁家都没枪啊。但凡算支枪，都被收缴了。哪儿一响枪声，其后公安机关肯定详细调查。看来用枪打这种念头，也只能是想想罢了。"

"不错，只能是想想罢了。"

"那么用网罩行不行？"

"不行。雁多灵警啊。不等人张着网挨近它们，它们早飞了。"

"下绳套呢？"

"绳粗了雁就发现了。雁的眼很尖。绳细了，即使套住了它，它也能用嘴把绳啄断。"

"那就下铁夹子！"

"雁喜欢落在水里，铁夹子怎么设呢？碰巧夹住一只，一只惊一群，你也别打算以后再逮住雁了。"

"照你这么说就没法子了？"

"怎么没法子，我不是每年没断了送雁给你吗？"

"就是呀。讲讲，你用的是什么法子？"

"不讲。讲了怕被你学去。"

"咱们索性再做一种交易。告诉我给你五百元钱。"

"不。"

"那……一千！一千还打不动你的心吗？"

"打不动。"

"你自己说个数！"

"谁给我多少钱我也不告诉。如果我为钱告诉了贪心的人，那我不是更罪过了吗？"

他的父母也纳闷地问过，他照例不说。

后来，他自然顺利地考上了大学。而且第一志愿就被录取了——农业大学野生禽类研究专业。是他如愿以偿的专业。

再后来，他大学毕业了，没有理想的对口单位可去，便"下海从商"了。他是中国最早"下海从商"的一批大学毕业生之一。

如今，他带着他凭聪明和机遇赚得的五十三万元回到了家乡。他投资改造了那条河流，使河水在北归的雁群长久以来习惯了中途栖息的地方形成一片面积不小的人工湖。不，对北归的雁群来说，那儿已经不是它们中途栖息的地方了，而是它们乐于度夏的一处环境美好的家园了。

他在那地方立了一座碑——碑上刻的字告诉世人，从初中到高中的五年里，他为了上学，共逮住过五十三只雁，都卖给县城的餐馆被人吃掉了。

他还在那地方建了一幢木结构的简陋的"雁馆"，介绍雁的种类、习性、"集体观念"等等一切关于雁的趣事和知识。在"雁馆"不怎么显眼的地方，摆着几只用铁丝编成的漏斗形状的东西。

如今，那儿已成了一处景点。去赏雁的人渐多。

每当有人参观"雁馆"，最后他总会将人们引到那几只铁丝编成的漏斗形状的东西前，并且怀着几分罪过感坦率地告诉人们——他当年就是用那几种东西逮雁的。他说，他当年观察到，雁和别的野禽有些不同。大多数野禽，降落以后，翅膀还要张开着片刻才缓缓收拢。雁却不是那样。雁双掌降落和翅膀收拢，几乎是同时的。结果，雁的身体就很容易整个儿落入经过伪装的铁丝"漏斗"里。因为没有什么伤痛感，所以中计的雁一般不至于惶扑，雁群也不会受惊。飞了一天精疲力竭的雁，往往将头朝翅下一插，怀着几分奇怪大意地睡去。但它第二天可就伸展不开翅膀了，只能被雁群忽视地遗弃，继而乖乖就擒……

之后，他又总会这么补充一句："我希望人的聪明，尤其一个孩子的聪明，不再被贫穷逼得朝这方面发展。"

那时，人们望着他的目光里，便都有着宽恕了……

在四月或十月，在清晨或傍晚，在北方大地上这处景色苍野透着旖旎的地方，常有同一个身影久久伫立于天地之间，仰望长空，看雁队飞来翔去，听雁鸣阵阵入耳，并情不自禁地吟他所喜欢的两句诗："风翻白浪花千片，雁点青天字一行。"

便是当年那个孩子了。

人们都传说——他将会一辈子驻守那地方的……

辑五

人性似水

人生和它的意义

我曾多次被问到——"人生有什么意义?"往往,"人生"之后还要加上"究竟"二字。

迄今为止,世上出版过许许多多解答许许多多问题的书籍,证明一直有许许多多的人思考着许许多多的问题。依我想来,在同样许许多多的"世界之最"中,"人生有什么意义"这一个问题,肯定是人的头脑中所产生的最古老、最难以简要回答明白的一个问题吧?而如此这般的一个问题,又简直可以算得上是一个"哥德巴赫猜想"或"相对论"一类的经典问题吧?

动物只有感觉,而人有感受。

动物只有思维,而人有思想。

动物的思维只局限于"现在时",而人的思想往往由"现在时"推测向"将来时"。

我想,"人生有什么意义"这一个问题,从本质上说,是从"现在时"出发对"将来时"的一种叩问,是对自身命运的一种叩问。世界上只有人关心自身的命运问题。"命运"一词,意味着将来怎样。它绝不是一个仅仅反映"现在时"的词。

　　"人生有什么意义"这一个问题与人的思想活动有关，我们一查人类的思想史便会发现，原来人类早在几千年以前就希望自我解答"人生有什么意义"的问题了。古今中外，解答可谓千般百种，形形色色。似乎关于这一问题，早已无须再问，也早已无须再答了。可许许多多活在"现在时"的人却还是要一问再问，仿佛根本不曾被问过，也根本不曾有谁解答过。

　　确实，我回答过这一问题。

　　每次的回答都不尽相同；每次的回答自己都不满意；有时听了的人似乎还挺满意，但是我十分清楚，最迟第二天他们又会不满意。

　　因为我自己也时常困惑，时常迷惘，时常怀疑，并时常觉出着自己人生的索然。

　　我想，"人生有什么意义"这一个问题，最初肯定源于人的头脑中的恐惧意识。人一次又一次地目睹从植物到动物甚而到无生命之物的由生到灭、由坚到损、由盛到衰、由有到无，于是心生出惆怅；人一次又一次地眼见同类种种的死亡情形和与亲爱之人的生离死别，于是心生出生命无常、人生苦短的感伤以及对死的本能恐惧——于是"人生有什么意义"的沮丧油然产生。在古代，这体现于一种对于生命脆弱性的恐惧。"老汉活到六十八，好比路旁草一棵；过了今年秋八月，不知来年活不活。"从前，人活七十古来稀，旧戏唱本中老生们类似的念白，最能道出人的无奈之感。而古希腊的哲学家们，亦有认为人生"不过是场梦幻，生命不过是一茎芦苇"的悲观思想。

　　然而现代了的人类，已有较强的能力掌控生命的天然寿数了，并已有较高的理性接受生死之规律了。现代了的人类却仍会叩问"人生的意义"何在，归根结底还是缘自一种恐惧。这是不同于古人的一种恐惧。这是对所谓"人生质量"尝试过最初的追求而又屡遭挫折，于是竟以为终生无法实现的一种恐惧。这是几乎就要屈服于所谓"厄运"的摆布而打算听天由命时的一种恐惧。这种恐惧之中包含着自身的价值难以获得公认而有的很大的抱怨。是的，事情往往是这样，当谁长期不能摆脱"人生有什么意义"的纠缠时，谁也就往往真的会屈服于所谓"厄运"的摆布了；也就往往会真的听天由命了；也就往往会对人生持消极到了极点的态度。而那种情况之下，人生在谁那儿，也就往往会由"有什么意义"的疑惑，快速变成了"没有意义"的结论。

对于马，民间有种经验是——"立则好医，卧则难救"。那意思是指——马连睡觉都习惯于站着，只要它自己不放弃生存的本能意识，它总是会忍受着病痛之身顽强地站立着不肯卧倒下去；而它一旦竟病得卧倒了，证明它确实已病得不轻，也同时证明它本身生存的本能意识已被病痛大大地削弱了。而没有它本身生存本能意识的配合，良医良药也是难以治得好它的病的。所以兽医和马的主人，见马病得卧倒了，治好它的信心往往大受影响。他们要做的第一件事，又往往是用布托、绳索、带子兜住马腹，将马吊得站立起来，如同武打片中吊起那些飞檐走壁的演员们那一种做法。为什么呢？给马以信心，使马明白，它还没病到根本站立不住的地步。靠了那一种做法，真的会使马明白什么吧？我相信是能的。因为我下乡时多次亲眼看到，病马一旦靠了那一种做法站立着了，它的双眼竟往往会一下子晶亮了起来。它往往会哎哎嘶叫起来。听来那确乎有些激动的意味，有些又开始自信了的意味。

一般而言，儿童和少年不太会问"人生有什么意义"的话，他们倒是很相信人生总归是有些意义的，专等他们长大了去体会。厄运反而不容易一下子将他们从心理上压垮。因为父母和一切爱他们的人，往往会在他们不完全知情时，就默默替他们分担和承受了。老年人也不太会问"人生有什么意义"的话。问谁呢？对晚辈怎么问得出口呢？哪怕忍辱负重了一生，老年人也不太会问谁那么一句话。信佛的，只偶尔独自一个人在内心里默默地问佛，并不希冀解答，仅仅是委屈和抱怨的一种倾诉而已。他们相信即使那么问了，佛品出了抱怨的意味，也是不会责怪他们的。反而，会理解于他们，体恤于他们。中年人是每每会问"人生有什么意义"的。相互问一句，或自说自话问自己一句。相互问时，回答显得多余。一切都似乎不言自明，于是相互获得某种心理的支持和安慰。自说自话问自己时，其实自己是完全知道着一种意义的。

上有老下有小的人生，对于大多数中年人都是有压力的人生。那压力常常使他们对人生的意义保持格外的清醒。人生的意义在他们那儿是有着另一种解释的——责任。

是的，责任即意义。是的，责任几乎成了大多数是寻常百姓的中年人之人生的最大意义。对上一辈的责任、对儿女的责任、对家庭的责任，总而言之，是子女又为子女，是父母又为父母，是兄弟姐妹又为兄弟姐妹的林林总总的责任和义务，使他们必得对单位对职业也具有铭记在心的责任和义务。

在岗位和职业竞争空前激烈的今天，后一种责任和义务，是尽到前几种责任和义务的保障。这一点不须任何人提醒和教诲，中年人一向明白得很、清楚得很。中年人问或者仅仅在内心里寻思"人生有什么意义"时，事实上往往等于是在重温他们的责任课程，而不是真的有所怀疑。人只有到了中年时，才恍然大悟，原来从小盼着快快长大好好地追求和体会一番的人生的意义，除了种种的责任和义务，留给自己的，即纯粹属于自己的另外的人生的意义，实在是并不太多了。他们老了以后，甚至会继续以所尽之责任和义务尽得究竟怎样，来掂量自己的人生意义。"究竟"二字，在他们那儿，也另有标准和尺度。中年人，尤其是寻常百姓的中年人，尤其是中国之寻常百姓的中年人，其"人生的意义"，至今，如此而已，凡此而已。

"人生有什么意义"这一句话，在某些青年那儿，特别在是独生子女的小青年们那儿问出口时，含意与大多数是他们父母的中年人是根本不相同的。其含意往往是——如果我不能这样；如果我不能那样；如果我实际的人生并不像我希望的那样；如果我希望的生活并不能服务于我的人生；如果我不快乐；如果我不满足；如果我爱的人却不爱我；如果爱我的人又爱上了别人；如果我奋斗了却以失败告终；如果我大大地付出了竟没有获得丰厚的回报；如果我忍辱负重了一番却仍竹篮打水一场空；如果……那么人生对于我究竟还有什么意义？

他们哪里知道啊，对于他们的是中年人的父母，尤其是寻常百姓的中年人的父母，他们往往即是父母之人生的首要的、最大的、有时几乎是全部的意义。他们若是这样的，他们是父母之人生的意义；他们若是那样的，他们是父母之人生的意义。换言之，不论他们是怎样的，他们都是父母之人生的意义。而当他们倍觉人生没有意义时，他们还是父母之人生的意义。若他们奋斗成为所谓"成功者"了，他们的父母之人生的意义，于是似乎得到一种明证了；而他们若一生平凡着呢？尽管他们一生平凡着，他们仍是父母之人生的意义。普天下之中年人，很少像青年人一样，因了儿女之人生的平凡，而倍感自己之人生的没意义。恰恰相反，他们越平凡，他们的平凡的父母，所意识到的责任便往往越大，越多……

由此我们得到一种结论，所谓"人生的意义"，它一向至少是由三部分组成的：一部分是纯粹自我的感受；一部分是爱自己和被自己所爱的人的感受；还有一部分是社会和更多有时甚至是千千万万别人们的感受。

当一个青年听到一个他渴望娶其为妻的姑娘说"我愿意"时，他由此顿觉人生饱满着一切意义了，那么这是纯粹自我的感受。

"世上只有妈妈好，有妈的孩子是块宝。"——这两句歌词，其实唱出的更是作为母亲的女人的一种人生意义。也许她自己的人生是充满苦涩的，但其绝对不可低估的人生之意义，宝贵地体现在她的孩子身上了。

爱迪生之人生的意义，体现在享受电灯、电话等等发明成果的全世界人身上；林肯之人生的意义，体现在当时美国获得解放的黑奴们身上；曼德拉的人生意义体现于南非这个国家了；而俄罗斯人民，一定会将普京之人生的意义，大书特书在他们的历史上……

如果一个人只从纯粹自我一方面的感受去追求所谓人生的意义，并且以为唯有这样才会获得最多最大的意义，那么他或她到头来一定所得极少。最多，也仅能得到三分之一罢了。但倘若一个久的人生在纯粹自我方面的意义缺少甚多，尽管其人生作为的性质是很崇高的；那么在获得尊敬的同时，必然也引起同情。比如阿拉法特，无论巴勒斯坦在他活着的时候能否实现艰难的建国之梦，他的人生之大意义对于巴勒斯坦人都是明摆在那儿的。然而，我深深地同情这一位将自己的人生完完全全民族目标化了的政治老人⋯⋯

权力、财富、地位、高贵得无与伦比的生活方式，其中任何一种都不能单一地构成人生的意义。即使合并起来加于一身，对于人生之意义而言，也还是嫌少。

这就是戴安娜王妃活得不像我们常人以为的那般幸福的原因。贫穷、平凡、没有机会受到过高等教育、终生从事收入低微的职业，其中任何一种都不能单一地造成对人生意义的彻底抵消。即使合并起来也还是不能。

因为哪怕命运从一个人身上夺走了人生的意义，却难以完全夺走另外一部分，就是体现在爱我们也被我们所爱的人身上的那一部分。哪怕仅仅是相依为命的爱人，或一个失去了我们就会感到悲伤万分的孩子⋯⋯而这一种人生之意义，即使卑微，对于爱我们也被我们所爱的人而言，可谓大矣！人生一切其他的意义，往往是在这一种最基本的意义上生长出来的，好比甘蔗是由它自身的某一小段生长出来的⋯⋯

人生真相

一

人活着就得做事情。

古今中外，无一人活着而居然可以不做什么事情。连婴儿也不例外。吮奶便是婴儿所做的事情，不许他做他便哭闹不休，许他做了他便乖而安静。广论之，连蚊子也要做事：吸血。连蚯蚓也要做事：钻地。

一个人一生所做之事，可以从许多方面来归纳——比如善事恶事，好事坏事，雅事俗事，大事小事等等。

世上一切人之一生所做的事情，也可用更简单的方式加以区分，那就是无外乎——愿意做的、必须做的、不愿意做的。

古今中外，上下数千年，任何一个曾活过的人，正活着的人们的一生，皆交叉记录着自己愿意做的事情、必须做的事情、不愿意做的事情。即将出生的人们的一生，注定了也还是如此这般。

细细想来，古今中外，一生仅做自己愿意做的事情，但凡不愿意做的事情可以一概不做的人，极少极少。大约，根本没有过吧？从前的国王皇帝们还要上朝议政呢，那不见得是他们天天都愿意做的事。

有些人却一生都在做着自己不愿意做的事情。比如他或她的职业绝不是自己愿意的，但若改变却千难万难，"难于上青天"。不说古代，不论外国，仅在中国，仅在二十几年前，这样一些终生无奈的人比比皆是。

而我们大多数人的一生，其实只不过都在整日做着自己必须做的事情。日复一日，渐渐地，我们对我们那么愿意做，曾特别向往去做的事情漠然了。甚至，再连想也不去想了。仿佛我们的头脑之中对那些曾特别向往去做的事情，从来也没产生过试图一做的欲念似的。即使那些事情做起来并不需要什么望洋兴叹的资格和资本。日复一日地，渐渐地，我们变成了一些生命流程仅仅被必须做的、杂七杂八的事情注入得满满的人。我们只祈祷我们千万别被自己不愿意做的事情粘住了。果而如祈，我们则已谢天谢地，大觉幸运了。甚至会觉得顺顺当当地过了挺好的一生。

我想，这乃是所谓人生的真相之一吧？一生仅做自己愿意做的事情，凡不愿意做的事情可以一概不做的人，我们就不必太羡慕了吧！衰老、生病、死亡，这些事任谁都是躲不过的。生病就得住院，住院就得接受治疗。治疗不仅是医生的事情，也是需要病人配合着做的事情。某些治疗的漫长阶段比某些病本身更令人痛苦。于是人最不愿意做的事情，一下子成了自己必须做的事情。到后来为了生命，最不愿做的事情不但变成了必须做的事情，而且变成了最愿做好的事情。倒是唯恐别人们认为自己做得不够好进而不愿意在自己的努力配合之下尽职尽责了。

我们且不说那些一生被自己不愿做的事情牢牢粘住，百般无奈的人了吧！他们也未必注定了全没他们的幸运。比如他们中有人一听做胃镜检查这件事就脸色大变，竟幸运地有一副从未疼过的胃，一生连粒胃药也没吃过。比如他们中有人一听动手术就心惊胆战，竟幸运地一生也没躺上过手术台。比如他们中有人最怕死得艰难，竟幸运地死得很安详，一点儿痛苦也没经受，忽然地就死了，或死在熟睡之中。有的死前还哼着歌洗了人生的最后一次热水澡，且换上了一套新的睡衣……

我们还是了解一下我们自己，亦即这世界上大多数人的人生真相吧！

我们必须做的事情，首先是那些意味着我们人生支点的事情。我们一旦连这些事情也不做，或做得不努力，我们的人生就失去了稳定性，甚而不能延续下去。比如我们每人总得有一份工作，总得有一份收入。于是有单位的人总得天天上班；自由职业者不能太随性，该勤奋之时就得自己要求自己孜孜不倦。这世界上极少数的人之所以是幸运的，幸运就幸运在——必须做的事情恰也同时是自己愿意做的事情。大多数人无此幸运。大多数人有了一份工作有了一份收入就已然不错。在就业机会竞争激烈的时代，纵然非是自己愿意做的事情，也得当成一种低质量的幸运来看待。即使打算摆脱，也无不掂量再三，思前虑后，犹犹豫豫。

因为对于我们大多数人而言，我们整日必须做的事情，往往不仅关乎着我们自己的人生，也关乎着种种的责任和义务。比如父母对子女的，夫妻双方的，长子长女对弟弟妹妹的等等。这些责任和义务，使那些我们寻常之人整日必须做的事情具有了超乎于愿意不愿意之上的性质，并随之具有了特殊的意义。这一种特殊的意义，纵然不比那些我们愿意做的事情对于我们自己更快乐，也比那些事情显得更重要，更值得。

我们做我们必须做的事情，有时恰恰是为了因而有朝一日可以无忧无虑地做我们愿意做的事情。普遍的规律也大抵如此。一些人勤勤恳恳地做他们必须做的事情，数年如一日，甚至十几年二十几年如一日，人生终于柳暗花明，终于得以有条件去做自己愿意做的事情了。其条件当然首先是自己为自己创造的。这当然得有这样的前提——自己所愿意做的事情，自己一直惦记在心，一直向往着去做，一直并没泯灭了念头……

我们做我们必须做的事情，有时恰恰不是为了因而有朝一日可以无忧无虑地做我们愿意做的事情。我们往往已看得分明，我们愿意做的事情，并不由于我们将我们必须做的事做得多么努力做得多么无可指责而离我们近了；相反，却日复一日地，渐渐地离我们远了，成了注定与我们的人生错过的事情。不管我们一直怎样惦记在心，一直怎样向往着去做。但我们却仍那么努力那么无可指责地做着我们必须做的事情。为了什么呢？为了下一代，为了下一代得以最大程度地做他们愿意做的事；为了他们愿意做的事不再完全被动地与自己的人生眼睁睁错过；为了他们不被那些自己根本不愿意做的事粘住，进而具有最大的人生能动性，使自己必须做的事与自己愿意做的事协调地相一致起来。起码部分地相一致起来。起码不重蹈我们自己人生的覆辙，因了整日陷于必须做的事而彻底断送了试图一做自己愿意做的事情的条件和机会。

社会是赖于上一代如此这般的牺牲精神而进步的。

下一代人也是赖于上一代人如此这般的牺牲精神而大受其益的。

有些父母为什么宁肯自己坚持着去干体力难支的繁重劳动，或退休以后也还要无怨无悔地去做一份收入极低微的工作呢？为了子女们能够接受高等教育，能够从而使子女们的人生顺利地靠近他们愿意做的事情。

"可怜天下父母心"一句话，在这一点上，实在是应该改成"可敬天下父母心"的。而子女们倘竟不能理解此点，则实在是可悲可叹啊。

最令人同情的是这样一些人——他们终于像放下沉重的十字架一样，摆脱了自己必须做甚而不愿意做却做了几乎整整一生的事情；终于有一天长舒一口气，自己对自己说——现在，我可要去做我愿意做的事情了。那事情也许只不过是回老家看看，或到某地去旅游，甚或，只不过是坐一次飞机，乘一次海船……而死神却突然来牵他或她的手了……

所以，我对出身贫寒的青年们进一言，倘有了能力，先不必只一件件去做自己愿意做的事情。要想一想，自己怎么就有了这样的能力？完全靠的自己？含辛茹苦的父母做了哪些牺牲？并且要及时地问："爸爸妈妈，你们一生最愿意做的事情是些什么事情？咱们现在就做那样的事情！为了你们心里的那一份长久的期望！……"

我的一位当了经理的青年朋友就这样问过自己的父母，在今年的春节前——而他的父母吞吞吐吐说出来的却是，他们想离开城市重温几天小时候的农村生活。

当儿子的大为诧异："那我带着公司员工去农村玩过几次了，你们怎么不提出来呢？"

父母道："我们两个老人，慢慢腾腾的，跟了去还不拖累你玩不快活呀!"

当儿子的不禁默想,进而戚然。

春节期间,他坚决地回绝了一切应酬,是陪父母在京郊农村度过的……

我们憧憬的理想社会是这样的:仅仅为了生存而被自己根本不愿做的事情牢牢粘住一生的人越来越少;每一个人只要努力做好自己必须做的事情,只要自己愿意做的事情不脱离实际,终将有机会满足一下或间接满足一下自己的"愿意"。

据我分析,大多数人们愿意做的事情,其实还都是一些不失自知之明的事情。

时代毕竟进步了。

标志之一也是——活得不失自知之明的人越来越多而非越来越少了。

尽管我们大多数人依然还都在做着我们整日必须做的事情,但这些事情随着时代的进步,与我们的人生的关系已变得越来越灵活,越来越宽松,使我们开始有相对自主的时间和精力顾及我们愿意做的事情,不使成为泡影。重要的倒是,我们自己是否还像从前那么全凭必须这一种惯性活着……

二

我们大多数世人,或更具体地说——百分之九十甚至百分之九十五以上的世人,与金钱到底是一种什么样的关系呢?我是在说,或者是在问,或者仅仅是在想——那种关系果真像我们人类的文化和对自身的认识经验所记录的那样,竟是贪而无足的吗?

　　我感觉到这样的一种情况——即在我们人类的文化和对自身认识的经验中，教诲我们人类应对金钱持怎样的态度和理念，是由来久矣并且多而又多的；但分析和研究我们与金钱之关系的真相的思想成果，却很少很少。似乎我们人类与金钱的关系，仅仅是由我们应对金钱持怎样的态度来决定的。似乎只要我们接受了某种对金钱的正确的理念，金钱对我们就是无足轻重的东西了，对我们就会完全丧失吸引力了。

　　在我们人类与金钱的关系中，某种假设正确的理念，真的能起特别重要的作用吗？果而那样，思想岂不简直万能了吗？

　　在全世界，在人类的古代，金即是钱，即是通用币，即是永恒的财富。百锭之金往往意味着佳食锦衣，唤奴使婢的生活。所有富人的日子一旦受到威胁，首先将金物及价值接近着金的珠宝埋藏起来。所以直到现在，虽然普遍之人的日常生活早已不受金的影响，在谈论钱的时候，却仍习惯于二字合并。

　　在今天，在中国，"文化"已是一个泡沫化了的词，已是一个被泛淡得失去了"本身义"并被无限"引申义"了的词。

　　不是一切有历史的事物都能顺理成章地构成一种文化。事物仅仅有历史只不过是历史悠久的事物。纵然在那悠久的历史中事物一再地演变过，其演变的过程也不足以自然而然地构成一种文化。

　　只有我们人类对某一事物积累了一定量的思想认识，并且传承以文字的记载，并且在大文化系统之中占据特殊的意义，某一事物才算是一种文化"化"了的事物。

　　这是我的个人观点。而即使此观点特别地容易引起争议，我们若以此观点来谈论金钱，并且首先从"金钱文化"说起，大约是不会错到哪里去的。

外国和中国的一切古典思想家们，有一位算一位，哪一位不曾谈论过人与金钱的关系呢？可以这么认为，自从金钱开始介入我们人类的生存形态那一天起，人类的头脑便开始产生着对于金钱的思想或曰意识形态了。它们一而再，再而三地呈现在童话、神话、民间文学、士人文学、戏剧以及后来的影视作品和大众传媒里。它们的全部的教诲，一言以蔽之，用教义最浅白的"济公活佛圣训"中的一句话来概括，那就是——"死后一文带不去，一旦无常万事休"。

数千年以来，"金钱文化"对人类的这种教诲的初衷几乎不曾丝毫改变过，可谓谆谆复谆谆，用心良苦。

只有在现当代的经济学理论成果中，才偶尔涉及我们人类与金钱之关系的真相，却也每几笔带过，点到为止。

那真相我以为便是——其实我们人类之大多数对金钱所持的态度，非但不像"金钱文化"从来渲染的那么一味贪婪，细分析，简直还相当理性，相当朴素，相当有度。

奴隶追求的是自由。

诗人追求的是传世。

科学家追求的是成果。

文艺家追求的是经典。

史学家追求的是真实。

思想家追求的是影响。

政治家追求的是稳定……

而小百姓追求的只不过是丰衣足食，无病无灾，无忧无虑的小康生活罢了。倘是工人，无非希望企业兴旺，从而确保自己的收入养家度日不成问题；倘是农民，无非希望风调雨顺，亩产高一点儿，售出容易点儿；倘是小商小贩，无非希望有个长久的摊位，税种合理，不积货，薄利多销……

如此看来，大多数世人虽然每天都生活在这个由金钱所推转着的世界上，每一个日子都离不开金钱这一种东西，甚而我们的双手每天都至少点数过一次金钱，我们的心里每天都至少盘算过一次金钱——但并不因而都梦想着有朝一日成为富豪或资本家，银行账户上存着千万亿万，于是大过奢侈的生活，于是认为奢侈高贵便是幸福……

真的，细分析，我确确实实地觉得，人类之大多数对金钱所持的态度，从过去到现在甚至包括将来，其实一向是很健康的。

一直不健康的或温和一点儿说不怎么健康的，恰恰是"金钱文化"本身。这一种文化几乎每天干扰我们对这个世界的正常视听要求和愿望，似乎企图使我们彻底地变成仅此一种文化的受众，从而使其本身变成摇钱树。这一种文化的一个显著的特征那就是——当其在表现人的时候几乎永远地只有一个角度，无非人和金钱的关系，再加点性和权谋。它的模式是——"那公司那经理那女人，和那一大笔钱"。

我们大多数世人每天受着这一种文化的污染，而我们对金钱的态度却仍相当理性，相当朴素，相当有度。我简直不能不这样赞叹——大多数世人活得真是难能可贵！

再细加分析，具体的一个人，无论男女，无论有一个穷爸爸还是富爸爸，其一生皆大致可分为如下阶段：

童年——以亲情满足为最大满足的阶段。

少年——以自尊满足为最大满足的阶段。

青年——以爱情满足为最大满足的阶段。

中年前期——以事业满足为最大满足的阶段。

中年后期——以金钱满足为最大也许还是最后满足的阶段。

老年前期——以自尊满足为最大满足的阶段。

老年后期——以亲情满足为最大满足的阶段……

大多数人大抵如此，少数人不在其例。

人，尤其男人，在中年后期，往往会与金钱发生撕扯不开的纠缠关系。这乃因为——他在爱情和事业两方面，可能有一方面忽然感到是失败的，甚或两方面都感到是失败的，沮丧的。也许那是一个事实，也许仅仅是他自己误入了什么迷津；还因为中年后期的男人，是家庭责任压力最大的人生阶段，缓解那压力仅靠个人作为已觉力不从心，于是意识里生出对金钱的幻想。我们都知道的，金钱除了不能解决生死问题，除了不能一向成功地收买法律，几乎可以解决至少可以淡化人面临的许许多多困扰。但普遍而言，中年后期的男人已具有与其年龄相一致的理性了。他们对金钱的幻想仅仅是幻想罢了。并且，这幻想折叠在内心里，往往是不说道的。某些男人在中年后期又有事业的新篇章和爱情的新情节，则他们便也不会把金钱看得过重。

在经济发达的国家，人们的追求，包括对人生享受的追求，往往呈现着与金钱没有直接关系的现象。"金钱文化"在那些国家里也许照旧地花样翻新，但对人们的意识已经不足以构成深刻的重要的影响。我们留心一下便不难得出这样的结论——那些国家的文化的、文艺的和传媒的主流内容往往是关于爱、生、死、家庭伦理和人类道德趋向以及人类大命运的。或者，纯粹是娱乐的。

因为在那些国家里，中产阶级生活已经是不难实现的。

而中产阶级，乃是一个与金钱的关系最自然，最得体，最有分寸的阶级。

在经济落后的国家，普遍的人们也反而不太产生对金钱的强烈又痛苦的幻想。因为那接近着是梦想。他们对金钱的愿望是由自己限制得很低很低的，于是金钱反而最容易成为带给他们满足的东西。

在发展中国家，特别在由经济落后国家向经济振兴国家迅速过渡的国家，其文化随之嬗变的一个显著事实那就是——"金钱文化"同步的迅速繁衍和对大文化系统的蚕食，以及对人们日常生活的方方面面的几乎无孔不入的侵略式影响。人面对之，要么采取个人式的抵御姿态；要么接受它的冲击它的洗脑，最终变得有点儿像金钱崇拜者了。在这样的国家这样的时代，充斥于文化、文艺和媒体的经常的主要的内容，往往是关于金钱这一种东西的。在这样的国家这样的时代，文化和文艺往往几乎已经丧失掉了向人们讲述一个纯粹的，与金钱不发生瓜葛的爱情故事的能力。因为这样的爱情故事已不合人们的胃口，或曰已不合时宜，被认为浅薄了。于是通俗歌曲异军突起，将文化和文艺丧失了的元素吸收去变成为自身存在的养分。通俗歌曲的受众是青少年，是以对爱情的向往为向往，以对爱情的满足为满足的群体。他们沉湎于通俗歌曲为之编织的爱情帷幔中，就其潜意识而言，往往意味着不愿长大，逃避长大——因为长大后，将不得不面对金钱的左右和困扰。

在这样的国家这样的时代，贫富迅速分化，差距迅速悬殊，人对金钱的基本需求和底线一番番被刷新。相对于有些人，那底线不断地不明智地一次次攀升；相对于另一些人，那底线不断地不得已地一次次跌降。前者往往可能由于不能居住于富人区而混乱了人与金钱的关系；后者则往往可能由于连生存都无法为计而产生了人对金钱的偏狂埋解。

　　归根结底，不是人的错，更不是时代的错，也当然不是金钱的错，而只不过是——在特殊的历史阶段，人和金钱贴紧于同一段社会通道之中了。当同时钻出以后，人和金钱两种本质上不同的东西（姑且也将人叫作东西吧），又会分开来，保持必要的距离，仅在最日常的情况之下发生最日常的"亲密接触"。

　　那时，大多数人就可以这样诚实又平淡地说了：金钱吗？它不是唯一使我万分激动的东西，也不是唯一使我惴惴不安的东西，更不是我人生中唯一重要的东西。我必须有足够花用的金钱，而我的情况正是这样。

　　归根结底，爱国主义——正是由这一种人对金钱相当理性，相当朴素，相当有度，因而相当良好的感觉来决定的。

　　哪一个国家使它的人民与金钱的关系如此这般着了，它的人民便几乎无须被教导，自然而然地爱着他们的国了……

人性似水

天地之间，百千物象，无常者，水也；易化者，水也；浩渺广大无边际者，水也；小而如珠如玑甚或微不可见者，水也。

人性似水。

一壶水沸，遂蒸发为汽，弥漫满室，削弱干燥；江河湖海，暑热之季，亦水汽若烟，成雾，进而凝状为云，进而作雨。雨或霏霏，雨或滂沱，于是电闪雷鸣，每有霹雳裂石、断树、摧墙、轰亭阁；于高空遇冷，结晶成雹；晨化露，夜聚霜……总之一年四季，十二个月二十四节气，雨、雪、霜、雹、露、冰、云、雾，无不变形变态于水；昌年祸岁，也往往与水有着密切的关系。乌云翻滚，霓虹斜悬，盖水之故也；碧波如镜，水之媚也；狂澜巨涛，水之怒也；瀑乃水之激越；泉乃水之灵秀；溪显水性活泼；大江东去一日千里，水之奔放也。

人性似水。

水在地上，但是没有什么力量也没有什么法术可以将它限制在地上。只要它"想"上天，它就会自由自在地随心所欲地升到天空进行即兴的表演。于是天空不宁。水在地上，但是没有什么力量也没有什么法术可以将它限制在地上。只要它"想"入地，即使针眼儿似的一个缝隙，也足可使它渗入到地下溶洞中去。这一缝隙堵住了，它会寻找到另一缝隙。针眼儿似的一个缝隙太小了吗？水将使它渐渐变大。一百年后，起先针眼儿似的一个缝隙已大如斗口大如缸口。一千年后，地下的河或地下的潭形成了。于是地藏玄机。除了水，世上还有什么东西能像水一样在天空、在地上、在地底下以千变万化的形态存在呢？

人性似水。

我们说"造物"这句话时，头脑之中首先想到的是"上帝"，或法力仅次于"上帝"的什么神明。但"上帝"是并不存在的，神明也是并不存在的。起码对如我一样的无神论者们而言是不存在的。水却是实在之物。以我浅见，水即"上帝"。水之法力无边。水绝对地当得起是"造物"之神。动物加植物，从大到小，从参天古树到芊芊小草，从蜗蚁至犀象，总计百余万科目、种类，哪一种哪一类离得开水居然能活呢？哪一种哪一类离开了水居然还能继续它们物种的演化呢？地壳的运动使沧海变成桑田，而水却使桑田又变成了沧海。坚硬的岩石变成了粉末，我们认为那是风蚀的结果。但风是怎样形成的呢？不消说，微风也罢，罡风也罢，可怕的台风、飓风、龙卷风也罢，归根结底，生成于水。风只不过是水之子。"鬼斧神工"之物，或直接是水的杰作，或是水遣风完成的。连沙漠上也有水的幻象——风将水汽从湿润的地域吹送到沙漠上，或以雨的形态渗入到很深很深的沙漠底层，在炎日的照射之下，水汽织为海市蜃楼……

人性似水。

水真是千变万化的。某些时候，某种情况下，又简直可以说是千姿百态的。鸟瞰黄河，蜿蜿逶逶，九曲八弯，那亘古之水看去竟是那么地柔顺，仿佛是一条即将临产的大蛇，因了母性的本能完全收敛其暴躁的另面，打算永远做慈爱的母亲似的。那时候那种情况下，它真是恬静极了，能使我们关于蛇和蟒的恐怖联想也由于它的柔顺和恬静而改变了。同样是长江，在诗人和词人们的笔下又竟是那么地不同。"万里长江飘玉带，一轮明月滚金球"，意境何其浩壮幽远而又妙曼呵！"乱石穿空，惊涛拍岸，卷起千堆雪"，却又多么地气势险怵，令人为之屏息呵！人性亦然，人性亦然。人性之难以一言而尽，似天下之水的无穷变化。

人性似水。人性确乎如水呵！

水成雾，雾成露。一夜雾浓，晨曦中散去，树叶上，草尖上，花瓣上，都会留下晶莹的露珠。那是世上最美的珠子。没有任何另外一种比它更透明，比它更润洁。你可以抖落在你掌心里一颗，那时你会感觉到它微微的沁凉。你也能用你的掌心掬住两颗、三颗，但你的手掌比别人再大，你也没法掬住更多了。因为两颗露珠只消轻轻一碰，顷刻就会连成一体。它们也许变成了较大的一颗，通常情况下却不再是珠子；它们会失去珠子的形状，只不过变成了一小汪水，结果你再也无法使它们还原成珠子，更无法使它们分成各自原先那么大的两颗珠子。露珠虽然一文不值，却有别于一切司空见惯的东西。你可以从河滩上捡回许许多多自己喜欢的石子，如果手巧，还可以将它们粘成为各种好看的形状。但你无法收集哪怕是小小的一碟露珠占为私有。无论你的手多么巧，你也无法将几颗露珠串成首饰链子，戴在颈上或腕上炫耀于人。这就是露珠的品质，它们看去都是一样的，却根本无法收集在一起，更无法用来装饰什么，甚至企图保存一整天也不是一件容易之事。你只能欣赏它们。你唯一长久保存它们的方式，就是将它们给你留下的印象"摄录"在记忆中。

露珠如人性最细致也最纯洁的一面，通常体现在女孩儿和少女们身上。我的一位朋友曾告诉我，有次她给她的女儿讲《卖火柴的小女孩》，她那仅仅四岁的女儿泪流满面。那时的人家里还普遍使用着火柴。从此女孩儿有了收集整盒火柴的习惯，越是火柴盒漂亮的她越珍惜，连妈妈用一根都不允许。她说等她长大了，要去找到那卖火柴的小女孩儿并且将自己收集的火柴全都送给卖火柴的小女孩儿。她仅仅四岁，还听不明白在那一则令人悲伤的故事中，其实卖火柴的小女孩儿已经冻死。是的，这一种露珠般的人性，几乎只属于天真的心灵。

人性似水。

山里的清泉和潺潺小溪，如少男和少女处在初恋时期的人性。那是人自己对自己实行的第一次洗礼。人一生往往也只能自己对自己实行那么一次洗礼。爱在那时仿佛圣水，一尘不染；人性第一次使人本能地理解什么是"忠贞"。哪怕相爱着的两个人一个字也不认识，从没听谁讲解过"忠贞"一词。关于性的观念在现代的社会已然"解放"，人性在这方面也少有了动人的体现。但是某些寻找宝物似的一次次在爱河中浮上潜下的男人和女人，除了性事的本能的驱使又是在寻找什么呢？也许正是在寻找那如清泉和小溪一般的人性的珍贵感受吧？

静静的湖泊和幽幽的深潭，如成年男女后天形成的人性。我坦率地承认二者相比我一向亲近湖泊而畏避深潭。除了少数的火山湖，更多的湖是由江河的支流汇聚而成的，或是由山雪融化和雨后的山洪形成的。经过了湍急奔泻的阶段，它们终于水光清漪波平如镜了。倘还有苇丛装点着，还有山廓作背景，往往便是风景。那是颇值得或远或近地欣赏的。通常你只要并不冒失地去试探其深浅，它对你是没有任何危险性的。然而那幽幽的深潭却不同。它们往往隐蔽在大山的阴暗处，在阳光不易照耀到的地方。有时是在一处凸着的山嗉的下方，有时是在寒气森森潮湿滴水的山洞里。即使它们其实并没有多么深的深度，但看去它们给人以深不可测的印象。海和湖的颜色一般是发蓝的，所以望着悦目。江河哪怕在汛季浑浊着，却是我常见的，对它们有一种熟悉的感觉。然而潭确乎不同。它的颜色看去往往是黑的。你若掬起一捧，它的水通常也是清的。然而还入潭中，又与一潭水黑成一体了。潭水往往是凉的，还往往是很凉很凉的。除了在电影里出现过片段，在现实生活中偏喜在潭中游泳的人是不多的。事实上与江河湖海比起来，潭尤其对人没什么危害。历史上没有过任何关于潭水成灾的记载，而江河湖海泛滥之灾全世界每年到处发生。我害怕潭可能与异怪类的神话有关。在那类神话中，深潭里总是会冷不丁地跃出狰狞之物，将人一爪捕住或一口叼住拖下潭去。潭每使我联想到人性"城府"的一面。"城府"太深之人不见得便一定是专门害人的小人。但是在这样的人的心里，友情一般是没有什么位置的，正义感公道原则也少有。有时似乎有，但最终证明，还是没有。那给你错误印象的感觉，到头来本质上还是他的"城府"。如潭的人性，其实较少体现在女人身上。"城府"更是男人的人性一面。女人惯用的只不过是心计。但是有"城府"的男人对女人的心计往往一清二楚，他只不过不动声色，有时还会反过来加以利用，以达到自己的目的。

　　一切水都在器皿中。盛装海洋的，是地球的一部分。水只有在蒸发为汽时，才算突破了局限它的范围，并且仍存在着。

盛装如水的人性的器皿是人的意识。人的意识并非完全没有任何局限。但是它确乎可以非常之巨大，有时能盛装得下如海洋一般广阔的人性。如海洋的人性是伟大的人性，诗性的人性，崇高的人性。因为它超越了总是紧紧纠缠住人的人性本能的层面，使人一下子显得比地球上任何一种美丽的或强壮的动物都高大和高贵起来。如海洋的人性不是由某一个人的丰功伟绩所证明的。许多伟人在人性方面往往残缺。具有如海洋一般人性的人，对男人而言，一切出于与普罗米修斯同样目的而富有同样牺牲精神的人，皆是。不管他们为此是否经受过普罗米修斯那一种苦罚。对女人而言，南丁格尔以及一切与她一样心怀博爱的她的姐妹，也皆是。

如水的人性亦如水性那般没有常性。水往低处流这一点最接近着人性的先天本质。人性体现于最自私的一面时，于人永远是最自然而然的。正如水往低处流时最为"心甘情愿"。一路往低处流着的水不可能不浑浊。汪住在什么坑坑洼洼的地方还会从而成为死水，进而成为腐水。社会谴责一味自私自利着的人们时，往往以为那些人之人性一定是卑污可耻并快乐着的。而依我想来，人性长期处于那一种状态未必真的有什么长期的快乐可言。将水引向高处是一项大的工程。高处之水比之低处之水总是更有些用途，否则人何必费时费力地偏要那样？大多数人之人性，未尝不企盼着向高处升华的机会。当然那高处非是尼采的"超人"们才配居住的高处。那种"高处"算什么鬼地方？人性向往升华的倾向是文化的影响。在一个国家或一个民族里，普遍而言，一向的文化质量怎样，一向的人性质量便大抵怎样。一个男人若扶一个女人过马路，倘她不是偶然跌倒于马路中央的漂亮女郎，而是一个蓬头垢面破衣烂衫的老妪，那么他即使没有听到一个谢字，他也会连续几天内心里充满阳光的。他会觉得扶那样一个老妪过马路时的感觉，挺好。与费尽心机勾引一个女郎并终于如愿以偿的感觉大为不同，是另一种快活。如水的人性倒流向高处的过程，是一种心灵自我教育的过程。但是人既为人，就不可能长期地将自己的人性自筑水坝永远蓄在高处。那样子一来人性也就没了丝毫的快乐可言。因为人性之无论于己还是于他人，都不是为了变成标本镶在高级的框子里。真实的人性是俗的。是的，人性本质上有极俗的一面。

一个理想的社会和与之相适应的文化不该是这样的一把剪刀——以为可以将一概人之人性极俗的一面从人心里剪除干净，而是明白它，认可它，理解它，最大程度地兼容它；同时，有不俗的文化在不知不觉之中吸引和影响我们普遍之人的人性向上，而不一味地"流淌"到低洼处从而一味地不可救药地俗下去……

我们俗着，我们可以偶尔不俗；我们本性上是自私自利的，我们可以偶尔不自私自利；我们有时心生出某些邪念，我们也可以偶尔表现高尚一下的冲动；我们甚至某时真的堕落着了，而我们又是可以从堕落中自拔的……我们至死还是没有成为一个所谓高尚的人，有道德的人，脱离了低级趣味的人；但是检点我们的生命，我们确曾有过那样的时候，起码确曾有过那样的愿望……

人性似水，我们实难决定水性的千变万化。

但是水呵，它有多么美好的一些状态呢！

人性也可以的。

而不是不可以——一个社会若能使大多数人相信这一点，那么这个社会就开始是一个人文化的社会了……

从奴性到理性：国民性的变迁

"国民劣根性"问题是"五四"知识分子们率先提出的。谈及此，人们首先想到的是鲁迅。其实不唯鲁迅，这是那时诸多知识分子共同关注的。叹息无奈者有之，痛心疾首者有之，热忱于启蒙者有之，而鲁迅是哀其不幸、怒其不争的。梁启超对"国民劣根性"的激抨绝不亚于鲁迅。陈独秀创办《新青年》伊始曾公开发表厉言：凡一九一九年以前出生者当死，唯一九一九年后出生者应生！何出此言？针对国民劣根性耳。当然，他指的不是肉体生命，而是思想生命、精神生命。蔡元培、胡适也是不否认国民劣根性之存在的。只不过他们是宅心仁厚的君子型知识分子，不忍对同胞批评过苛，一主张默默地思想启蒙，加以改造；一主张实行教育救国、教育强国，培养优秀的新国人种子。蔡元培就任北大校长的演说表达了他的希望：培养具有"自由之精神、独立之思想"的新国人这一教育思想证明了他的希望。

就连闻一多也看到了国民劣根性。但他是矛盾的。好友潘光旦在国外修的是"优生学"，致信给他，言及中国人缺乏优生意识。闻一多复信曰："倘你借了西方的理论，来证明我们中国人种上的劣，我将想办法买手枪。你甫一回国，我亲手打死你。"

但他也写过《死水》一诗：

> 这是一沟绝望的死水，
> 清风吹不起半点漪沦。
> 不如多扔些破铜烂铁，
> 爽性泼你的剩菜残羹。
> 也许铜的要绿成翡翠，
> 铁罐上锈出几瓣桃花；
> 再让油腻织一层罗绮，
> 霉菌给他蒸出些云霞。

这样的诗句，显然也是一种国状及国民劣根性的诗性呈现。闻一多从国外一回到上海，时逢"五卅惨案"发生不久，于是他又悲愤地写下了《发现》：

> 我来了，我喊一声，迸着血泪，
> "这不是我的中华，不对，不对！"

为什么他又认为不是了呢？有了在国外的见识，对比中国，大约倍感国民精神状态的不振。"不是"者，首先是对国家形象及国民精神状态的不认可也。

那时中国人被外国人鄙视为"东亚病夫"，而我们自喻是"东亚睡狮"。狮本该是威猛的，但那时的我们却仿佛被打了麻醉枪，永远睡将下去，于是类乎懒猫。

清末以前，中国思想先贤们是论过国民性的，但即使论到其劣，也是从普遍的人类弱点劣点去论，并不仅仅认为只有中国人身上才表现的。那么，我们现在接触到了第一个问题——某些劣根性，仅仅是中国人天生固有的吗？

我的回答是：否。

人类不能像培育骏马和良犬那样去优配繁衍，某些人性的缺点和弱点是人类普遍固有的。而某些劣点又仅仅是人类才有的，连动物也没有，如贪婪、忘恩负义、陷害、虚荣、伪善等等。故，万不可就人类普遍的弱点、缺点、劣点来指摘中国人。但，不同国家的历史、文化，又完全可以造成某一国家的人们较普遍地具有某一种劣性。比如西方欧美国家，由于资本主义持续时间长，便有一种列强劣性，这一种劣性的最丑恶记录是贩奴活动、种族歧视。当然，这是他们的历史表现。

于是我们接触到了第二个问题——中国人曾经的劣根性主要是什么？我强调曾经，是因为今天的中国已与"五四"以前大不一样，不可同日而语。

在当年，民族"劣根性"的主要表现是奴性，"五四"知识分子深恶痛绝的也是奴性。

那么，当年中国人的奴性是怎么形成的呢？

这要循中国的历史来追溯。

世界上没有人曾经撰文批判大唐时期中国人的劣根性，中国的史籍中也无记载。唐诗在精神上是豪迈的，气质上是浪漫的，格调上是庄重的，可供我们对唐人的国民性形成总印象。唐诗的以上品质，从宋朝早期的诗词中亦可见到继承，如苏轼、欧阳修、范仲淹等人的诗词。

但是到了宋中期，宋词开始出现颓废、无聊、无病呻吟似的自哀自怜。明明是大男人，写起词来，却偏如小媳妇。这一文学现象是很值得研究的。伤心泪、相思情、无限愁、莫名苦、琐碎忧这些词汇，是宋词中最常出现的。今天的中文学子们，如果爱诗词的，男生偏爱唐诗，女生偏爱宋词。唐诗吸引男生的是男人胸怀，女生则偏爱宋词的小女人味。大抵如此。

为什么唐诗之气质到了宋词后期变成那样了呢？

因为北宋不久便亡了，被金所灭。现在打开宋词三百首，第一篇便是宋徽宗的《宴山亭》：

> 裁剪冰绡，轻叠数重，淡着燕脂匀注。新样靓妆，艳溢香融，羞杀蕊珠宫女。易得凋零，更多少、无情风雨。愁苦！问院落凄凉，几番春暮？
>
> 凭寄离恨重重，者双燕何曾，会人言语？天遥地远，万水千山，知他故宫何处？怎不思量，除梦里、有时曾去。无据，和梦也新来不做！

宋徽宗做梦都想回到大宋王宫，最终死于囚地，这很可怜。

"人事有代谢，往来成古今。"朝代兴旺更替，亦属历史常事。但一个朝代被另一种迥异的文化所灭，却是另外一回事。北宋又没被全灭，一部分朝臣子民逃往长江以南，建立了"南宋"，史称"小朝廷"。由"大宋"而小，而苟存，这不能不成为南宋人心口的疼。拿破仑被俘并死于海上荒岛，当时的法国人心口也疼。兹事体对"那一国人"都是伤与耻。

故这一时期的宋词，没法豪迈得起来了，只有悲句与哀句了。南宋人从士到民，无不担忧一件事——亡的命运哪一天落在南宋？人们毫无安全感，怎么能豪迈得起来、浪漫得起来呢？故当年连李清照亦有词句曰："至今思项羽，不肯过江东。"

后来南宋果然也亡了，这一次亡它的是元朝，建都大都（今北京）。

元朝将统治下的人分为四等——第一等自然是蒙古人；第二等是色目人（西北少数民族）；第三等是"汉人"，特指那些早已长期在金统治之下的长城以北的汉族人；第四等是"南人"，灭了南宋以后所统治的汉人。

并且，元朝取消了科举，这就断了前朝遗民跻身官僚阶层的想头。我们都知道，服官政是古代知识分子的追求。同时又实行了"驱口制"，即规定南宋俘虏及家属世代为元官吏之奴，可买卖，可互赠，可处死。还实行了"匠户制"，使几百万工匠成为"匠户"，其实便是做技工的匠奴。对于南宋官员，实行"诛捕之法"，抓到便杀，迫使他们逃入深山老林，隐姓埋名。南宋知识分子惧怕也遭"诛捕"，大抵只有遁世。

于是汉民族的诗性全没了，想不为奴亦不可能。集体的奴性，由此开始。

> 枯藤老树昏鸦，
> 小桥流水人家，
> 古道西风瘦马。
> 夕阳西下，
> 断肠人在天涯。

我们今天读马致远的这一首散曲，以为诗人表达的仅仅是旅人思乡，而对他当时的内心悲情，实属缺乏理解。当年民间有唱：

> 说中华，道中华，
> 中华本是好地方，
> 自从来了元皇帝，
> 十年倒有九年荒。

元朝享国九十多年，以后是明朝。明朝二百七十多年，经历了由初定到中兴到衰亡的自然规律。"初定"要靠"专制"，不专制不足以初定。明朝大兴"文字狱"，一首诗倘看着不顺眼，是很可能被满门抄斩的。二百七十多年后，明朝因腐败也亡了。

于是清朝建立，统治了中国二百六十多年。

世界上有此种经历的国家是不多的，我个人认为，正是这种历史经历，使国人形成了根深蒂固的奴性。唯奴性十足，方能存活，所谓顺生逆亡。旷日持久，奴成心性。谭嗣同不惜以死来震撼那奴性，然撼山易，撼奴性难。鲁迅正是哀怒于这一种难，郁闷中写出了《药》。

故，清朝一崩，知识分子通力来批判"国民劣根性"，他们是看得准的，所开的医治国民劣根性的药方也是对的。只不过有人的药方温些，有人的药方猛些。

可以这样说，中国人艰苦卓绝、可歌可泣的十四年抗战，与批判国民劣根性有一定关系。那批判无疑令中国人的灵魂疼过，那疼之后是抛了奴性的勇。

综上所述，我认为，今日之中国人，绝非梁启超、鲁迅们当年所满眼望到的那类奴性成自然的、浑噩冷漠乃至于麻木的同胞了。我们中国人的国民性有了前所未有的变化。"国民"只不过是"民"。普遍之中国人正在增长着维权意识，由一般概念的"民"而转变为"公民"。民告官，告大官，告政府，这样的事在从前不能说没有。《杨三姐告状》，告的就是官，就是衙门。但是现在，从前被视为草民们的底层人、农民，告官告政府之事司空见惯，奴性分明已成为中国人过去时的印记。

但，有一个现象值得深思，那就是近年来的青年工人跳楼事件。他们多是农家子女。他们的父母辈遇到想不开的事尚且并不轻易寻死，他们应比他们的父母更理性。但相反，他们却比他们的父母辈脆弱多了。这一方面是由于他们虽为农家儿女，其实自小也是娇生惯养。尤其是独生子女的他们，像城里人家的独生子女一样，也是"宝"。与从前的农家儿女相比，他们其实没怎么干过农活的。他们的跳楼，也可说是"娇"的扭曲表现。还有一点那就是——若他们置身于一种循环往复的秩序中，而"秩序"对他们脆弱的心理承受又缺乏较周到的人文关怀的话，那么，他们或者渐渐地要求自己适应那秩序，全无要求改变那秩序的主动意识，于是身上又表现出类似奴性的秩序下的麻木，或者走向另一种极端，企图以死一了百了。

要使两三亿之多的打工的农家子女成为有诉求而又有理性，有个体权益意识而又有集体权益意识，必要时能够做出维权行动反应而又善于正当行动的青年公民，全社会任重而道远。

自从网络普及，中国人对社会事件的参与意识极大地表现了出来。尤其事关公平、道义、社会同情之时，中国人这方面的参与热忱、激情，绝对不亚于当今别国之人。但是也应看到，在网络表态中，嘻哈油滑的言论颇多。可以认为那是幽默。对于某些事，幽一大默有时也确实比明明白白的表达立场更高明，有时甚至更具有表达艺术。而有些事，除了幽它一大默，或干脆"调戏"一番，几乎也不知再说什么好。

但我个人认为，网络作为公众表达公民社会诉求和意见的平台，就好比从前农村的乡场，既是开会的地方，也是娱乐的地方。从前的中国农民在这方面分得很清，娱乐时尽管在乡场搞笑，开会时便像开会的样子。倘开会时也搞笑，使严肃郑重之事亦接近着娱乐了，那么渐渐，乡场存在的意义，就会变得只不过是娱乐之所了。

亲爱的诸位，最后我要强调时间是分母，历史是分子。时间离现实越远，历史影响现实的"值"越小，最终不再影响现实，只不过纯粹成了"记事"。此时人类对历史的要求也只不过是真实、公正的认知价值；若反过来，视历史为分母，人类就难免被历史异化，背上历史包袱，成为历史的心理奴隶了。

中国是一个统一的多民族国家。抗日战争不仅千锤百炼了汉民族，使我们这个民族浴火重生，凤凰涅槃，也千锤百炼了汉族与蒙、满、回、朝、维等多个民族之间的关系。这一种关系也凤凰涅槃了。可以这样说，中国经历了抗日战争，各民族之间空前团结了。古代的历史，使汉民族那样，也使汉民族与其他民族的关系那样。近代的历史，使汉民族这样，也使汉民族与其他民族的关系这样。

影响现实的，是离现实最近的史。

离中国现实最近的是中国的近代悲情惨状史，中国人心理上仍打着这一种史的深深烙印，每以极敏感极强烈的民族主义言行表现之。解读当代中国人的"国民性"更应从此点出发，而不能照搬鲁迅们那个时代总结的特征。

论"苦行文化"之流弊

理念好比粘在树叶上的蝶的蛹——要么生出美丽，要么变出毛虫。

不知从什么时候开始，从报刊上繁衍着一种荒唐又荒谬的文化意识，我把它叫作"苦行文化"的意识。

其特征是——宣扬文化人及一切文艺家人生苦难的价值，并装出很虔诚很动情的样子，推行对那一种苦难的崇拜与顶礼。

曹雪芹一生只写了一部《红楼梦》，而且后来几乎是在贫病交加，终日以冻高粱米饭团充饥的情况之下完成传世名作的。

在我看来，这是很值得同情的。我一向确信，倘雪芹的命运好一些，比如有条件讲究一点饮食营养的话，那么他也许会多活十年。那么也许除了《红楼梦》，他还将为后世再多留下些文化遗产……

有些人可不是这么看问题。他们似乎认为——贫病交加和冻高粱米饭团构成的人生，肯定与世界名著之间有着某种意义重大的、必然的联系。似乎，非此等人生，便断难有经典之作……

仿佛，曹雪芹的命，既祭了文学，那苦难就不但不必同情，简直还神圣得很了。

对于梵高，他们也是这么看的。

还有八大山人……

还有瞎子阿炳……

还有古今中外许许多多命运悲惨凄苦的文化人和文艺家……

仿佛，中国文化和文艺的遗憾，甚至唯一的遗憾仅仅在于——中国再也不产生以自己的命祭文化和艺术，并且虽苦难犹觉荣幸之至犹觉神圣之至的人物了！

这真是一种冷酷得近乎可怕的理念，也无疑是一种病态的逻辑意识。好比这样的情形——风雪之日一名工匠缩在别人的洞里一边咳血一边创作，足旁行乞的破碗且是空的，而他们看见了却眉飞色舞地赞曰："好动人哟！好伟大哟！伟大的艺术从来都是这么产生的！"要是有谁生了恻隐之心欲开门纳之，暖以衣袍，待以茶饭，我想象，他们可能还会赶紧地大加阻止，斥曰："这是干什么？尔等打算破坏真艺术的产生吗?!"

如果谁周围有这样的人士，那么请观察他们吧！于是将会发现，其实他们的言论和他们自己的人生哲学是根本相反的——他们不但绝不肯为了什么文化和文艺去蹈任何的小苦难，而且，连一丁点儿小委屈小丧失都是不肯承受的。

但他们却总是企图不遗余力地向世人证明他们的文化理念的纯洁和至高无上。证明的方式几乎永远是礼赞别的文化人和艺术家的苦难。似乎通过这一种礼赞，宣言了他们自己正实践着的一种文化和艺术的境界。而我们当然已经看透，这是他们赖以存在，并且力争存在得很滋润很优越的招数。我想，文化人和艺术家自身命运的苦难，与成就伟大的文化和伟大的艺术之间的关系，虽然有时是直接的，但并非逻辑上必然的。鲁迅先生曾说过——"文章憎命达"。当然这话也未必始于鲁迅之口，而是引用了前人的话。

这是有一定道理的。如果一个人生来有福过着王公般的生活，那么创作的冲动和刻苦，就将被富贵的日子溶解了。例外是有的，但是大抵如此。

鲁迅先生在一篇小品文中也传达过这样的观点——倘人生过于不济，天才便会被苦难毁灭。不要说什么大苦大难了，就是要写好一篇短文，一般人毕竟尚需一二小时的安静。倘谁一边在写着，一边耳闻床上的孩子饥啼，老婆一边不停地让他抬脚，并一棵接一棵往他的写字桌下码白菜，那么他的短文是什么货色可想而知……

全世界一切与苦难有关的优秀的文学和艺术，优秀之点首先不在产生于苦难，而在忠实地记录了时代的苦难。纳粹集中营里根本不会产生任何文学和艺术，尽管那苦难是登峰造极的。记录只能是后来的事。"文革"十年，中国之文学和艺术几乎一片空白，不是由于当年的文学家和艺术家都幸福得不愿创作了，而是恰恰相反。

这么一想，真是心疼曹雪芹，心疼梵高，心疼八大山人和瞎子阿炳们啊……

在他们所处的时代，倘有文化人和艺术家的人生救济基金会存在着的话，那多好啊！

还有伟大的贝多芬，我们人类真是对不起这位千古不朽的大师啊！他晚年的命运竟那么地凄惨，我们今人在富丽堂皇的场所无偿地演奏大师的乐章，无偿地将他的命运搬上银幕，无偿地将他的乐章制成音带和音碟，并且大赚其钱时，如果我们居然还连他的苦难也一并欣赏，我们当代人多么地不是玩意儿呢?!

"苦行文化"的意识，是企图将文化和艺术用某种崇敬意识加以异化的意识。而这其实是比文化和艺术的商业化更有害的意识。

因为，后者只不过使文化和艺术泡沫化。成堆成堆的泡沫热热闹闹地涌现又破灭之后，总会多少留下些"实在之物"；而前者，却企图规定文化人和艺术家的人生应该是怎样的，不应该是怎样的。并且误导世人，文化人和艺术家的苦难，似乎比他们留给世人的文化遗产和艺术经典更美！起码，同样的美……

不，不是这样的。文化人和艺术家的苦难，从来不是文化和艺术必须要求他们的，也和一切世人的苦难一样，首先是人类不幸的一部分。

我这么认为……

我的中国梦

中国之发展变化，中国改革开放四十年来所取得的各方面的成就，不但使相当普遍的国民产生了切身感受，并且已被国际所承认。

身为作家，我一向认为，若眼见假丑恶现象分分明明地存在着而不发批评之声，是不正派的作家。反之，若自己国家的进步也是分分明明的事实，却佯装视而未见，听而未闻，也是不正派的作家，甚至连正派的中国人都不配是了。

做正派的中国人，是我做人的底线。故，祈祝我们的国家早日实现中国梦的热望，每使我的头脑中产生诸种对中国未来的向往，或可曰为"个体中国梦"。

一、我想早日看到，目前已经退休的企业工人们，他们的最低退休工资不低于每月四千元。那么，夫妇双方的退休工资将不低于八千元。以东三省为例，目前企业退休工人的最高工资不超过三千五百元，很接近四千元了，但能拿到三千五百元退休金的人极少，绝大多数人的退休金在两千五百元至三千元。而退休金低于两千五百元者，仍大有人在。一对夫妇的退休金加起来五千元多一些的，为数不少。退休金仅在两千元左右的人，也很有一批。这样的夫妇，若一方常年生病，夫妇二人的晚年生活便会陷于贫困。

目前已经退休的企业工人，多为当年的"知青"。这一代人，整体上命运多舛——困难年代、"文革"、"上山下乡"、返城待业、中年"下岗"，中国的弯路和改革的阵痛，使他们退休前的人生坎坷，心理伤痕匪浅。我希望"共享发展成果"的国策，能早日向他们倾斜一下。每月四千元的退休金，才可保证他们的晚年生活相对幸福。虽然，幸福的内涵是多方面的，但对于他们，每月多一千几百元的退休金，会给他们带来特别实在的幸福感。并且，也会减少他们的儿女的生活压力。

二、我想早日看到，在以后的几年内，《中华人民共和国劳动法》（以下简称《劳动法》）重新被重视。当年中国颁布《劳动法》时，不论国企或民企的头头们，有不少人是不支持的，有人甚至很抵触，公开的反对之声亦不鲜闻。他们认为，中国有中国的国情，国企民企都在发展的爬坡时期，《劳动法》一旦颁布，执行起来有难度。若国家强调严格执行，必然影响企业效益。

当年我已是全国政协委员。

当年我立场坚定地支持《劳动法》的颁布，并且态度鲜明地主张——一经颁布，当然要严格监督执行情况，当然要引导职工自身特别是工会干部首先加强对《劳动法》的认识觉悟。

《劳动法》是保障各行各业工人幸福指数的国家大法之一，具有与其他法律、法规同等重要的严肃性，不容轻视。工人加班加点，延长工时，必须出于自愿。即使在自愿和给予加班报酬的前提下，对延长工时也应有所限制。工人毕竟也是人，《劳动法》

旨在保护工人们的健康不因长期加班加点严重透支，健康情况日益下降，受到损害。同时，也是为了生产安全起见。

《劳动法》颁布后的当年，各级政府尤其媒体，确乎对执行情况予以过监督，也确乎对阳奉阴违的现象进行过曝光、批评和警告。

但近十年以来，不知为什么，对《劳动法》的执行情况，几乎无人关注了。

而现实是，不论国企民企，加班加点每成常态，不延长工人工时的企业反而成了少数。严重违反《劳动法》的情况，民企多于国企。在那些民企，加班加点并不按《劳动法》规定给予报酬。它们大抵是生产低端商品的厂家，职工大抵是体力劳动者或粗简型流水线工人。这使厂方很大爷——愿干不干，不干立刻走人。工人因为自身缺乏劳动技能，唯恐离开之后再难找到工作，只得忍气吞声干下去，这助长了厂方的强势。

较大甚至超大型的企业、公司，情况是否会不同呢？

据我所知，也不尽然。某些著名公司，甚至公开宣称加班加点应是本公司文化，竟将习近平总书记"撸起袖子加油干"的口号，作为弹回质疑声的盾牌。似乎不明白，习近平总书记那口号，不是向工人发出的，而是向干部发出的。

在那样一些公司，员工大抵为"80后""90后"。多数"80后"已做父母，并且仍是儿女，上有老，下有小，却经常要加班两三个小时，有时甚至四五个小时，十点以后回到家里，似乎成了他们的上班规律。这不仅严重影响了他们小家庭的生活品质，也严重影响了他们对父母应尽的孝心。最违背人道的，是严重影响了他们的健康，中年以后，必会因为青年时期的身体透支成为早衰多病之人，而这也肯定会增加国家医保的负担。

　　所不同的是，较大公司、大公司和著名公司，是给予加班职工报酬的，往往还会以加班是否积极，来作为评定年终奖的条例。这实际上是在利用金钱作用，诱使职工进行透支性的脑力或体力劳动——在某些国家，若有职工诉诸法律，一告一个准，不但必受到法律制裁，而且还会受到社会谴责。表面看来，加班与奖金挂钩，似乎符合多劳多得之原则，但一名不情愿那么晚下班的职工却难以做出不加班的选择。因为其不加班的选择，也会影响班组和全部门的奖金之多与少、得与失。一言以蔽之，每一名职工都被加班绑架了。而部门的头头脑脑是无须加班的，可以到点即下班，因为他们的奖金根本不与加班挂钩，另有评定条例。这使企业或公司的管理者与职工之间，不可能同心同德，几乎必然地逐渐离心离德。在职工方面，加班往往表现为一种形式，以熬时间的消极态度来对待加班这件事，延长工时与劳动成果之间，大抵不成正比。这种情况也体现出所谓劳动资源部的愚蠢无能——他们在制定劳动条例时，除了"周扒皮"那套伎俩，贡献不出更有利于激发职工劳动积极性的方法。进言之，他们所制定的条例，完全是站在企业或公司单方面的利益立场上的思维结果。而好的人性化的条例，则是兼顾劳资双方利益的条例。正因为也考虑到了职工们的利益，必然会受到职工们的拥护，热爱单位遂成良好的企业或公司文化氛围。相比而言，国企在此点上普遍做得比民企好。因为大多数国企领导，毕竟很在乎职工对他们的认可程度，头脑之中毕竟不同程度地继承了也应该体恤职工的传统。若国企职工普遍的不满情绪高涨，国企领导的位置很可能就坐不稳了。民企老板无此之忧，头脑中也不会有什么体恤职工的传统存在。他们头脑中所形成的，是极其单纯的劳资利益彼增吾减的对立思维。自己一心要获得最大化的资方利益，当然只能以怎样使职工的利益最小化为思考出发点。

放眼望去，中国到处一派派加班加点，延长工时的透支性脑体力劳动现象。仿佛不如此，中国之发展就会止步似的。

平心而论，在目前的中国，特别严格地执行《劳动法》是不现实的。不论国企民企，都可能为支援抢险救灾、进行科研攻关、保证某类重要工程按期完成而要求职工加班加点。即使仅仅是为了保证大家订单的如期完成而要求职工加班加点，也应是被充分理解的。而且，有些特殊职业的从业者，如民警、医护人员、环卫工人等，加班也确成职业常态，全世界各国无不如此。

我强调企业和公司职工透支性劳动的问题，乃因他们从事的大抵非属特殊职业，还因他们在所谓劳资关系中明显处于弱势。更因为，他们不但在中国劳动者中人数最多，而且不少人的身体健康确实受到了损害，生活幸福感确实受到了严重影响。一半左右的中国"80后"已因而身心疲惫，"90后"正步他们的后尘，也将成为中国最疲惫的人群。

国家发展的宏观宗旨，毕竟不是使人都陷于机器人般的脑体力劳动之境，而是相反，为了使人享有较多的非劳动时光。

我盼着这样的一天早日到来。

三、我希望中国的将来，从市到镇，医院多些再多些；设备全些再全些；就医环境好些再好些。

近年以来，包括北京、上海在内的大城市，社区医院的发展速度相当快，设备也较全。有的社区医院，配备了透视机和 B 超机，常规验血也能做到，在一定程度上，确实缓解了大医院患者云集的状况。

　　而某些省份的镇医院，设备和医治功能，则远不如大城市的社区医院齐全。若那些镇离县城近，其实并无多么齐全之必要。但若离县城较远，且周边农村人口密集，便显然应有进一步提升硬件设施的考虑。

　　由而想到，当下之中国，为以后国人能获得更及时、更便利、更有效也更好的医疗服务，须着眼于长久，确定像"精准扶贫"一样的目标和计划。首先，应分析国际资料得出大数据性的结论——做得好的外国，平均多少人口拥有一所医院？什么规模？设备如何？再从中国人口众多和国家的实际经济能力出发，制订可操作的方案，即，若别国二十万人口拥有一所什么样的医院，中国三十万甚或四十万人口可否拥有同等医疗水平的医院？以人口多少类推，五十万人口的县城应拥有何种规模的医院？百万以上人口的地级市应拥有怎样的医院？二百万以上或更多人口的城市又应拥有怎样的医院？几所为宜？

　　有了以上结论后，应写入"五年计划"，应由中央和地方财政共同拨款，一年接一年地予以完成。像保证到某一年，国人的普遍退休金要实现怎样的增长那么去努力奋斗。

　　有一种观点认为，硬件不重要，软件才重要。即使硬件齐备良好的医院在某地的数量够了，医生的总体水平跟不上，有了岂不是也等于白有？

　　我的观点相反。在这件事上，我是"硬件第一"主义者。依我想来，若一所镇级医院连B超机都没有，就永远不可能有诊断经验丰富的B超医生。同样道理，一所县级医院若无CT机，或虽有，是老旧该淘汰的，那里的医生面对病情难以确诊的患者除了往地级市医院支，也不可能会有另外的作为。二十年前，媒体曾曝光过这样一件事，在一座省会城市的医院里，CT 机明明已失去了正常工作的机能，却仍被应用着。而医生被要求，不管怎样，先让患者在本院做一次 CT，把钱留在了本院后，再支患者到别的医院也不迟。

确乎，即使设备齐全了，医生们的水平也未必能一下子就提高上去。但一个普遍事实是——最难治的疾病，如癌症，在全世界的药物治疗现状都是差不多的，早期确诊和手术水平才是决定治疗效果的关键。而一所医院若医疗设备不达标，医生们早期诊断的水平就成了一句空话。就连手术水平，也不是什么名医神话。现在，不依靠先进医疗设备而单凭经验成为名医，才是真正的神话。只要设备齐全，许多医院都逐渐会产生经验比较丰富的名医。

简单地说，我希望十年以后，许多中国的癌症患者，即使在地级市的医院，也能获得早发现、早手术、手术情况大抵一流的诊治。并且，他们绝不会因为没到北京上海的大医院治疗而后悔万分。而北京上海的医院，除了服务于本市人，再就是起到医治罕见病例的作用。应建立一种特殊通道，鼓励和奖励名医参与力所能及的远程呈像会诊，更应鼓励和奖励他们亲自到地级市去"传帮带"，使地级市重点医院齐全的、先进的医疗设备与医生们的医疗水平的提高相匹配。

总而言之，若十年以后，中国大多数地级市的重点医院，也能在实际上成为具有较高的救死扶伤水平的医院，而且获得当地人们的信赖，那将是中国人的多大的福祉啊！

四、我希望那样一种个人愿望成为现实——中国各大城市的名牌大学，比如"211""985""双一流"等大学，能有一部分迁到地级市去。而且，首先应迁到经济发展较滞后，但自然地理条件很适合大学存在的地级市。

名牌大学集中于甚至可以说拥挤于大城市的现象，是非常有中国特色的现象。好大学根本没必要全都拥挤在大城市。依我想来，越是好大学，越应与大城市保持应有的距离。在普遍的大城市终日车水马龙、纷嚷喧嚣的当下，好大学与大城市保持应有的距离，反而应以幸运之事来看待。看看那些拥挤在大城市的大学吧，除了少数得天独厚，当初就占有了足够大的校园面积，多数大学的存在现状其实很逼仄，很尴尬。

问题是，局面已是这么一种局面，该往外迁移哪一部分呢？

依我想来，首先应迁移研究生院、博士点、人文学科。

这乃因为，比之于本科生，研究生、博士生的学习自觉性强，在师资因迁移而一个时期内不能完全到位的情况下，他们靠学习自觉性，通过远程教学和与导师的电脑沟通等方式，也有可能获得与聆听导师面对面上课差异不大的学习效果。而比之于理工科，文科的优势在于不受实验室之有无的限制。

我之所以产生此种希望，乃因我对大学影响力十分信服。某些北京的大学，已在外省市办了分校。直接办于地级市的，目前即使有也极少。"分校"的牌子，当地人不是多么看重。但直接将研究生院、博士点、文科院系搬将过去，则含金量极高，必会对该市乃至一个地区的经济、文化、知名度的提升，起到无可替代的牵拉作用。

首先是，一座地级市的气质，几年后就会与众不同起来，想抑制其文化氛围的自然形成都不可能。更多年后，不论本地人还是外地人谈论到该市时，将会不仅说它有什么景点、什么小吃、什么特产，肯定还会加一句——某大学研究生院或博士点便在该市！若那大学确属名校，想想吧，后一句话多么地令人肃然起敬！

在古代的中国，乡、镇、县构成文化的摇篮系统——后来的文化知识分子，大抵先接受乡镇塾学之启蒙，其后进入县城接受馆学教育。从前经济发达的县城，馆学极成景象。设馆授学者，多是饱学之士，以厌倦了追求官位的举人为主。而乡、镇私塾，基本上是秀才们在实行启蒙教育。当一个人结束了馆学教育，他大抵会跻身于科举之路，考取官职。即使做了大官，卸任之后，往往也还是会回到故里。因古代的外省籍官员卸任后若想留在京城，须皇帝特批。那种想法是很容易引起朝野议论和皇帝疑心的。故他们宁愿一走了之，而他们回到故里，若还愿有所作为，便只有兴学。有人不但促进兴学之事，更亲自授课。而同样厌倦了"科举"的秀才、举人们，则只能以当"教育工作者"为生存方式和人生价值的体现。

他们的讲课内容姑且不论，一个事实不容怀疑，即，乡、镇、县文化摇篮的作用，对于中国文化传承的可持续性影响深远。

现当代以来，此种循环往复的文化脉象断裂了，不要说乡、镇、县曾有过的文化气息荡然无存，就是地级市包括某些省会城市，文化脉象的稀弱也已堪忧。人才只外流，不回归，必然如此。

将教育资源，特别是高等优质的部分资源直接迁移到乡、镇、县，自然是倒行逆施。但迁移至地理位置适宜于办学的地级市，从中国发展的长远计，肯定好处多多。

（一）可使许多几乎已完全没了文化气息可言的地级市，重新焕发起久违的文化脉象的光彩来。

（二）重新焕发起来的文化脉象的光彩，必将辐射向四面八方的乡、镇、县，使那些乡、镇、县可以相当充分地凭借文化"软实力"全面发展。

（三）能直接带动地级市的经济内需，于是出现茶室、咖啡屋、餐饮业、书店、卡拉 OK 厅、服装业等商业经营的兴旺，连理发店也会多起来，当地的青年理发师们，没必要非到大城市去租门面干本行了。家教一行，也会大受当地人的欢迎。

（四）能使宾馆饭店业如乘东风。先是，研究生、博士生的家长亲人们肯定不放心，十之七八都会亲往一遭，看看高等学子们究竟被"弄到"了什么地方？打算考研、考博的本科生们，也会抽出时间进行实地考察，想挡都挡不住。若该市确有旅游资源，旅游业从此不必煞费苦心地宣传亦发达矣。

（五）可使中国的远程教育体系更为成熟，更上一个新的台阶。培养研究生、博士生，全靠远程教育不行，但即使以远程教育为辅，对远程教育的发展也是极大的促进。

（六）可改变中国人日思夜想地渴望成为大都市居民的求学观、择业观、居住观——你大学毕业了不是？想考研、读博吗？那么，请将目光也望向地级市吧！才不去？随你。而起初，一半左右的本科学子是会改变观点的，其后改变观点的人会渐多。随着理工科院系及实验室、研究所也陆续迁出大都市，重新建立于地级市，改变观念的本科学子将更多。他们获得了研究生和博士生学位后，自然将面临择业，而新兴的大学城，必很需要教育界新人。现在的情况是,但凡算得上一所大都市里的大学,能留校的学子比例甚微。而那时,比例会大很多。不想留校?请便。依我想来,愿意留校的人会不少。那么,二十几年后,一批中国的文化、科技精英,教育界才俊,必将出现于他们之中。

(七)又过了二十年,中国成了这样一个国家——它有着世界上人口众多的地级市;它的某些地级市,因为成了中国新几代文化和科技精英的摇篮,于是成了新概念的文化和科技名城。与如今人谈起"西南联大"、李庄油然而生敬意一样,谈起某些地级市,也会因其教育成就而刮目相看。自然,论生活条件,绝不会像"西南联大"和李庄那般艰苦。某些在中国举办的国际学术交流会,也会频频在那些地级市召开。因为,那里是学术精英们的云集地。又于是,文化、科技、教育,在现代的中国,重新完成了一种循环往复——由乡、镇、县、地级市流动向大都市,再由大都市回流至地级市,并在地级市发酵进行中和反应,之后一部分落户于当地,另一部分分散向四面八方。而分散向四面八方的人,其人生的发展,未必个个都比留下的好。

(八)那时的中国,每会有这样的情况——几个人在飞机上或列车上是邻座,聊了起来。

一人说自己是上海人。

一人说自己是北京人。

一人说自己是某地级市的人,第四人也是。

上海人和北京人竟默默然了。因为——北京和上海著名高校的研究生院、博士点,已迁移至那两个地级市二三十年了,不再是北京和上海的金边名片,而是当地的金边名片了。

北京人也罢,上海人也罢,只不过是居住于大都市的人,却不再是居住于最有文化气息的城市的人。

若论现代文化气息，某些大都市的人，在某些地级市的人面前，都不得不谦虚点了。

小说家是爱想象的动物。我的"中国梦"，当然的，想象色彩太浓了，这我自己也知道。

但我却特希望，有一天我的以上想象能变成现实。

估计我是活不到那一天了。

那么，我也许会将我的想象写成小说，以使我对自己的想象，有一种完满的了结。

辑六

文学使命

关于读书的几点建议

谈到读书，我希望孩子们从小多读一些娱乐性的、快乐的、好玩的、富有想象力的书，不应该让孩子们看卡通时仅仅觉着好玩。儿童卡通书一定要有想象力。西方儿童读物最具有想象的魅力，但是这种想象的魅力并不是孩子们在阅读时自然而然地就会感觉到的，一定要有成年人在和他们共同讨论中来点拨一下。

未来中国人和西方人的一个区别恐怕就在想象力上，科技的成果就和想象力有关。我们孩子的想象力是低于西方某些发达国家的，而且不只是孩子们的想象力，我们文艺创作者的想象力也是低于西方人的。如果人家在想象力方面的智商是"十"，那么我们的想象力恐怕只有"三"或"四"，这是由于整个科技的成果决定了想象力。

我希望青年们读一点历史书籍，不一定从源头开始读起，但至少要把近现代史读一读，至少要"了解"一些。这个"了解"非常重要！我刚调到大学时曾经想在第一学期不给学生讲中文课，也不讲创作和欣赏，只讲从二十世纪五十年代到九十年代中国人的生活状况，怎样过日子，怎样生活。当年一个学徒工中专毕业之后分到工厂里，一个月十八元的工资仅相当于今天的两美元多一点，三年之后才涨到二十四元。结婚时，他们的房子怎么样？当年的幸福概念是什么？

我在那个年代非常盼望长大，我的幸福概念说来极为可笑。当时我们家住的房子本来已经非常破旧，是哈尔滨市大杂院里边窗子已经沉下去的那种旧式苏联房，屋顶也是沉下去的。但是一对年轻人就在那个院子里结婚了，他们接着我家的山墙边上盖起了只有十几平方米的小房子，北方叫作偏厦子，就是一面坡的房顶，自己脱坯做点砖，抹一点黄泥。那个年代还找不到水泥，水泥是紧缺物资，想看都看不到。用黄泥抹一抹窗台，找一点石灰来刷白了四壁就可以了。然后男人要用攒了很长时间的木板自己动手打一张小双人床和一张桌子。没有电视，也买不起收音机。那时的男人们都是能工巧匠，自己居然能组装出一台收音机，而且自己做收音机壳子。我们家里没有收音机，我就跑到他们家里，坐在门槛上听那个自己组装、自己做壳子的收音机里播放的歌曲和相声。丈夫一边听着一边吸着卷烟，妻子靠在丈夫的怀里织着毛活，那个年代要搞到一点毛线也是不容易的。

那就给我造成一种幸福的感觉，我想自己什么时候长到和这个男人一样的年龄，然后娶一个媳妇，有这样一个小屋子，等等。今天对年轻人讲这些，不是说我们的幸福就应该是那样的，而是希望他们知道这个国家是从什么样的起点上发展起来的，至少要了解自己的父兄辈是怎样过来的。应该让他们知道能够走进大学的校门，父母付出了很多。现在年轻人所谓的人生意义，就是怎么使我活得更快乐，很少有孩子想过，爸妈的人生要义是什么？如果许多父母都仅仅考虑自己人生的意义、人生的得失，那么可能就没有今天许多坐在大学里的孩子，或者这些孩子根本就不可能坐在大学里。我们的孩子如果连这一点也不懂的话，那是令人遗憾的，所以要读一点历史。

中年人要读一点诗呀、散文呀，因为我们要理解这样的事情，就是孩子们今天活得也不容易，竞争如此激烈。我们总让他们读一些课本以外的书，但如果一个孩子在上学的过程中读了太多课外书，他可能就在求学这条路上失策了，能进入大学校门绝对证明你没读什么课本以外的书。孩子们的全部头脑现在仅仅启动了一点，就是记忆的头脑、应试的头脑，对此，要理解他们，不能求全责备，他们现在是以极为功利的方式来读书，因为只能那样。但对于中年人，从前"四十而不惑"，我已到"知天命"之年，应该读一点性情读物。

我不喜欢看所谓王朝影视，因为有太多的权谋，我从来不看权谋类的书。我建议，首先女人们不看这类书，男人们也可以不看。我们的人生真得时时刻刻与权谋有那么紧密的关系吗？到六十岁的时候，哪怕你就是权谋场上的人，也可以不看了吧！可以看一些性情读物，想读什么就读什么，而且要看那种淡泊名利的。你能留给自己的人生还有多少时光呢？

建议老年人要看一些青少年的读物，了解青少年在看什么书，用他们的书来跟他们交谈。老同志不妨读一点儿童读物，也要看一点卡通，同时要回忆自己孩提时读过哪些书，格林兄弟的、安徒生的童话中是不是还有值得讲给今天的孩子们听听的。我感觉下一代在成长过程中是特别孤独的，他们很寂寞。

父母在很大程度上不可能成为儿童成长过程中的玩伴，他们工作非常紧张。孩子到了幼儿园，老师和阿姨们如何管理呢？第一听话，第二老实。然后呢，最多讲讲有礼貌、讲卫生、唱点儿歌，如此而已。所以孩子们在幼儿园这个学龄前阶段是拘谨的，孩子在一起玩也是不放松的。在孩子们成长过程中，如果家庭环境是上有哥哥下有弟妹，并能够和街坊四邻的孩子一起任性地玩耍，那是最符合孩子天性的。

现在的孩子非常孤单，非常寂寞。孩子身上有总体的幽闭和内向的倾向。爷爷、奶奶读书之后和他们做隔代的交流、做隔代的朋友，而孩子读书时不和他们交流，书就会白读。有些书的内容、书的智慧一定是在交流过程中才产生出来的。

读书与人生

　　依我想来，人和书的关系，大抵可分为如下的四个阶段——童年时听故事的阶段，少年时看连环画的阶段，青年时读小说的阶段，中年时读书范围广泛的阶段。由此，以后成了一个终生具有读书习惯的人。

　　童年时居然不喜欢听故事的人不是没有，有也极少。不喜欢听故事的儿童基本分为两类——一类不幸是先天的智障儿童；另一类属于天才儿童，自幼表现出对某方面事情异常强烈的兴趣，如音乐、绘画、科学问题，所以连对故事都不感兴趣了。实际上，这样的儿童几乎没有，不喜欢听故事不符合儿童的天性。情况往往是这样——大人们主要是他们的家长们，一经发现他们对某方面的事情表现出异常强烈的兴趣，便着力于对他们进行专门知识和能力的培养，以期使他们在某方面成为日后的佼佼者。

　　目的能否达到呢？

　　应该说，能的。

　　毕加索和莫扎特都是如此培养成功的。

　　在中国古代，皇族的后裔基本是听不到故事的。一个孩子一旦被确立为第一皇权接班人，那么他就被专门的教育"管道"和方法所框入了。在那种"管道"里没有故事，只有大人们希望他们获得的知识和经验。

但此种示范若成为一个国家学龄前教育的圭臬，对整个国家是不幸的。《红楼梦》中有一个情节是——宝玉因偷看闲书而误了"家学"作业，受到惩罚。可以想见，宝玉的童年是不大听得到什么故事的。他是贵族子弟，对他所进行的教育也是以贵族对后裔的教育为圭臬的。进而言之，一切希望自己的子弟有出息的贵族之家、商贾之家、书香之家乃至平民之家，都是那么对子弟进行教育的。教育目的也只有一个——使子弟们成为"服官政"的人。

这种教育，一方面为国家培养了一批批符合皇权要求的"干部"，另一方面使国家产生了一批批能诗善赋，个个堪称语言大师的诗人，于是中国的诗词成果丰富。

而这对中国造成的负面影响也值得深刻反思——自然科学几乎停止了发展，现代哲学毫无建树，工业创造力远远落后于别国，使中国在近代的世界成了一个大而弱的国——人弱了。

所以，我们得到的具有教训性的答案是——对于任何一个国家，不喜欢听故事的儿童多了，肯定的，绝不是好事。值得重视的仅仅是，哪些故事才是大人应该多多讲给孩子们听的好故事。只要是应该讲给孩子们听的好故事，何必分外国的还是中国的？那些在此点上首先强调外国中国之分的文化保守主义者，十之八九是伪人。他们明里鼓噪只有中国文化才适合中国人，暗地里却千方百计地要将儿女送出国去。

不说他们了吧。

接着说人和书的关系——喜欢听故事的学龄前儿童识字以后，会本能地找书来看，于是人类的社会就产生了"小人书"。"小人书"是特中国的说法，外国的说法是童话书，意为用儿童话讲给儿童听的故事书。"小人书"也罢，"童话书"也罢，都是大人们的文化给予现象。大人们的给予，也是社会的给予，这是人类社会的特高级的现象。从本质上看，却并非唯人类才有的代际现象，在具有族群依属本能和社会性的动物之间，类似的代际责任表现得不亚于人类——如在象、猩猩、狒狒、猴和非洲鬣狗的家族以及雁、天鹅、企鹅们的"社会"中，代际间的族群规矩和生存经验的"教育"之道，亦每令人类感动和叹服。只不过在人类看来，它们对下一代的"教育"不具有文化性。

但，具有文化性或不具有文化性，是人类的看法。在动物们那里，其实未必不是族群文化。

民国前的中国，有蒙学书，没有以插图为主的"小人书"。《三字经》《千字文》《弟子规》《龙文鞭影》《幼学琼林》一类蒙学书，以文为主，故事基本是典故，侧重知识灌输和品德教化，忽视满足孩子们对童话故事的兴趣。在相当漫长的历史时期内，《夸父逐日》《精卫填海》等神话传说及《山海经》中的某些内容，便是那时孩子们所能听到的故事了。《海的女儿》《丑小鸭》《卖火柴的小女孩》《尼尔斯骑鹅旅行记》《狐狸列那》之类童话，在民国前的中国是不曾产生的。

"小人书"并不就是连环画的民间说法。在中国，"小人书"曾专指给小孩子看的书。民国前的中国虽早已有绘本小说，却还根本没有严格意义上的连环画。其一九三〇年前后才在上海逐渐出现。所以，上海，对此后的中国孩子们是有特殊贡献的。连环画产生后，"小人书"和连环画，开始混为一谈了。

从内容比例上讲，连环画的成人故事比儿童故事多得多。也可以说，连环画并不是专为儿童出版的书籍，但事实上获得了青少年的欢迎。胡适、陈独秀、钱玄同们，当年都很重视连环画对青少年们的文化影响，曾同心同德地为当地的青少年们选编适合于出版为连环画的中国故事。

一个孩子成了小学四五年级学生，其阅读兴趣会大大提升。于是，连环画成为他们与书籍产生亲密关系的媒介。他们会主动寻找连环画看。他们已不再仅仅是喜欢听故事的"小人儿"，也是喜欢"看故事"的未来的"读书种子"了。

少男少女喜欢看连环画的兴趣，往往会持续到十八岁以后。一过十八岁，便是青年了。青年们的阅读兴趣，会自然而然地转移向成人书籍。首先吸引他们的，大抵是文学书籍——诗集、散文集、中短篇小说集、长篇小说，因人而异地受到他们的关注。

除了有志于成为童话作家，若一个青年仍迷恋于阅读童话，难免会被视为异常。但，一个青年很可能在喜欢阅读文学书籍的同时，仍对连环画保持不减的喜欢程度。见到文字的文学性较高，绘画又很精美的连环画，每爱不释手。他们是文学书籍的忠实读者的同时，往往也会成为连环画的收藏者。这乃因为，他们对某部文学作品发生兴趣，起初是由于看了与那部文学作品同名的连环画，不但记住了作品之名，还牢牢记住了作家之名——比如我自己，是先看了《拜伦传》《雪莱传》这样的连环画后，才找来他们的诗集看的。也是看了连环画《卡尔·马克思》后，才对海涅的诗产生兴趣的。身为青年而爱好收藏连环画，从文化心理上分析，不无对连环画的感恩情愫。

青年是人生较长的年龄阶段。往长了说，十八岁以后到四十岁以前，都可谓青年。在这二十多年里，不少人会因为当年对文学书籍的情有独钟，而成为作家、散文家、诗人、文学评论家或理论家。如果他们喜欢校园生活，也很可能会成为大学里的中文教授。

若他们在人生最宝贵的二十多年里，阅读兴趣发生了变化，由文学而转向了哲学、史学、政治学或其他人文社会学方面，往往会成为那些方面的学者。即使后来成了政治人士或走上了科研道路、艺术道路，二十多年里对读书这件事的热爱，肯定会使他们的事业和人生受益无穷。即使他或她终生平凡，那也会在做儿女，做丈夫、妻子、父亲、母亲和朋友方面，做得更好一些。起码，一个少年时期看过不少连环画，青年时期读过不少文学作品的父母、祖父母、外祖父母，能讲一些对儿童和少年的心智有益的故事给自己的儿女、孙儿女或外孙儿女听，而那不但会给他们留下美好的记忆，也是自己多么美好的天伦之乐呢！即使一个人四十岁以后，由于各种人生境况的压力，不再有机会读所谓"闲书"了，而他或她终于退休了，晚年生活相对稳定了，读书往往仍会成为重新"找回"的爱好之一。养生、健身、唱歌、听音乐、跳广场舞、旅游、练书法、学绘画，自然都是能使晚年生活丰富多彩的事，再加上喜欢读书这件事，晚年生活将会动静结合，更加充实。

在我是中学生的年代，二十世纪六十年代初，全中国出版的著名的长篇小说也就二十几部，著名诗人也就十几位，著名的散文家只不过几位，包括外国文学作品在内，一个爱读书的青年所能看到的书籍，加起来五六十部而已。当年，新华书店里是见不到一本西方哲学类和史类书籍的，中国古代文学类文化类书籍也无踪影，除了一套《十万个为什么》，再就难得一见科普书籍——像我这样的从少年时起就酷爱读书并在"文革"中上过大学的人，直至八十年代后期才知道林语堂、张爱玲、徐志摩、沈从文的名字，才开始读他们的书——从前，接受外国记者采访时，因被问到对他们的诗、小说的看法，陷入过尴尬。

当年，有几部中国小说发行量超过百万，而中国当年七亿五千万人口，这意味着——如果一所中学有一千五百名学生，那也只不过仅有十几人可能买了一部发行百万以上的书。读过的人会多些，肯定多不到哪儿去。当年，各省市重点中学的读书氛围相对较浓，一般中学几乎没有读书氛围可言。如我所在的中学，全校也就几名喜欢读书的学生，他们全都认识我，因为我与他们之间每每互相借书看。

在城市，在底层，在我这一代中，小时候听父母讲过故事的人是极少极少的。我们虽出生在城市，但我们的父母都曾是农家儿女。我们的是农家儿女的父母，未见得肚子里没有故事。农村是中国民间故事的集散地，他们肚子里怎么会没有点儿故事呢？但他们一经成了城里人，终日感受着城市生活多于农村生活的压力，哪里还会有给自己的小儿女讲故事的闲心呢？所以，如果一个底层人家没收音机，也没有喜欢读书的大儿大女往家借书，那么不论这一户人家有多少个儿女，几乎全都会与书绝缘。与当年的农村孩子们相比，城市底层人家的孩子们的成长底色，反而更加寡趣。鲁迅小时候看社戏的经历，我们肯定是没有的。"拉锯、扯锯、姥姥门口唱大戏"，这种农村童谣，对于城市底层人家的孩子，如同听梦话。我是比较幸运的，小时候听母亲讲过故事；四五年级时，哥哥不断往家中带回成人小说；即使在"文革"中，我家所住那一片社区，居然仍有几处小人书铺存在着。而我的同学们，却只听过比他们大的孩子所讲的故事，或听我当年讲故事给他们听——这是他们当年喜欢和我在一起的原因之一。

如今，沉思人与读书这件事的关系时，我头脑中每会产生这样一个问题——倘若当年中国喜欢读书的青年较多，比如多至十之五六；并且，所读不仅是"红色书籍"，也普遍读过一些西方文学名著，那么，即使"文革"照样发生，暴力的事是否会少一些呢？

如今，对于绝大多数中国青年，花四五十元买一部书看，已经根本不是想买而买不起的事了。中国的读书人口之比例，在世界上却还是排在很后边。

为什么某些国家读书人口多，爱读书的人每年读过的书也多呢？这乃因为，在那些国家，城市人口的比例甚高，农村人口仅占百分之几。即使那百分之几，文化程度也高，大抵都能达到高中水平。还因为，那些国家城市人口的城市化历史悠久。不少城市人家，几可谓"古老"的城市家族，城市居住史每可上溯到十代以前。一般的城市人家，城市居住史也大抵在五六代以前。在没有收音机和电视机的年代，读书看报成为人们打发闲暇时光的主要方式。代代影响之后，书与报既成了城市基因，也成了人的记忆基因，如同小海龟甫一出壳，必然会朝海的方向爬去。我们中国人对基因现象有一个认识误区，以为主要体现在生理方面。实则不然，人的基因现象也体现于"灵之记忆"。若一个家族的几代人口都是喜欢读书的人，那么下一代在是胎儿的时候，大脑中便开始形成关于书的遗传"信息"了。也就是说,"精神"在生理现象方面也可变为"物质",家风可以变为后代的遗传基因。胎儿出生后,成长期继续受喜读书之家风影响,日后自然会是一个读书成习的人。先天基因加上后天影响,那是多么"顽固"的作用啊。这样的一个人,除非弄死他(她),否则他(她)对书的好感终生难改,正如除非毒死一只小海龟,否则无法阻止它爬向大海。收音机出现后,报的销量有所下滑,读书人口反而上升了。因为收音机也使关于书的信息广为传播。电视机、电脑、手机出现后,一些国家人的读书兴趣也会大受影响,但他们很快又会从沉湎中自拔,因为喜读基因在继续发生作用。还有一点也应一提——在他们的国家,孩子们喜闻乐见的童书极为丰富多彩,起码从前是那样。因而一个事实是,不论一个时代怎么变,相对于人的精神的新现象多么地层出不穷,那些国家的读书人口都会保持在一个比较稳定的水平。

中国的情况很不同,中国的城市人口刚刚超过农村人口一点点。在漫长的历史时期,农村的所谓"耕读之家"是稀少人家,大多数农村人口是文盲。一九四九年后,农村的文盲人口一年比一年少了,至今,可以说到了稀少的程度。但许多农村却又变成了"空心"农村,青年们皆进城打工去了,农村完全没有了读书氛围,"农家书屋"只不过成了一厢情愿的概念性存在。在城市里,我这一代人的父母大抵便是农民,他们的一生,是为家庭终日辛劳的人生,不可能有闲情逸致亲近书籍;何况他们多是文盲。我们的父母既然如此,我们也就不可能从小受到什么读书氛围的影响。而我这一代人本身,大多数是命运跌宕的人——"饥饿年代""文革""上山下乡""返城待业",有了工作不久又面临"下岗"……凡是对人生构成严重干扰的事，我这一代都"赶上"了——要求这样的一代人是有读书习惯的人，实可谓"站着说话不嫌腰疼"。何况，这一代人还经历过十一二年举国无书可读的时期，那正是人最容易与书发生亲密关系的年龄。

所幸，一九八〇年代开始，中国极快速地扭转了无书之国的局面，遂使我这一代中的极少数幸运者，得以与书建立"晚婚"般的亲密关系。虽晚，毕竟幸运。不但自己幸运，也促进了下一代与书的关系，对下一代便也幸运。而我这一代的大多数，不但错过了与书的"恋爱"年龄，后来也难以与书建立"晚婚"关系，下一代对书的态度便也如父母般淡漠。

我这一代的下一代被统称为"80 后"——他们是在电视文化的背景之下成长起来的。不久又置身于电脑文化、手机文化、碎片文化、娱乐文化的泡沫之中。总体而言，他们在声像文化的时代长大成人，大抵一无基因决定，二无家风熏陶，对书籍缺乏兴趣，实属必然。

前边提到，在某些国家，在漫长的时期，读书是人们打发"闲暇"时光的习惯。但如今之"80 后"，多数也已成了父母，上有老、下有小，生活压力甚大。而且，他们都被迫成了加班一族，多数人每天工作十一二小时，早出晚归甚而夜归，除了天数多的节假，平日哪里有什么"闲暇"时光？故他们即使有读书心愿，实际上也难以实现。眼见得，"90 后"甫一参加工作，很快也成了像"80 后"一样的"辛苦人"。

前几年，《政府工作报告》中，曾号召"构建书香社会"。在全世界，唯中国政府一再鼓励人们读书，足见多么重视。"农家书屋"、"职工书屋"、校园读书月、街头爱心图书亭，愿望都很良好，目的只有一个，使读书之事，逐渐成为人的基因、城市的基因、整个国家的文化基因之一，以期使中国在社会肌理方面，能够自然而然地呈现出人人都感受得到的文化气质。

但，读书习惯是有前提的。倘人们一年三百六十几天中闲暇时光甚少，大抵是无法养成读书习惯的——神仙也难做到。而此前提，非个人所能心想事成。今日之中国，是到处加班加点的中国，仿佛不如此，中国之方方面面就会停摆似的。政府短时期内改变不了此种局面，"构建书香社会"的口号也就只有不再提了。

我们不妨推演一下——如果，从某年开始，普遍的中国城市人口（强调城市人口，乃因农村的实际居住人口，不可能与书发生多么亲密的关系），也享有相当充分的闲暇时光了，喜欢读书的人是否便会多了起来呢？

答案是肯定的——当然会。

但，不会明显多起来。

中国是一个从物质平均主义演变为贫富悬殊的国家，而曾经的物质平均主义时代，使人们对于贫富差距异乎寻常地敏感，并由此产生了心理贫穷现象——虽然我的生活水平已大大改善了，可有人却过上了比我好得多的日子！于是愤懑与痛苦无药可医，也不是社会分配措施所能一下子抚平的。又于是，全社会笼罩在物质和金钱崇拜的价值阴霾之下，由而导致几乎与一切生活方面有关的实利主义态度。

"读书对我究竟有什么好处？"

"不读书对我究竟有什么损失？"

这两个正反归一的问题，委实难以极有说服力地回答得明明白白。何况，以上问题中的好处，是指立竿见影的好处；以上问题中的损失，是指傻子都不会怀疑的损失。那么，问题就更难以回答了。

而我想告诉世人的一个真相是——你是普通人吗？如果你是，那么读书一事，恰恰是可以改变普通人命运的事。进言之，书籍是引导普通人不自甘平庸的、成本最低的，也最对得起爱读书的普通人的良师益友。普通人，特别是底层的普通青年，除了此一良师益友，还能结识另外的哪类良师益友呢？即使你头悬梁锥刺股地考上了名牌大学，甚至是国外的名牌大学，一踏入社会成为职场人，不久你便会发现，其实社会不仅认学历、能力，更认关系、家庭背景以及由此构成的小圈子，而那正是你没有的，所以你很可能照样成为那一层级上的失意人。

君不见，在这个世界上，某些人不读所谓"闲书"根本不对其人生构成任何损失。特朗普的女儿和女婿便是那样的"某些人"，全世界各个国家都有那样的"某些人"，中国最多。即使他们，如果同时还是喜欢读书的人，也会进而成为"某些人"中显然的优秀者。

君不见，在这个世界上，另外的"某些人"起初只不过是普普通通的记者、科研人员、园艺师、教师，但后来，忽然成了社会学学者、科普作家、专写植物或动物趣事的儿童文学作家、史学家或哲学家——而此种变化，不仅提升了个人的人生价值，对社会也做出了超职业的贡献。

他们的变皆与爱读闲书有关。

说到底，爱读所谓闲书，表明一个人保持着对职业关系以外的多种知识不泯的获得欲望和探究热忱。否则，其变不可能也。

另一个真相乃是——人类的社会中从没有过这样的事——某

人从少年时便喜欢读书，二十几年中爱好未变，但书籍对他的心智和人生却丝毫也没发生正面影响。

是的——古今中外，无人能举出这样的例子。但请别拿古代科举制下的中国读书人说事，那不是人和书的正常关系。

谁能举出一个驳我的例子来？

关于读书，兼谈《人类简史》

散步有益于健康，读书好比大脑的散步。谁都知道，不管工作多忙，也要抽出时间散步的好处。我们的大脑同样需要放松一下。

对于我们的大脑，听一曲音乐是放松，欣赏一幅画作是放松，发一会儿呆什么都不想也是放松——许多人以为，读书反而占用了大脑的休息时间，这是认识的误区。

我们的大脑与我们的身体不同。

身体最好的放松状态是静卧，大脑的放松状态却有两种——一是什么也不想，二是转移一下工作指令，常言所说"换换脑子"。

"换换脑子"使大脑产生的愉快反应，超过于什么都不想。什么都不想只不过使大脑接收了停止活动的指令，那并无愉快可言。何况，往往难以做到。"换换脑子"却不同，这意味着用累了的脑区停止活动了，平时不太用到的脑区接收到了散步的指令。这时，只有这时，用累了的脑区才会真的渐渐小憩，而开始散步的脑区产生愉快。

我们应对自己的大脑有这样的认知——它分各个区间。脑的疲劳感，不是整体的疲劳感，是某个一直在用的脑区的疲劳感。

而另外一些很少用到的脑区，像替补运动员，一直坐冷板凳，它们的生理反应是不愉快的。

我们在散步的时候，通常喜欢静的地方，负氧离子多的地方，有看点可驻足独自欣赏的地方——这恰恰如同读书的情形。

被长期幽禁的脑区在书页的字里行间散步，负氧离子如同好书的元素，某些精彩的段落如同风景，使我们掩卷沉思，而这是脑的享受。不要以为这还是在费脑子——不，这是最好的换换脑子的方式。费脑子是指某一脑区损耗太大，而另外的脑区仿佛没有。

人要经常换换脑子，以包括读书在内的多种方式换换脑子。起码，不应该只换胃口不换脑子。

中国人常羡慕谁有口福，对得起一副胃肠——但世上有那么多好书存在，一个人却几乎一生没看过几本，是否也太没有阅读之福了，太对不起眼睛、大脑、精神和心灵了呢？

所以，不想白活了一辈子的人，在换换脑子时，若能将读书的方式包括在内，肯定会大获益处的。

《人类简史》并非一部二十一世纪的启蒙之书。尽管此点已被证明是非常需要的，但实际上尚未出现。当然，我们指的是超越以往世纪思想成果的启蒙之书。人类文明发展到今天的程度，问题依然多多，启蒙变得相当不易——"世界平了"一句话，意味着大多数人类的思想几乎处在同一层面了。

在这种情况下，若一部书包含了一定量的知识；并且，作者对于自己所拥有的知识进行了独立思考，提供了某些与众不同的见解，那么便是很值得一读的书了——《人类简史》符合我对书的基本看法，故推荐之。

作者将比较之法运用得特别充分，证明其知识积累范围较广

——书中引用了中国古代《风俗通》中女娲造人的神话传说；引用了狄更斯小说的内容；引用了古罗马诗人的《农耕诗》——给我的印象是胸有文学而非仅仅史料的信手拈来性的引用，于是刮目相看。文史重叠乃人类社会发展常态，吾国当代史学家而能兼及文学素养者不多矣。

作者的另一种能力是——极善于将古今予以对比。他不是在进行单纯的线性梳理的讲述，而是不断地将目光从古代、上古代收回，投向现在，于是对比出种种感想，既分析出规律，也显示批判锋芒。

我并不全盘接受书中的思想，对书中的某些思想甚至持反对观点——如"历史虚无主义"、农业社会还不及以"采集"为生存之道的部族时期好等思想；但全书大部分内容所力图说明的思想我是认同的，即人类的历史不但是曲折地进化的，而且在进化的过程中，所谓新与旧一向是部分重叠的。即使如今已经很现代了，但很古代时期的人类社会的基因现象，仍分明地点点滴滴地存在于很现代的人类社会中，证明所谓"全新的社会"，目前世界上还不曾有。

我推荐此书的主要想法是——希望读者从此书中学会比较的方法；希望读者明白，一个人的知识如果十分有限，便只能在十分有限的格局内对现象进行比较，而这妨碍我们对现象得出较清醒的判断。归根结底，在历史的长河中，一切当下存在都只不过是当下现象而已；一切当下人本身也只不过是当下现象罢了；我们生活在现象中，知识和运用知识所进行的比较之法，有益于我们处理好自身与林林总总的现象的不和谐关系，使我们自身能活在有限度的清醒状态下……

我的使命

据我想来，一个时代如果矛盾纷呈，甚至民不聊生，文学的一部分，必然是会承担起社会责任感的。好比耗子大白天率领子孙在马路上散步，蹲在窗台上的家猫发现了，必然会很有责任感或使命感地蹿到街上去，当然有的猫仍会处事不惊，依旧蜷在窗台上晒太阳，或者跃到宠养者的膝上去喵喵叫着讨乖。谁也没有权力，而且也没有办法，没有什么必要将一切猫都撵到街上去。但是在谈责任感或使命感时，前一种猫的自我感觉必然会好些。在那样的时代，有些小说家，自然而然地，可能由隐士或半隐士，而狷士而斗士。有些诗人，可能由吟花咏月，而爆发出诗人的呐喊。怎样的文学现象，更是由怎样的时代而决定的。忧患重重的时代，不必世人翘首期待和引颈呼唤，自会产生出忧患型的小说家和诗人。以任何手段压制他们的出现都是煞费苦心徒劳无益的。倘一个时代，矛盾得以大面积地化解，国泰民安，老百姓心满意足，喜滋乐滋，文学的社会责任感，也就会像嫁入了阔家的劳作妇的手一样，开始褪茧了。好比现如今人们养猫只是为了予宠，并不在乎它们逮不逮耗子。偶尔有谁家的娇猫不知从哪个土祠旮旯逮住一只耗子，叼在嘴里喵喵叫着去向主人证明自己的责任感或使命感，主人心里一定是甭提多么腻歪的了。在耗子太多的时代，能逮耗子的才是好猫。人家里需要猫是因为不需要耗子。人评价猫的时候，也往往首先评价它有没有逮耗子的责任感和使命感。在耗子不多了的时代，不逮耗子的猫才是好猫。人家里需要猫已并不是因为家里还有耗子。逮过耗子的猫再凑向饭桌或跃上主人的双膝，主人很可能正是由于它逮住耗子而呵唬它。嗅觉敏感的主人甚至会觉得它嘴里呼出一股死耗子味儿。在这样的时代，人们评价一只猫的时候，往往首先评价它的外观和皮毛。猫只不过是被宠爱和玩赏的活物。与养花养鱼已没了多大区别。狗的价值的嬗变也是这样。今天城里人养狗，不再是为了守门护院。狗市的繁荣，也和盗贼的多起来无关。何况对付耗子，今天有了杀伤力更强的鼠药。防患于失窃，也生产出了更保险的防盗门和防盗锁。

时代变了，猫变了，狗变了，文学也变了，小说家和诗人，不变也得变。原先是斗士，或一心想成为斗士以成为斗士为荣的，只能退而求其次变成猬士，或者干脆由猬士变成隐士。做一个现代的隐士并不那么简单，没有一定的物质基础虽然"隐"而"士"也总归潇洒不起来。所以旁操他业或使自己的手稿与"市场需求接轨"，细思忖也是那么地情有可谅。非但情有谅，简直就合情合理啊！鲁迅先生即便活到现在，并且继续活将下去的话，在当代青年对徐志摩的诗和梁实秋的散文很热衷了一阵子之后，还要坚持他的《论资本家的乏走狗》的风骨吗？他是不是也会面对各方约稿应酬不暇，用电脑打出一篇篇闲适得不能再闲适的文章寄出去期待着稿费养家糊口呢？

但是问题在于——我们这个时代，究竟是忧患更多了矛盾更普遍更尖锐了，还是忧患和矛盾已被大面积地化解，接近于国泰民安，老百姓只要好好过日子就莺歌燕舞了？

任何一个人几乎都有一百条理由仍做一个忧患之士，比如信仰失落，道德沦丧，民心不古，情感沙化，官僚腐败，歹徒横行，吸毒卖淫，黑社会形成，贫富两极悬殊，大款穷奢极欲一掷万金，穷山沟里的孩子上不起学，男人娶不起老婆，拐卖妇女儿童案层出不穷……

这些足令某些人身不由己地变成忧患之士。如果他不幸同时还是小说家或诗人（今天诗人已经被时代消化得所剩无几了），那么他的小说里他的诗里，满溢着责任感使命感什么的，他大声疾呼文学要回归责任感使命感呀什么的，当他是个偏执狂，并不多么地公道，也难以证明自己才更是小说家或诗人。在他之前古今中外有过许许多多他这样的小说家和诗人，并不都是疯子，起码并不比尼采疯多少。比如杜甫和白居易的诗，直到今天仍在被世人经常引用，一点儿也不比被自作聪明的后人贴上"纯诗"之标签的李清照和"超现实主义"之标签的李白缺少价值……

任何一个人几乎又都有一百条理由做一个闲适之士。如果他刚好同时还是小说家或诗人，便几乎又都有一百条理由认为，文学的责任感已变得那么地多余，已成一种病入膏肓的呓语。改革已取得了举世瞩目的伟大业绩，市场繁荣生活水平提高，"海"里很热闹岸上很消停，老百姓人人都一门心思挣钱奔小康，朗朗乾坤光明宇宙，文学远离现实的时代明明地已经到来了，还遑论什么责任感使命感喋喋不休地干什么哇？烦人不烦人呀？在他之前古今中外有过许许多多他这样的小说家和诗人。他们的小说和诗正被一批又一批地重新发现重新评价重新出版，掀起过一阵阵的什么什么热，似乎证明了没什么社会责任感使命感的远比有责任感有使命感的小说或诗文学之生命力更长久……

倘偏说他们逃避现实也当然值得商榷。因为他们的为文的选择是不无现实根据的。

孰是孰非？

我想因人而异。甚至，更是因人的血质而异的吧？

当然，也由人的所处经济的、政治的、自幼生活环境和家庭影响背景所决定的吧？南方老百姓对现实所持的态度，与北方老百姓相比就大有区别。

南方知识分子谈起改革来，与北方知识分子也难折一衷。

南方的官员与北方的官员同样有很多观点说不到一块儿去。

南方的作家和北方的作家，呈现出了近乎分道扬镳的观念态势，则丝毫也不足怪了。这就好比从前的猫与现在的猫，都想找到猫的那点子最佳的感觉，都以为自己找到的最佳亦最准确，其实作为猫，都仍是猫也不是猫了。于南方而言，并不意味着什么进化。于北方而言，并不意味着什么退化。只不过是同一个物种的嬗变罢了。何况，不论在南方和北方，作家还剩一小撮，快被时代干净、彻底地消化掉了。

所以现在是一个最不必讨论文学的时代。讨论也讨论不出个结果。恰符合"存在的即合理的"之哲学。

至于有几个西方人对中国文坛的评评点点，那是极肤浅极卖弄的。对于他们我是很知道一些底细的。他们来中国走了几遭，待了些日子，学会了说些中国话，你总得允许他们寻找到卖弄的机会。权当那是吃猫罐头长大的洋猫对中国的猫们——由逮耗子的猫变成家庭宠物的猫，以及甘心变成家庭宠物，仍想逮耗子的猫们的喵喵叫罢。从种的意义上而谈，它们的嬗变先于我们。过来人总要说过来话，过来猫也如此。本届诺贝尔文学奖，授予一位美国黑人女作家，而她又是以反映黑人生活而无愧受之的，这本身就是对美国当代文学的一种含蓄的讽刺。

而我自己，如今似乎越来越悟明白了——小说本质上应该是很普通、很平凡、很寻常的。连哲学都开始变得普及的时代，小说的所谓高深，若不是作家的作秀，便是吃"评论"这碗饭的人的无聊而鄙俗的吹捧。我倒是看透了这么一种假象——所谓为文学而文学的作家，在今天其实是根本不存在的。以为自己是大众的启蒙者或肩负时代使命的斗士，自然很一厢情愿，很堂吉诃德。但以为自己高超地脱离了这个时代，肩膀上业已长出了一双仿佛上帝赋予的翅膀，在一片没有尘世污染的澄澈的文学天空上自由自在地飞翔，那也不过是一种可笑的感觉。全没了半点儿文学的责任感的负担，并不能吊在自己吹大的"正宗"文学的气球上飞上天堂，刚巧就落在缪斯女神在奥林匹斯山为他准备好的一把椅子上……

但我有一天在北京电台的播音室里做热线嘉宾时，却没有说这么许多。归根结底，这是一些没意思的话。正如一切关于文学的话题今天都很没意思。所以还浪费笔墨写出来，乃是因为信马由缰地收不住笔了……

关于希腊神话的人文解读

希腊神话故事几乎全面影响了罗马神话故事；而罗马神话故事也深刻影响了罗马宗教文化；罗马宗教又几乎影响了整个欧洲。于是我们可以说，希腊神话乃是西方文艺和文化形成的端点，其后漫长的几世纪中，西方戏剧、文学、绘画皆取材于斯，影响直至现当代西方。

在希腊神话和罗马神话中，以下几点是其重要人文元素：

一、权力观

奥林匹斯山是众神生活、开会和各自办公的神山，包括众神之王宙斯在内，共十二位神组成类似常委会的领导核心。在这个核心集体中，尽管宙斯的权力和威力是最大的，但其权力却不是无限大的，威力也不是战无不胜的。如果在某事上大多数骨干神与他意见相反，那么他很难独断专行。如果他企图靠威力强大一意孤行，那么有些骨干神极可能联合起来，以共同的神威挑战他单一的神威。所以宙斯必须既维护自己众神之王的特殊权力地位，又必须极善于团结其他骨干神们。该让步妥协，则只能让步妥协。有一个例子可以说明。

人间有一位国王叫坦塔斯，是宙斯在人间播下的风流种子。他仗着自己特殊的出身背景，骄横傲慢于人间。还仗着自己血统中的高贵基因，经常企图与诸神平起平坐。有一次，他在王宫中宴请几位每对他另眼相看的神，为了试探他们是否真的具有超能力，竟残忍地将自己的少年之子杀死，煎烹成菜肴，观察那几位神是否吃出异常。神们当然洞察到了他的卑劣歹毒，于是一齐向宙斯汇报，强烈要求将坦塔斯打入地狱，令他遭受最严厉的惩罚，永世不得超脱。神们认为，一个对自己的亲子都那般残忍的人，其残忍便不可救药了。而宙斯虽然心存姑息，但碍于神们的义正词严，不得不勉强同意。惩罚确乎是严厉的——坦塔斯被浸于地狱中的一个水洞里，水中有各种毒虫，噬咬他的皮肉，吸吮他的血液，而水深没及他的颈部。在他眼前，各类美果悬于枝头，近离分寸，但他就是无论如何也吃不到，连嘴唇都能触到的，还是吃不到。即使他想要喝一口那肮脏的潭水也是痴心妄想，因为被铁链拴在一块巨石上，才一低头，水便退浅。古希腊人将他受的惩罚概括为"坦塔斯的折磨"，至今这仍是一句希腊名言。在全部希腊神话中，有着特殊的出身背景和神祇血统的人物不少。但无论哪一个，只要做了恶事，最终都难逃惩罚。包括宙斯在内的无论哪一位神，打算庇护也不能够。

神权在善恶和正义面前，往往顿失自作主张的权威。

还有一个例子，意在直接强调——最大的权力肯定是公权力，拥有公权力的人，包括广受敬爱的神，如果公权私用，那么也必会付出代价，受到惩罚。

太阳神阿波罗就是一位广受敬爱的神。他对他年仅十二岁的小儿子宠爱有加，简直可以说儿子要求什么，他便尽量满足什么。有一次小儿子纠缠他，闹着非要驾他的天火神车在天穹兜一圈。天火神车体现阿波罗的职责，他每日亲驾神车巡行于天穹时，是谓人间白日。他明知儿子的请求太过任性，可最后竟还是答应了。结果神车翻在天穹，事故殃及人间，造成了一场灾难。他的小儿子，也被天火活活烧死。后来有几位神出于对悲恸欲绝的阿波罗的同情以及对他的小儿子的怜悯，既齐心协力减轻了人间的灾难，又使他的小儿子复活了。而太阳神父子，从此深刻地铭记住了那可怕的教训。

公权力是神圣的。"神圣"一词在古希腊人的思想意识中包含有超神性。超神性是谓古希腊人思想意识中的"圣"原则。

二、民生观

在诸神中，组成核心集体的十二位神分别是：众神之王宙斯、天后赫拉、太阳神阿波罗、战神、火神、海神、信使之神、智慧兼和平女神、月亮兼狩猎女神、谷物女神、美神、佑家女神。

在中国神话故事中，也有佑家之神，即火土神，证明古今中外，家庭在人类的思想意识中同样重要。但以上诸神中的许多位，在中国神话故事中是缺席的。天后赫拉可以比作中国神话中的王母娘娘，但王母娘娘只不过是玉皇大帝的老伴，并无具体职责。赫拉却是有职责的——保护人间妇女勿受不公平对待。尽管在希腊神话中，她对自己的职责履行得并不怎么样。但直接由天后来负起保护人间妇女的职责，这一种想象诉求，毕竟是意味深长的，证明在古希腊人的思想意识中，妇女不仅仅是男人的性偶，而且和男人一样，也应该受到神的关爱和合理庇护。除了赫拉，还有一位女神，专门负责保护少女的贞洁不受野蛮侵犯。如果说在古希腊人的思想意识中妇女不可能不等于弱者，那么少女当然是弱者中的弱者。男人们对她们的侵犯，也大抵表现在贞洁即性侵犯方面，所以她们需要由一位女神来专职予以保护。

应该说，人类生活安全的方方面面，几乎都由神们来担起责任了。特别要强调指出的是这样两点——信使之神名列十二大神之列，证明古希腊人对掌握信息是何等重视；而智慧女神兼和平女神，则证明古希腊人早已意识到，和平难求，故而需要智慧……

三、正义观

《荷马史诗》是希腊神话的重要内容，《伊利亚特》等于是一场战争史。

战争是这样引起的——有次诸女神聚会，没请一位不该忽略的女神，即不和女神。结果使不和女神心内恼火，偏做不速之客，并出示一个金苹果，说是要献给最美的女神。于是天后赫拉、智慧女神和爱神争执起来。宙斯在妻子、女儿和情人之间，殊是为难，私下里求不和女神，干脆将金苹果给予凡间一个叫海伦的女子算了。海伦原本只不过是宙斯亲雕的一尊石像，因为他太喜爱自己的作品了，青春女神给予了她生命，爱神给予了她女人味儿，智慧女神给予了她聪慧。不和女神给了宙斯面子，但天后赫拉郁闷了，运用神力使特洛伊城国王的小儿子诱拐了海伦。这又令宙斯极为恼火，因为他已使海伦成为人间一个极有势力的国王的王后。当然，对于海伦，这是一件无爱可言的事情。宙斯这么安排，出于他对海伦的不轨之心。而天后赫拉的做法，实际上是为杜绝宙斯的非分之想。彼国的王后被一个小国的小王子拐走，当然要召集各路人马，大兴问罪之师。于是，人间发生了一场攻与守的大战，著名的《荷马史诗》中《伊利亚特》的故事，便这样拉开了序幕……

这样的神话故事又究竟有什么特别呢？为什么说它包含着影响西方各国的浓厚的人文元素呢？

且看故事中具体发生了什么事——

攻城一方的将领中，有一位叫阿喀琉斯的大英雄。他受战神雅典娜的庇护，骁勇无敌。雅典娜是宙斯的女儿，战争立场自然站在攻城的军队一方。一次双方交战城下，阿喀琉斯与诱拐海伦的特洛伊城的小王子决斗。后者自然不是他的对手，被击落了剑和盾，可怜地在地上乱爬。

神话中为什么要有这一情节呢？

正是要传达这样一种思想——谁若以不光彩的方式使他人蒙羞，那么他自己也必加倍地蒙耻。城上观看这一幕的人中，包括爱他的父王在内，以及他的一概亲人、将士和人民。幸而，他的哥哥赫克托耳千钧一发之际杀来，救了他一命。

阿喀琉斯有一个表弟，是个爱虚荣的青年战士。他平时羡慕极了阿喀琉斯的英名，有次偷偷穿上表哥的铠甲，冒充表哥叫阵，结果死在赫克托耳的矛下。

这又想要传达什么思想呢？

虚荣之人，必付出代价。在战时，往往会付出生命的代价。一言以蔽之，虚荣害死人。

阿喀琉斯因而大怒，叫阵要与赫克托耳单独决斗，结果赫克托耳又死在阿喀琉斯的矛下。并且，阿喀琉斯策马在城下拖其尸。赫克托耳也是一位大英雄，并且受太阳神阿波罗庇护。那么阿波罗为什么能容忍他死得又惨又倍受羞辱呢？因为这是赫克托耳必付的代价。他从外地赶回城中，本应劝说自己的弟弟将海伦送出城去，但他却表示了对弟弟和海伦之间真爱的理解，放弃了争取和平解决问题的可能性，不惜使全城将士以及百姓和他一道，为他弟弟的一己之情共担生死存亡之险……

无论两个人爱到何种地步，若以众生的生命为代价，这是绝不会受到任何一位神的保佑的。谁支持了这样的爱情，谁也要为自己的不正确的做法付出代价。

最悲伤、最受辱的，莫过于特洛伊城的老国王。小儿子在阵前连滚带爬，大儿子战死后又被拖尸，他的心都要碎了。他本是一位好国王，但他实在有些咎由自取。他不但是父亲，还是国王。他要为他对小儿子的溺爱付出代价……

最终，特洛伊城被攻破了，阿喀琉斯被赫克托耳的弟弟以箭射死。因为英雄和英雄决斗，生死由命，但侮辱对方的尸体，也是神所不容的。那样做了的人，也要为自己的不人道付出代价。

而老国王被敌方的国王杀死了。神不保护一位为了使自己的儿子高兴便拿全城人的生命来赌输赢的国王。

敌方的国王又被赫克托耳的妻子杀死了，因为他虽出师有名，但全无了仁慈悲悯之心。神反对一位君主杀死另一位君主，更愤怒于获胜的一方不但下屠城令，还要霸占一位英雄的未亡人……

但是神们对于真爱，还是网开一面了——特洛伊城的小王子，在混乱中带领海伦逃到了连宙斯都发现不了的地方，从此过起了平静的凡人夫妻的生活。

战争发生在人间，又似乎是天上的神们在进行神力的较量。每一个人，不管他是怎样的英雄，怎样的国王，不管他受哪一位神的暗中庇护，只要他做了严重的错事，他都要付出惨重的乃至生命的代价。什么又是严重的错误呢？自私，虚荣，将亲情摆放于众生命运之上，胜利者残暴而不是应有的仁慈悲悯，侮辱死者，都是人不应该犯的最严重的错误。在这一点上，有一种原则连神们也不敢冒犯——便是我们后来称之为人文主义的基本思想和基本原则。而这一点，也是后来的中国古代思想家们所竭力传播的，只不过希腊神话、罗马神话的形成，比中国古代思想家们诞生的年代还要早四五个世纪……

既然以上都是很严重的错误，悲剧的发生完全是由特洛伊城的小王子和海伦两个人引起的，却又偏偏是他们保全了性命——这公平吗？

在从古至今的西方文化中，真爱每每是获得宽恕的，宽恕并不等于赞同。

《荷马史诗》的下部《奥德赛》，讲的便是大战结束以后，一位叫俄底修斯（又称奥德修斯、奥德赛）的英雄，怎样率部下返回家园的历险故事。他历经苦难，受到美丽的海妖的诱惑，受到更美丽的太阳神的女儿的诱惑，被骗之下吃过"忘忧果"，但都不能改变他早日回到家乡、回到妻子身边的决心。他对太阳神的女儿说："你比我的妻子美丽一百倍，但我的妻子是我在这个世界上唯一爱的女人。"而他的妻子，同样在家乡面对一切诱惑，相信自己的丈夫总有一天会回来……

这与其说是历险的故事，毋宁说更是关于爱情的誓约的故事。古代的西方人类，用这样的故事想要表明，神真正鼓励的爱情，正是如此爱情。

所谓神的思想，在古代的西方，更是人性最高境界的思想，只不过借神的言行传播向人间而已。

一位正派的西方人士，他的诸种人生信条中，肯定有一条是——"我有权保卫自己的生活不受别人的影响和侵犯，但我也绝不做影响和侵犯别人生活的事"。

四、生活质量观

在古希腊人的思想意识中，有质量的生活，或曰有品质的生活，那一定是人人知识化了的、文艺内容丰富的生活。故在希腊神话中，共有九位女神分别掌管各类文艺和知识，统称缪斯。在古希腊物质和文化最发达的时期，国王甚至要求每个公民都至少应该擅长一类文艺，或作诗，或绘画，或歌唱，或舞蹈，或器乐，或雕塑，或戏剧，或表演等。但我们必须明白，那时的古希腊，终究只不过是奴隶制的社会形态。对于奴隶们，根本不可能是什么理想国。但奴隶们也有一线希望，那就是——如果他们中有谁在文艺或知识方面表现出极优的才华，那么将有可能摆脱自己只不过是"会说话的工具"的不幸命运。伊索便是一例。他后来不但获得了自由人身份，还做过希腊的外派官吏。文艺使古希腊人具有特别浪漫的气质和想象力——时序女神、雨虹女神、夜女神、梦女神，还有妩媚、优雅、纯洁三女神，这些在中国古代神话中是没有的。

在古希腊人的思想意识中，不浪漫的生活，不是有品质的生活，而这也正是西方文艺复兴运动后来发生的社会理由之一……

五、英雄观

希腊神话中英雄多多，但普罗米修斯乃是英雄中的英雄，是最受爱戴的英雄。他的母亲是大地之神，那么他也有着神的血统。他"造"出了人，是人类之父。他却从来也不因而傲慢于人类，仅仅要求自己做人类忠实无私的朋友。他教人类观察天体运行、日月升落、星辰密疏的现象，以使人类了解宇宙规律，对可能发生的灾难做出预防；他教人类掌握农耕、造船、驯养牲畜以及航海、采矿、制药医病的种种能力；他还教人类创造文字、数字和影响人类喜爱文艺……当然，他最果敢无畏的英雄事迹是为人类盗火。

普罗米修斯所做之一切，归根结底是为了使人类也变得文明起来，在神们的眼中树立起应有的尊严和存在的权利。

后来，一位大英雄发现了他在遭受着的苦难，射死了宙斯派遣天天啄食他腑脏的神鹰；并且，另有一位半人半兽的神感动于他的事迹，宁肯冒充他将自己缚在山上，以使他避免宙斯的进一步迫害，得以为人类去寻找潘多拉的盒子，好将希望也从盒子里放出到人间来……

普罗米修斯的故事，是希腊神话的第二篇。第一篇讲述的是宙斯如何成为众神之王的内容。也就是说，新的一种神权形成不久，人类便诞生了。而人类从诞生之日起，既不得不诉求神权的保护和关爱，也不得不与神权进行着长期不懈的主张人权利的抗争。在这一种抗争过程中，人类是弱势的，往往陷于孤立无援之境，所以特别需要普罗米修斯这样的人权利的无私的保护者。

在古希腊神话中，"英雄"二字频繁出现，英雄事迹林林总总；却恰在普罗米修斯这一名字前边，从未出现过"英雄"二字。有的人物，人类用"英雄"二字来称颂他们已显得太不够了，普罗米修斯便是。

普罗米修斯就是普罗米修斯。他曾对宙斯派来对他行刑的一名神吏说："如果谁明知某事正义而且冒险，他却决定了去做，那么他即使失败了，也应无怨无悔地承受因而导致的个人苦难。"普罗米修斯这个名字高于英雄，使神的权威也黯然失色。

他的话，至今也是几乎一切敢于像他那样去行动的人间英雄的信条……

六、浪漫中的理性

希腊神话中最浪漫之点乃在于——举凡一切我们今天耳熟能详，其职能和人类现世生活的关系特别密切的神，大抵为女性，而且几乎全都美丽，只不过各有各的不同美点罢了。

这是为什么呢？

有一种观点认为，和母系氏族社会的深远影响有关。但母系氏族社会是我们中华民族的先祖们也同样经历过的，为什么在我们的神话故事中，情形却不是那样的呢？比如在我们的神话故事中，天宫诸神，排开列队，几乎清一色的都是起起武夫形象的男神。

　　恐怕有一点更是原因，即古希腊人对于美，当时已有超乎寻常的敏感。他们的神话想象具有显然的唯美倾向。希腊国土乃是由四百余座美丽岛屿组成的。生存环境之美，使人类的早期想象力必然具有唯美倾向。所谓"一方水土养一方人"。

　　但古希腊神话并不仅仅是一味浪漫，一味唯美的。不知女神在神话中的存在，证明理性思想的哲学萌芽已产生。

　　如果说世界原本是和谐的，那么自从有了人类，人类与世界的关系一直是难以和谐的。人类社会自身的关系也一直是难以和谐的。和谐是愿望，是主观的、相对的；不和谐是现实，是客观的、绝对的。一种和谐达成了，另一种不和谐会随之产生；一个时期的和谐实现了，不和谐将可能潜伏在下一个时期里。

　　人类社会永远不能一蹴而就地摆脱此种苦恼。这是人类哲学思想力始终不渝的动力。不和女神的千古存在，乃是古西方、中国和外国之哲学思想千古存在的最直接、最具针对性的理由，最根本的理由。对于后世的人类，也是如此。

　　故，我们不但要尊敬自己那些文化经典，也须尊敬别人的文化经典。无论我们的还是别人的文化经典，都是全人类的……

阅读一颗心

在为到大学去讲课做些必要的案头工作的日子里，又一次思索关于文学的基本概念，如现实主义、理想主义以及现实主义与浪漫主义的相结合等。毫无疑问，对于我将要面对的大学生们，这些基本的概念似乎早已陈旧，甚而被认为早已过时。但，万一有某个学生认真地提问呢？

于是想到了雨果，于是重新阅读雨果，于是一行行真挚的、热烈得近乎滚烫的、充满了诗化和圣化意味的句子，又一次使我像少年时一样被深深地感动。坦率地说，生活在仿佛每一口空气中都分布着物欲元素和本能意识的今天，我已经根本不能像少年时的自己一样信任雨果了。但我却还是被深深地感动。依我想来，雨果当年所处的巴黎，其人欲横流的现状比之世界的今天肯定有过之而无不及，人性真善美所必然承受的扭曲力，也肯定比今天强大得多，这是我不信任他笔下那些接近着道德完美的人物之真实性的原因。但他内心里怎么就能够激发起塑造那样一些人物的炽烈热情呢？倘不相信自己笔下的人物在自己所处的时代是有依据存在着的，起码是可能存在着的，作家笔下又怎会流淌出那么纯净的赞美诗般的文字呢？这显然是理想主义高度上升作用于作家大脑之中的现象。我深深地感动于一颗作家的心灵，在他所处的那样一个四处潜伏着阶级对立情绪、虚伪比诚实在人世间更容易获得自由，狡诈、贪婪、出卖、鹰犬类人也许就在身旁的时代，居然仍对美好人性抱着那么确信无疑的虔诚理念。

是的，我今天又深深地感动于此，又一次明白了我一向为什么喜欢雨果远超过左拉和大仲马们的理由，我个人的一种理由；并且，又一次因为我在同一点上的越来越经常的动摇，而自我审视，而不无羞惭。

那么，让我们来重温一部雨果的书吧，让我们来再次阅读一颗雨果那样的作家的心吧。比如，让我们来翻开他的《悲惨世界》——前不久电视里还介绍过由这部名著改编的电影。

一名苦役犯逃离犯人营以后，可以"变成"任何人，当然也包括"变成"一位市长。但是"变成"一位好市长，必定有特殊的原因。

米里哀先生便是那原因。

米里哀先生又是一个怎样的人呢？

他曾是一位地方议员，一位"着袍的文人贵族"的儿子。青年时期，还曾是一名优雅、洒脱、头脑机灵、绯闻不断的纨绔子弟。今天，我们的社会里，米里哀式的纨绔子弟也多着呢。"大革命"初期这名纨绔子弟逃亡国外，妻子病死异乡。当这名纨绔子弟从国外回到法国，却已经是一位教士了。接着做了一个小镇的神父。斯时他已上了岁数，"过着深居简出的生活"。

他曾在极偶然的情况下见到了拿破仑。

皇帝问："这个老头老看着我，他是什么人？"

米里哀神父说："你看一个好人，我看一位伟人，彼此都得益吧。"

由于拿破仑的暗助，不久他由神父而成为主教大人。

他的主教府与一所医院相邻，是一座宽敞美丽的石砌公馆。医院的房子既小又矮。于是"第二天，二十六个穷人（也是病人）住进了主教府，主教大人则搬进了原来的医院"。国家发给他的年薪是一万五千法郎。而他和他的妹妹及女仆，每月的生活开支仅一千法郎，其余全部用于慈善事业。那一份由雨果为之详列的开支，他至死没变更过。省里每年都补给主教大人一笔车马费，三千法郎。在深感每月一千法郎的生活开支太少的妹妹和女仆的提醒之下，米里哀主教去将那一笔车马费讨来了。因而遭到了一位小议院议员的诋毁，向宗教事务部长针对米里哀主教的车马费问题打了一份措辞激烈的秘密报告，大行文字攻击之能事。但米里哀主教将那每月三千法郎的车马费，又一分不少地用于慈善之事了。他这个教区，有三十二个本堂区，四十一个副本堂区，二百八十五个小区。他去巡视，近处步行，远处骑驴。他待人亲切，和教民促膝谈心，很少说教。这后一点，在我看来，尤其可敬。他是那么关心庄稼的收获和孩子们的教育情况。"他笑起来，像一个小学生。"他嫌恶虚荣。"他对上层社会的人和平民百姓一视同仁。""他从不下车伊始，不顾实际情形胡乱指挥。他总是说：'我们来看看问题出在哪里。'"他为了便于与教民交心而学会了各种南方语言。

一名杀人犯被判死刑，前夜请求祈祷。而本教区的一位神父不屑于为一名杀人犯的灵魂服务。我们的主教大人得知后，没有只是批评，没有下达什么指示，而是亲自去往监狱，陪了犯人一整夜，安抚他战栗的心。第二天，陪着上囚车，陪着上断头台……

他反对利用"离间计"诱使犯人招供。当他听到了一桩这样的案件，当即发表庄严的质问："那么，在哪里审判国王的检察官先生呢？"

他尤其坚决地反对市侩哲学。逢人打着唯物主义的幌子贩卖市侩哲学，立刻冷嘲热讽，而不顾对方的身份是一名尊贵的议员……

雨果干脆在书的目录中称米里哀主教为"义人"，正如泰戈尔称甘地为"圣雄甘地"；还干脆将书的一章的标题定为"言行一致"，而另一章的标题定为"主教大人的袍子穿得太久了"，正如我们共产党人的好干部，从前总是有一件穿得太久了补了又补的衣服……

雨果详而又详地细写主教大人的卧室，它简单得几乎除了一张床另无家具。冬天他还会睡到牛栏里去，为的是节省木柴（价格昂贵），也为了享受牛的体温。而他养的两头奶牛产的奶，一半要送给医院的穷病人。而他夜不闭户，为的是使找他寻求帮助的人免了敲门等待的时间……

他远离某些时髦话题，嫌恶空谈，更不介入无谓的争辩。在他那个时代，诸如王权和教权谁应该更大的问题一直纠缠着辩论家们，正如在中国在我们这个时代姓"资"还是姓"社"的问题曾一直争辩不休。

而米里哀主教最使我们中国人钦服的，也许是这么一点——虽是一位德高望重的主教，却谦卑地认为"我是地上的一条虫"。米里哀主教大人作为一个人，其德行已经接近完美了。雨果塑造他的创作原则，也与我们中国人塑造"样板戏"人物的原则如出一辙而又先于我们，简直该被我们尊称为老师了。

我将告诉我的学生们，那就是经典的理想主义文本了，那就是经典的理想主义文学人物了。

于是，冉·阿让被米里哀主教收留一夜；陪吃了饱饱的一顿晚餐；半夜醒来却偷走了银器，天一亮即被捉住，押解了来让米里哀主教指认，主教却当其面说是自己送给他的，则就一点儿也不奇怪了。主教非但那么说，而且头脑里也这么认为——银器不是我们的，是穷人的，"他"显然是个穷人，所以他只不过拿走了属于自己的东西而已。

于是，冉·阿让"变成"马德兰先生、马德兰市长以后，德行上那么像另一位米里哀，在雨果笔下也就顺理成章了。其生活俭朴像之；其乐善好施像之；其悲悯心肠像之；其对待沙威警长的人性胸怀像之，总之几乎在一切方面都有另一位米里哀的影子伴随着他。一个米里哀死了，另一个米里哀在《悲惨世界》中继续前者未竟的人道事业。

连沙威也是极端理想主义的——因为绝大多数现实生活中的沙威们，其被异化了的"良心"是很不容易省悟的。即使偶一转变，也只不过是一时一事的。过后在别时别事，仍是沙威们。人性的感召力对于沙威们，从来不可能强大到使他们投河的程度。他们的理念一般是由对人性的反射屏装点着的……

米里哀主教大人死时已八十余岁，且已双目失明。他的妹妹一直与他相依为命。雨果在写到他们那种老兄妹关系时，极尽浪漫的、诗化的、圣化的赞美笔触："有爱就不会失去光明。而且这是何等的爱啊！这是完全用美德铸成的爱！心明就会眼亮。心灵摸索着寻找心灵，并且找到了。这个被找到被证实的灵魂是个女人。有一只手在支持你，这是她的手；有一张嘴在轻吻你的额头，这是她的嘴；你听见身边呼吸的声音，这是她，一切都得自于她，从她的崇拜到她的怜悯，从不离开你，一种柔弱的甜蜜的力量始终在援助你，一根不屈不挠的芦苇在支持你，伸手可以触及天意，双手可以将它拥抱，有血有肉的上帝，这是多么美妙啊！……她走开时像个梦，回来却是那么地真实。你感到温暖扑面而来，那是她来了……女性的最难以形容的声音安慰你，为你填补一个消失的世界……"

有这样一个女人在身旁，雨果写道："主教大人从这一个天堂去了另一个天堂。"

如果忘记一下《悲惨世界》，那么读者肯定会作如是之想：这是《少年维特之烦恼》的炽烈的初恋渴望吧？这是《罗密欧与朱丽叶》中心上人对心上人的痴爱的倾诉吧？

但雨果写的却是八十余岁的主教与他七十余岁的妹妹之间的感情关系。这是迄今为止，世界文学史上仅有的一对老年兄妹之间的感情关系的绝唱，使我们在被雨果的文字感染的同时，难免会觉得怪怪的。因为在现实生活中，一对老年兄妹或一对老年夫妇，无论他们的感情何等的深长，到了七八十岁的时候，也每趋于俗态，甚至会变得只不过像两个在一起玩惯了的儿童……

那么我将告诉我的学生们，那就是浪漫主义的经典文本了。

雨果完成《悲惨世界》时，已然六十岁。他与某伯爵夫人的柏拉图式的婚外恋情，也已持续了二十余年。他旅居国外时，她亦追随而至，住在仅与雨果的住地隔一条街的一幢楼里，为了使他可以很方便地见到她。故我简直不能不怀疑，雨果所写，也许更是他自己和她之间的那一种情感。雨果死时，和他笔下的米里哀主教同寿，都活到了八十三岁。这一偶然性似乎具有神秘性。

《悲惨世界》的创作使命，倘仅仅为塑造两个德行完美的理想人物而已，那么雨果就不是雨果了。这是一部几乎包罗社会万象的书。随后铺展开的，是全景式的法国时代图卷。尤其将巴黎公社起义这一大事件纳入书中，无可争议地证明了雨果毕竟是雨果。

那么，我将告诉我的学生们，那便是现实主义的经典文本了。

我还将告诉我的学生们，在现实主义与理想主义、现实主义与浪漫主义的相结合方面，与雨果同时代的全世界的作家中，几乎无人比雨果做得更杰出。

而雨果的理想主义，始终是对美好人性和人道原则的文学立场的理想主义。这是绝不同于一切文学的政治理想主义的一种文本，故是文学的特别值得尊敬的一种品质。

在雨果的理念之中，人道原则是高于一切的。

我极其尊敬这一种理念。无论它体现于文学，还是体现于现实。

我深深地感动于一颗作家的心，对人道原则终生不变地恪守。我的感动，使我不因雨果在这一点上有时过分不遗余力的理想主义激情而臧否于他。如果我未来的学生们中竟有将自己的人生无怨无悔地奉献给文学者，我祈祝他们做得比我这一代作家好……

关于王小波

确实，我在向你们谈论一位具有写作才华的人。进言之，是在向你们谈论一位具有特殊写作才华的人。这一种特殊性，在他的几部作品出版以前，是中国近当代小说写作现象中少见的。我不敢肯定地说完全没有。我虽然自信是很关注小说写作现象，但我的阅读范围毕竟是极其有限的。

这个人就是王小波。

大家都知道的，他已于一九九七年去世了。

我向诸位谈论他，一是因为他的才华；二是因为他的作品一经出版，首先在各大学学子中引起过一阵"王小波热"，而至今他的作品的影响依然存在。那么我作为讲当代文学课程的教师，向你们分析他特殊的写作才华和他作品的与众不同，实在是教学义务之内的事。

我认为，一个人只要写出了超过一百万字的小说，只要其作品在一定范围的读者中发生影响，便总是有几分写作才能的。当然也不一定非得超过一百万字。我其实强调的是那一种可持续性的写作才能。王小波具有它。倘他现在还活着，我相信他会有更好的作品问世。而据我看来，某些人并不具有可持续性的写作才能。他们在特定的时代，写了几篇或仅仅一两篇作品后，再就写不出什么来了。他们写的仅仅是演绎了的个人经历罢了。个人经历演绎完了，那一份写作的才能也就丧失掉了。不可持续证明他们之写作才能的单薄。诸位肯定注意到了，我谈论王小波时，用的是"才华"一词。我认为相对于写作这一件事，可持续的才能才接近是一种才华，否则只不过是才能。

对于我，至今有如下几位作家我是刮目相看的。

一是湖南的女作家残雪。她的小说有显见的意识流风格，文字也很特别。既不同于同代男女作家，也不同于后来的"新生代"作家，给我一种神经质的印象。她笔下的许多文句，仿佛一个极其敏感的人对她的下意识的记录，足令阅读者的神经也随之敏感。我曾戏言——有了二十余年写作实践的自己，几乎可以模仿古今中外不少作家的风格写一两篇"仿作"。这里指的是短篇，中篇很难，长篇不行。比如模仿蒲松龄，写一篇文言的关于花精鬼魅的小说，能不能呢？能的。比如模仿屠格涅夫，以翻译体写一篇《木木》那类的短篇，也能的。但读过残雪早期的一些小说后，我对自己老老实实地承认——我的这位女同行的作品，我是根本无法模仿的。无法模仿她的写作思维，无法模仿她的语言。别人特殊到了自己连模仿一下都不可能，所以刮目相看。

《围城》那样的小说也是我根本模仿不来的。书中的幽默气质和睿智的比喻，显示出一种禀赋。属于人的禀赋的东西，那是别人模仿不到的。

《尤利西斯》对于我来说更是只有刮目相看的一部书。我也得老老实实地承认我并不喜欢这一部大名鼎鼎的书。它完全不符合我的阅读胃口。我之所以硬是耐心地将它读完了，乃因国外评论它是一部"登峰造极"的优秀小说。而我读完了还是怎么也喜欢不起来，也没读出它优秀在哪儿，足见我的浅薄和没出息。甚至也可以说，我挺排斥它的。但对残雪和钱钟书的书，我却是亲和的。

王小波是至今为止第四位令我刮目相看的同行。他的作品我也是根本无法模仿的。这是指他的小说。他的小说之所以给我"具有特殊写作才华"的印象，乃因我也同样从中看出了属于先天禀赋而非后天实践经验的东西。

那么，王小波的写作才华到底特殊在哪几方面呢？

我认为，如下：

第一，逻辑学对小说写作思维和小说文体的介入。在我看来这是王小波小说最主要的特别之点。逻辑是古典哲学的筋脉。逻辑学在基础的水平上是研学古典哲学的入门之学；而在高级水平上是提升哲学认知价值的辅助学问。王小波小说中的逻辑学现象，非是多么高级的那一类，而是很基础的，ABC 的，"三段论"那一类的。即假设 $A = B$ 或 $A \neq B$，那么 A 将与 C 关系怎样怎样的那一类，在代数中即为"推导"。我一向认为，基础逻辑常识是很枯燥乏味的。但王小波信手拈来地将其写进小说中，读来竟饶有趣味，有时甚至妙趣横生。他或者以此分析"自己"即小说中"我"的心理；或者以此分析笔下人物，于是"我"和笔下人物命运的两难之境跃然纸上。心理分析是小说家写人物的常规方式。但是直接地将逻辑学的 ABC 常识引入来分析人物，仿佛使作者和读者顿时都变成了孩子。而作者本人尤其像一个大儿童，天真、郑重其事，对读者有很大的亲和吸引力，使小说之字面呈现较高的可笑性，而这就是"趣"。"趣"是当代小说读者读小说的一种越来越显然的要求。王小波深谙此点，尽量给读者以满足。他的父亲是逻辑学教授。分明地，他对逻辑学的兴趣乃受其父影响。大概是基因里带来的，也可以说是一种先天禀赋。就我的阅读范围而言，从王小波的小说中第一次读到逻辑学意味，此前从没有的一种阅读感觉。

第二，哲学对小说思维和小说文体的介入。王小波是在国外留过学的。他既然对逻辑学感兴趣，对哲学感兴趣便顺理成章了。在自己的小说中本能地注入哲学意味，也就成了他小说的另一特点。八十年代晚期，国内的某些小说家也有刻意追求小说之哲学意味的。那样写往往是为了证明自己的深刻，但其深刻却每给我以故作的印象。王小波并不。哲学意味在他的小说里，其实也首先体现于一个"趣"字。中国特色的人生现象或社会现象，一经由他信手拈来，借西方哲学的光来照射，呈现出比就人论人就事论事更大的荒唐性。

逻辑学也罢，哲学也罢，对小说家也很可能是陷阱，介入到小说里，弄巧成拙即变为卖弄。王小波在那陷阱边上跃来跃去，显得较为自如。每当我就要以为他在卖弄了，他便适可而止，明智地将笔触转向正常的，也就是我们习惯了的叙述方面去了。逻辑学也罢，哲学也罢，在他的小说里是点到为止之事。与其说是为了表现什么深刻，还莫如说是为了逗读者开心。在这一点上，他有点儿像周星驰。周星驰在"周氏"电影中，往往也正经八百地作深刻状，很哲学的一副样子。比如《大话西游》中他演的孙悟空就很哲学。但周星驰迷们看他演的电影，不是去看深刻，而是去看周星驰式的"深刻"所呈现的那一种好玩状态。喜欢看

"周氏"电影的，想必也较喜欢读王小波的书。反言之，谁如果喜欢读王小波的书，那么对周星驰的电影大约也情有独钟的吧？如果谁喜欢"周氏"电影竟不喜欢王小波的书，那么其人一定……我再写下去，便近乎王小波那种游戏逻辑学了，但我难得其趣。因为他天生似乎是乐观的，而我天生是悲观的；他天生是幽默的，我天生是忧郁的……

第三，王小波式的语言是我所少见的。其语言的特殊风格在他自己视为"宠儿"的《黄金时代》中，并没给我这个读者留下什么"特别"的印象。我斗胆说一句——我觉得那一本书里所呈现的也只不过是很一般的语言水平，内容也很一般，我这一代作家笔下常见的内容而已。但是到了《青铜时代》，在我看来不一般了。也不是全书章章节节的语言都不一般，而是某些片段的语言特点不一般。一行行一页页的短句，简练又急促地扑面而来。那情形给我这么一种感觉——仿佛作者非是在写小说，像是坐在辩论席上的主辩者。他要在规定之时间内进行决定胜负的陈述和驳辩；他必得在规定之时间内最大程度地说明自己一方的立论根据，最大程度地援引有利于自己一方的信息，并且一举驳倒对方。仿佛那又是在对抗驳论的时刻，只要他稍一停顿，便会给对方打断自己的机会，结果话语主动权被对方抢去了似的。正是这么一种行文风格，如同磁石般吸引住读者的眼，深受作者影响地急促地读下去。当然地，我们又看出，那急促体现于作者只不过是一种假象，实际上他从容得很。叙述的间或，绝不忘得幽默时便幽一默，能调侃时则调侃，为的是缓解一下我们的阅读神经。这一种语言风格，到了《白银时代》，更趋成熟自然，也显得细致优雅了。如果说《青铜时代》的王小波给人以某类评书艺人似的印象，那么到了《白银时代》，尤其他的前十几页，则给人以唯美古典主义小说家的印象了。那十几页的描写真是好，我喜欢得不得了。其间不乏精妙比喻，使我联想到《围城》。而《围城》是不怎么写景物的，王小波却有一流的写景写物的能力……

第四，王小波是学历史的。他善于将历史和现实编织在一起。时空交错的写法在他显然是一种愉快的写法，仿佛天生善于此道，轻车熟路一般。而《青铜时代》，却是他第一次以那样的写法完成的书。

第五，他的知识结构是多方面的。对自然科学知识的了解颇丰，信手拈来，而且用得恰到好处。比如《白银时代》中形容"我"为蛇颈龙和响尾蛇。我对动物也感兴趣，但响尾蛇在夜间用脸"看"周围，则是从他的小说中获得的知识……

第六，关于比喻。前边提到了一下，这里还要格外提到。他真是格外地善于比喻。有些比喻之精妙，依我看不在钱钟书之下……

诸位，关于王小波的写作才华，大致归结如上。一位如此有才华的作家，他的早逝，是令人扼腕叹息的，也是令人心疼的。倘说是中国当代文坛的一种损失，算不得肉麻的奉承。奉承他并不能抬高我。

但我所感觉到的一种遗憾乃是——王小波作品本身的文学价值究竟有多大？

我为什么要提这样的问题呢？

因为据我想来，一位作家的才华是一回事，他的作品的文学价值也许是另一回事。

举个不怎么恰当的例子——好比一个人天生一副能成为大歌

唱家的好嗓子，却并不意味着从他口中不管唱出一首什么歌都是经典歌曲。天生有好嗓子的人，除非禁止他唱歌，而只要他一开口唱歌，别人便会听出他嗓子好，听出他的音域、音质的一流特点。即使他唱的是"文革"时期的"语录歌"，或解放前的"提起那王老三，两口子卖大烟"之类，也还是不能埋没他的好嗓子。一位作家也是如此，除非禁止他写，否则，哪怕他写的只不过是一封致贺信，或犯罪交代书，都能看出他的写作才能和才华来。有才华的作家，你只要让他写五千字以上，不管写的是什么，只要不是抄菜单，他的写作才华都必有所呈现。哪怕他自己一遍一遍告诫自己千万别流露才华都不行。但我们看出他的才华的同时，并不意味着他所写的一概都具有了与他的写作才华相一致的重要价值。

我对于写作这一件事所持的观念骨子里是比较传统的。我认为一部好书一定是这样的书——有意义而且有意思。意义是传统观念上的社会认识价值、审美价值和弘扬人文精神的价值等等，意思就是那种时下常说的可读性。可读性是一个包含多方面成分的概念。王小波的小说具有较大的可读性，这一点不容置疑。但王小波小说的意义何在呢？而这就是我说不清楚的了，真的难以像对他的才华那样说得自信而且比较周到。关于他的写作才华，其实由于时间关系，我并没有展开来细说。世上有没有虽然有意义但没意思的小说呢？我以为是有的。比如车尔尼雪夫斯基的《怎么办》，在我看来就是那么一类书。在当时，它的意义真是很大，通过三角爱情关系探讨人性所能达到的"利他主义"的道德高度，这样的书能说意义小吗？但那真是一部叙述和描写都极为沉闷的小说，比《追忆似水年华》还需要阅读的耐性。世上有没有挺有意思但没什么太大意义的书呢？从前留下的这样的小说极少，因为可能被时间筛掉了，也可能还有我这样一类人的罪过，由于强调意义，或由于对意义心存偏解，一旦有机会梳理文学的史，就给埋没了。但据我所知，现在只在乎有意思没意思，忽视甚至轻蔑意义的写作倾向多起来了，甚至在大学里也是。现在我也是大学里的一分子了，对此现象多少有点儿发言权了。大学学子中盛行自娱写作，认为自娱就是一种意义，有意思本身就是一种意义。一旦出版，由自娱而娱人，便等于有了社会的广泛的意义。这么看待写作这件事对不对呢？有一定的逻辑上的道理，绝不能说全然不对。在当今时代，普遍人的心理压力都很大，电影娱人，电视剧及电视节目娱人，小说娱人，当然是一种意义。王小波是从大学里出来的"自由作家"，我以为，他对写作这件事的观点，是很受大学里盛行的那一种写作观点的影响的。他在他的《黄金时代》的"后记"中强调，他之写小说不是为了教诲不良青年的，也拒绝接受好小说必得有一个"积极向上"的主题的观点。

而我要解释的是，我所强调优秀小说的"意义"，当然不是指什么教诲不良青年的功能；也当然不是指什么"积极向上"的主题，而是指我如上所谈的那些传统小说观念方面的意义元素。

其实，我认为王小波是很在乎"意义"的，而绝非那类只一味追求可读性的作家。否则，他的第一部小说就不会是《黄金时代》，而会直接是《青铜时代》了。《黄金时代》的内容是有意义的。正因为有意义，许多作家在王小波之前写过了同样的内容，王小波就同一内容写在其后，情节上有些自己的考虑，但思想性并未突破前人们，才华也没得以充分展现。

王小波的写作才华在《青铜时代》中得到了相当充分的展现，但其内容，比如历史上殉葬的红拂、被酷刑处死的无双、鱼玄机等女性的命运，究竟意味着些什么，我还没想清楚。我对《青铜时代》的一种思想是清楚的，那就是古代男权的邪恶。这其实也是一种世界史上的丑陋现象。王小波将此点写得很明白。但我以为，凭他的才华、他思想的睿智、他的历史知识，是应该为我们提供多一些的"东西"的。

我的总体的感觉是：

王小波写《黄金时代》，本能地意识到了一种意义，但写得"有意思"的水平还不是特别高明。

王小波写《青铜时代》，写得"有意思"的才华一下子变得很高明，但是对意义却并没有提炼得相应的"高明"，给我的印象是陷在"有意思"的泥潭里了。而且，我再斗胆说一句，恰恰是在一些不值得大费笔墨细写的方面……

王小波写《白银时代》，写作的才华已令我钦佩之至，但我实在是不太喜欢那个"师生恋"的故事。这与"道德"二字毫无关系。我看过几部外国的"师生恋"内容的电影，很喜欢。要以传统的小说方式讲好一个故事不容易，以现代的方式更不容易。王小波选择的是后一种方式，我想，大约他自己比我更能体会其中的不容易吧？

而我的切身感受是——但凡是个作家，总在想着的关于写作的问题主要是两个——怎么写？写什么？经验不够丰富的作家想怎样写多一些。

像王小波那么有才华的作家想写什么则必然多一些，大抵如此。而且，越是有才华的作家，越是生活积累和人性感受充分的作家，越是对写什么掂量来掂量去的。因为他明白，他的才华只有体现于或曰载于特别有价值的内容，他的才华才更令人钦佩。

我听到过不少关于盛赞王小波的"三部曲"的话语。而我却从他的"三部曲"中似乎看到另一种真相，即——作家对他所写的那些内容并不感到极其欣慰。他所写的只不过是他的灵感仓促情况之下紧紧抓住的一种内容，而不是他掂量来掂量去之后的决定。

当然，也许完全错了的是我。也许王小波认为，写作这一件事，本该是很随意的事，根本犯不着掂量。我前边已声明过，我对写作这一件事的观念是很传统的，也可以说是很守旧的、落伍的。所以即使对一位有才华的作家，也难免凭主观臆断，妄作评价。

而我所了解的一点点情况是——王小波自己说他的《黄金时代》是他的"宠儿"；某些读者津津乐道的却是他的《青铜时代》。《青铜时代》里塞入了太满的关于性和专施于小女子们的酷刑。那也许"有意思"，但在我看来，则恰恰是抵消王小波写作才华的"杂质"。而这一点，是否也是王小波不愿说《青铜时代》是他的"宠儿"的原因呢？

具备一流写作才华的王小波已然英年早逝，我在充分地虔诚地肯定他的写作才华的同时，却没有对他的作品像他的妻子李银河博士那么满怀深情地去高度评价，这使我不安。我无意贬低他的作品的价值，因为这根本抬高不了我自己。正如我满怀深情和敬意地谈论他的写作才华抬高不了我一样。我只不过是凭着我老老实实的态度有一说一有二说二尽我讲到他的义务。

王小波如果地下有灵，也许会嘲讽我。也许竟不，竟认为我倒真的比较客观也比较体恤地理解了他。理解了一位有一流写作才华的作家，要寻找到足令自己欣慰的写作内容的那份期盼和不容易。

最后我想说的是，对王小波收在《沉默的大多数》一书中的文章，我都认真拜读了，都比较喜欢。在那一本书里，我认为，他的才华、他的睿智、他的思考成果，才真正地与内容相协调了，溶解在内容之中了。或反过来说，那一本书的内容，因他的才华和睿智而显得格外有意义了。

唉，好小说总是比好文章更难一筹，对于具有一流写作才华的作家也是如此……